Gulliver Taschenbuch 705

Oliver La Farge wurde 1901 in New York geboren und starb 1963 in Albuquerque, New Mexico. Er studierte Anthropologie, Archäologie und Ethnologie, war Assistent an der Tulane-Universität, unternahm archäologische Expeditionen nach Arizona und veröffentlichte zahlreiche Spezialuntersuchungen über Indianer.

Oliver La Farge

Indianische Liebesgeschichte

»Laughing Boy«

Roman

Aus dem Amerikanischen
von Lulu von Strauß und Torney
Überarbeitet von Irmela Brender

BELTZ
& Gelberg

Der Roman *Laughing Boy* wurde in den Vereinigten Staaten mit dem Pulitzer-Preis ausgezeichnet.

Dieses Buch ist auf Papier aus chlorfrei hergestelltem Zellstoff gedruckt.

Gulliver Taschenbuch 705

Die Originalausgabe erschien u. d. T. *Laughing Boy*
bei Houghton Mifflin Company, Boston
Deutsche Erstveröffentlichung u. d. T.
Der große Nachtgesang 1933 im Eugen Diederichs Verlag
Reihenlayout und Einband von Wolfgang Rudelius
Gesamtherstellung Druckhaus Beltz, 6944 Hemsbach
Auf 100% chlorfrei gebleichtem Papier gedruckt
Printed in Germany
ISBN 3 407 78705 7
3 4 5 6 7   97 96 95 94 93

Gewidmet
der einzigen schönen Squaw,
die ich je in meinem Leben sah;
ihren Namen habe ich vergessen.

Vorwort

Dieses Buch über ein Volk, das inzwischen verschwunden ist, wurde von einem jungen Mann geschrieben, den es längst nicht mehr gibt. Einst kannte ich ihn gut. Er war ein junger Mann von widersprüchlichem Charakter, er war ziemlich wild, romantisch und zugleich – fähige Zeugen haben mir das bestätigt – ein begabter Wissenschaftler. Das Buch entstand aus lebhafter Erinnerung, aus der Trauer über einen Abschied und aus dem Wissen, das er für eine akademische Prüfungsarbeit zusammengetragen hatte.

Als er das Buch schrieb, glaubte er, nie mehr in den amerikanischen Südwesten zurückzukehren und auf jeden Fall nie mehr so frei zu sein, daß er ganz in den Navajo-Indianern aufgehen könne. Bei ihnen hat er etwas erlebt, was ihn stark bewegte, und das hier war seine Art, es aufzuzeichnen. Er hatte, wie es den Jungen möglich ist, trotz der sprachlichen und kulturellen Barrieren Freundschaften geschlossen und Augenblicke echten Kontakts mit den Navajos erfahren, und diese kleinen Einblicke erweiterte er durch seine Studien.

Als er zwischen 1926 und 1928 über das schrieb, was er einige Jahre zuvor erlebt hatte, verlegte er seine Geschichte aus romantischen Gründen in eine weniger korrupte, reinere Zeit, er ließ sie 1915 beginnen. In jenem Jahr war zum erstenmal ein Auto über den Marsh-Paß in das nördliche Navajo-Land eingedrungen, und dieses Ereignis war seiner Ansicht nach ein Wendepunkt.

Als er erst einmal begonnen hatte, kümmerte er sich nicht mehr um Jahr und Tag und beschrieb einfach, was er gesehen hatte. Ob Menschen wie Lachender-Knabe oder Schlankes-Mädchen je gelebt haben könnten, weiß ich nicht; er hielt es für möglich. Das hat mit dem Herzen und dem Wesen des Schreibens zu tun, und es wäre sinnlos, darüber zu streiten.

Die Kulisse, das Aussehen und Verhalten jener Indianer, ihre Kleidung, ihre Lager, ihre Spiele, ihre Waffen, ihr Land beschrieb er wahrheitsgetreu nach dem, was er gesehen hatte. Selbst die schwarze Stute von Lachender-Knabe hatte ein lebendes Vorbild.

Für den Schreiber und für die Navajos war damals eine Zeit der Unschuld. Im großen und ganzen waren die Navajos mit ihrem Leben zufrieden, sie fühlten sich sicher, sie genossen ihr Dasein, wußten zu feiern und waren von großer Freundlichkeit. Die ersten Anthropologen, die zu ihnen kamen, glaubten genau wie die Indianer selbst, daß ihr Lebensstil mit all seinen Entbehrungen, seiner Einfachheit und seinen Werten immerzu weitergeführt werden könnte, falls keine Störungen von außen kämen. Doch 1933 brach diese Lebensweise zusammen.

In den zwanziger Jahren rechnete man mit 25000 Navajos, wahrscheinlich waren es über 40000. Heute gibt es mehr als 85000, sie sind eine starke Gemeinschaft mit einer modernen Regierung und anderen fortschrittlichen Errungenschaften, die von Senatoren und Abgeordneten mit großem Respekt behandelt werden. Sie sind unglückliche Menschen, verschlossen gegenüber allen anderen, unfreundlich, vom Alkoholismus gezeichnet, ihre Führer sind zugleich hochmütig und empfindlich. Dennoch kann man immer noch hier und da die Schönheit, die Religion, die Lebensfreude von damals finden, immer noch gibt es Feste, bei denen keiner betrunken ist. Doch im Lauf von dreißig Jahren ist die Harmonie, die alle einte, verschwunden, die Menschen aus diesem Buch existieren nicht mehr. Das gleiche gilt meiner Feststellung nach für den Autor, der glaubte, daß ihn der Zufall für immer von diesem Volk trennen würde. Nur ich selbst bin übriggeblieben, ein ältlicher Schriftsteller, der in Neu-Mexiko lebt – um ihn wenigstens oberflächlich zu beschreiben, will ich das von ihm preisgeben. Ihm bleibt die Aufgabe, die unglückliche Widmung, den Vorspruch zu diesem Buch, zu erklären. Als das Manuskript in aller Leidenschaft geschrieben war, hatte der Autor ein instinktives Bedürfnis, die Götter durch ein paar herablassende Worte zu besänftigen. Deshalb schrieb er jene Zeilen, die Worte eines smarten, klugen, jungen Mannes, der einen einfacheren, gläubigeren, ehrlicheren schmähte. Sobald das Buch gedruckt war, bedauerte er diese Worte, und er bedauert sie noch heute.

Jener junge Autor wäre sehr überrascht gewesen, wenn man ihm gesagt hätte, daß sein Buch nach so vielen Jahren immer noch gekauft wird. Er hielt es für völlig unverkäuflich. Es hätte ihn überrascht und beglückt, wenn er in jener Zeit schmerzlicher Hoffnung und tiefer Selbstzweifel gewußt hätte, daß junge Leser noch nach dreißig Jahren sein Buch lieben würden. Aber es gibt keine Möglichkeit, in die Vergangenheit zurückzugehen und es ihm zu sagen, und wahrscheinlich ist es besser, daß er das Buch nur um seiner selbst willen schrieb, weil er es mußte, und aus keinem anderen Grund. So bleibt die Beglückung mir, seinem Nachfolger, der wesentlich älter ist und Ermunterung nötiger hat.

Santa Fe, 1962 O. La F.

1

Er ritt die hundert Meilen von T'o Tlakai nach Tsé Lani, um einen Tanz mitzumachen, aber eigentlich des Pferderennens halber, das darauf folgen sollte. Die Sonne war heiß und sein Bauch war leer, doch das Leben lief im gleichen Rhythmus wie sein Pony, das stetig wie eine Maschine die Meilen heruntertrabte. Er saß lässig im Sattel zurückgelehnt, sein Arm schwang das Strick-Ende im Takt des Pferdetrabs. Sein neues rotes Stirnband, ein greller Farbfleck in der aschenen sonnenverbrannten Öde, hüpfte auf und ab mit des Ponys Trab und mit dem Lied, das er sang:

»Naschdui bik'é dinni, eya–a, eyo–o...
Der Wildkatze schmerzen die Füße, *eya–a, eyo–o*...«

Strick-Ende, Schultern, Gesang, alles schwang zusammen, das Leben floß in einem einzigen Strom. Er warf den Kopf zurück, um lauter zu singen, und horchte auf das Echo von den Klippen zur Rechten. Er dachte an einen Armreif, den er machen wollte, vier glatte Streifen nebeneinander und ein Türkis in der Mitte – wenn er das Silber auftreiben konnte. Er hätte arbeiten mögen im Reiten; dann war alles so vollkommen wie das Gebet *hozoji nashad*, »Wandern in Schönheit«. Seine Hände, seine Füße, sein Kopf, sein Inneres, alles war *hozoji*, alles voller Leben. Er gellte einen Schrei und schmetterte den Elstergesang, daß die leere Wildnis widerhallte:

»A–a–a–iné, a–a–a–iné,
ya–a–iné–ainé, ko–ya–ainé...«

Er war schlank, groß und hübsch, Lachender-Knabe mit dem neuen billigen Stirnband und dem geborgten Silbergürtel, mit dem er sein zerlumptes Zeug aufgeputzt hatte.

Mittags erbettelte er, da er kein Geld hatte, Kaffee von einem Händler in Chinlee, ritt weiter und sparte seinen Hunger für das künftige Fest. Nun begegneten ihm schon Navajos in jedem Alter, die zum Tanze ritten. Die Jungen blieben zusammen – eine Gruppe mit klirrendem Zaumzeug, dunklen erregten Gesichtern, blitzendem Silber, Türkisen, Baumwollhemden, schmutzigen zerlumpten Mänteln, buntgestreiften Gamaschen oder puterroten. Manche waren beladen mit Schmuck; Pferdegebers-Sohn trug über vierhundert Dollar in Silber an sich. Die meisten hatten mehr als Lachender-Knabe. Sie hielten und besahen seinen Bogenhandschützer, den er selber gemacht hatte.

»Ich bin ein guter Silberschmied«, sagte er stolz. »Mein Silber fließt wie ein Lied.«

»Du solltest ein Lied auf dich selber machen«, sagten sie ihm, »und die Lastesel es singen lehren.«

»Habt ihr Regen gehabt oben in T'o Tlakai?«

»Nein, genau wie letztes Jahr. Das ist des Teufels. Das Gras vertrocknet, und die Schafe sterben.«

»Drüben in T'isya Lani ist ein Wolkenbruch gewesen. Er hat den Damm weggeschwemmt.«

»Er hat das Haus des Missionars weggeschwemmt. Seine Frau lief hinaus im Hemd und ist naß geworden, heißt es.«

»Ei–yei!«

Großer-Jäger und sein Weib fuhren in einem funkelnagelneuen Kastenwagen mit zwei schnelltrabenden grauen Maultieren vorüber. Großer-Jäger besaß über hundert Pferde, und sein Weib trug dicke Ketten von Türkisen und Korallen um den Hals.

»Sein Bruder sitzt im Loch wegen Viehdiebstahls, heißt es.«

»Was ist das: im Loch?« fragte Lachender-Knabe.

Glattes-Haar erklärte: »Das ist etwas, was der amerikanische

Häuptling dir antut. Er setzt dich in eine Kammer von Stein, wie ein Moqui-Haus, nur ist es dunkel, und du kannst nicht heraus. Der Mensch stirbt da, heißt es. Er hat keinen Platz. Er kann nichts sehen. Ich mag nicht davon reden.«

Lachender-Knabe dachte: Lieber würde ich sterben. Er hätte gern mehr gefragt, aber er schämte sich, unwissend vor diesen südlichen Navajos zu scheinen, von denen manche Hüte trugen wie Amerikaner und die so viel davon wußten, wie es bei denen zuging.

Sie ritten um die Wette. Sein Pferd war müde, aber er siegte, und das war gut, denn er hatte um seinen Handschützer gewettet. Nun hatte er sechs Dollar. Er hoffte, es würde gespielt werden.

Von Tsé Lani her kam ferner Feuerschein durch die Dämmerung, berittene Indianer bewegten sich darauf zu wie die Speichen eines Rades. Eine halbe Meile entfernt davon trafen an die zweihundert junge Männer zusammen, ließen ihre Ponys steigen, tauschten Begrüßungen aus. Krummes-Ohr trug den Zeremonienstab. Nun hielten sie alle in einer Reihe, das düstere Abendrot hinter ihnen. Sie rasten aufgellend los wie zu einem Rennen, in vollem Galopp. Auch drüben bei dem Feuer flogen Schreie auf, eine andere breite Front toste ihnen entgegen. Die Welt war voll vom Donner der Hufe, zwei Mauern von Getöse stießen zusammen, die Männer lagen vorgelehnt auf den Pferdemähnen, mit aufgerissenem Mund: *»E-é-é-é-é!«* Sie stießen zusammen und fegten alle miteinander weiter, gellend wie ums Leben, der erhobene Stab allen voran, fast bis ins Feuer hinein. Dann lösten sie sich auseinander mit Geklirr von Zaumzeug, Gelächter und Scherzen.

Die lärmende Erregung verebbte im letzten Tageslicht vor den Felsen und den Pinien, vor der Spiegelung des Himmels im Wasser, wo flache zerfließende Pferdesilhouetten die Köpfe beugten, um zu trinken. Das Stimmengeräusch vieler Men-

schen brauste gedämpft weiter, verband die Zeit der Ruhe mit gewesener und kommender Lust. Lachender-Knabe spürte eine heimliche Erwartung, halb Hunger und halb Erregung. Er versorgte sein Pony gewissenhaft. Die kleine Stute hatte zwei Tage Trab hinter sich; bald wollte er sie rennen lassen; drei Tage Ruhe würden nicht zuviel sein. Sie war sein einziges Pferd; er hatte zwei andere für sie verkauft. Sie war zäh, wie es sich für ein Pferd gehörte, das hier im Norden leben sollte. Er strich mit den Händen ihren Hals entlang und fühlte die sehnigen festen Muskeln. In der ganzen Gegend von Dennihuitso bis Biltabito, von T'o Tlikahn bis T'o Baka, wo er jedes Pferd vom Ansehen kannte, war sie die beste, aber hier würde sie Rivalen finden. Ihm war, als sei sie sein eigenes Werk wie der Bogenhandschützer; wenigstens hatte er sie sich ausgesucht, wie er den zarten blauen Türkis in dem Schmuckstück gewählt hatte. Klein, gedrungen, ganz schwarz bis auf den winzigen weißen Fleck auf der Stirn, hatte sie die häßliche krumme Nase, die Charakter verriet. Sie war wie ein Pfeil, auf eine straffe Bogensehne gelegt – eine Handbewegung, und sie würde geradewegs zum Ziel fliegen.
Manches ging ihm so durch den Kopf, während er halb nach dem Lärm der Leute hinhorchte. Auch das Gebet »Wandern in Schönheit«. Wie herrlich, selbst ein Sänger zu sein und alles in Gebeten auszusprechen, den Berggesang zu leiten und alle die schönen Geschichten hinter den Zauberliedern und Bräuchen im »Dunklen Ring der Zweige« zu wissen. Ja, das wäre in Wahrheit der »Pfad der Schönheit«: in Silber und Türkisen arbeiten, sanfttrabende Ponys besitzen und den Berggesang leiten. Allein die Vorstellung tat schon gut und kühlte ihn inwendig.

»Hozho hogahn ladin nascha woyen...
Im Haus der Glückseligkeit wandere ich...«

Dabei strich er mit der Hand dem Pony über den Hals, den Rücken entlang und fühlte die Stränge der zähen Muskeln.
»*E–ya*, Großvater*, willst du mit deinem Pferd tanzen?« rief Spaßender-Squaw-Sohn zu ihm herüber. »Es gibt zu essen.«
»*Hakone!*« Er war plötzlich wieder im quirlenden Leben des Festes. »Ich hab Hunger. Ich wußte nicht, daß du auch kommst.«
»Ich bin gekommen, weil ich hörte, daß du deine Stute rennen lassen willst. Dabei ist Geld zu machen. Und dann möchte ich sie laufen sehen.«
Sie schoben sich Arm in Arm unter die Menge und drängten sich in den Kreis um eines der Feuer. Geschäftige Frauen gaben ihnen Kaffee, der große Fleischtopf wurde herumgereicht und ein flacher schwerer Laib Brot. Das Fleisch war vom Rükken eines jährigen Kalbes, mit Mais gekocht. Es war gut. Er kaute zufrieden, fühlte, wie sein leerer Magen voll wurde, verschlang Brot und spülte es mit bitterem Kaffee herunter. Zwei Amerikaner, die ihre eigenen Teller mitgebracht hatten, bedienten sich zurückhaltend. Ein Hopi, der so viel an sich gerafft hatte, wie er nur herunterschlingen konnte, hockte sich zudringlich neben sie, um sein Schulenglisch und seine zivilisierte Großspurigkeit an den Mann zu bringen.

2

Eine kleine rasch wirbelnde Trommel sammelte den verworrenen Lärm zu kurzen abgehackten Stößen. Junge Männer sammelten sich um den Trommler. Lachender-Knabe hätte gern mehr gegessen, aber er sprang sofort mit Spaßender-

* Höflichkeitsanrede, auch unter Nichtverwandten und Jüngeren.

Squaw-Sohn vom Feuer auf. Irgend jemand stimmte sehr hoch mit voller Stimme an:

»Yo–o galeana, yo–o galeana, yo–o galeana...«

Schon beim Ende des zweiten Wortes sang die Menge mit, immer mehr junge Männer drängten heran und stimmten ein:

»Galeana ena, galeana eno, yo–o ay–e hena ena...«

Sie legten einander die Arme um die Schultern und schwangen im Takt zu der einzelnen Trommel, deren Dröhnen wie ein dumpf glosender Faden durch den Gesang lief, vierhundert junge Männer, die alles in sich losließen, was sie waren.
Ein zwanzig Fuß langes Festfeuer flammte ihnen zur Linken. Gegenüber und zur Rechten saßen die alten Leute, in ihre Decken gehüllt. Hinter ihnen hockten Männer in den Sätteln, Kopf und Schultern dunkel gegen den Nachthimmel, und nickten schweigend den Takt zum Rhythmus. Hier und da zuckte der Feuerschein über ein Stück Silber, ein dunkles Gesicht, das Auge eines Pferdes.
Zwölf Mädchen in langer Reihe glitten in den freien Raum; sie bewegten sich langsam und gelassen, als ob der brausende Gesang vor ihnen zu einer unsichtbaren Schutzmauer erstarrte, ehe er sie erreichte. Nur der Pulsschlag der Trommel war in ihren Schritten. Sie kamen näher und wichen wieder zurück vor der Reihe junger Männer, die ihnen angriffslustig entgegensahen.
Lachender-Knabe hinten in der Menge betrachtete sie mit gleichmütigem Interesse. Er sah gern ihre weichen Bewegungen und den Staat von Decken und Schmuck. Eine darunter fiel ihm auf, sie hatte, schien ihm, mehr an Silber, Korallen,

Türkisen und weißen Muscheln an sich hängen, als er je an einem Menschen gesehen hatte. Er überschlug den Wert in Pferden – sie mußte eine Mutter oder Mutterbrüder haben, die sehr reich waren. Sie war schmal, fast zu zart, um in all dem reichen schweren Schmuck zu tanzen. Wenn sie doch näher in den Feuerschein käme, wünschte er. Sie war schön gekleidet; Silber und Steine mit sanften Lichtern und tiefen Schatten glommen gegen den nachtblauen Stoff ihrer Jacke; ovale Silberplatten waren an ihrem Gürtel und Schmucksteine in den Fransen ihrer Schärpe. Ihr blauer Rock schwang mit ihren kurzen gemessenen Schritten knöchellang über dunkelroten Beinlingen und Mokassins mit silbernen Knöpfen. Die nachtdunkle Kleidung hob sie scharf von den anderen Tänzerinnen ab, selbst ihre Decke war fast völlig blau. Ihm stieg ein feindliches Gefühl gegen sie auf, diese Dunkle, Schmächtige, wie ein Grashalm war sie – nur ein armseliges Fetzchen von einer Frau. Ihr Blick, der über die Sänger hinstreifte, war kühl abschätzig. Nun sah sie ihn selber an. Er warf den Kopf zurück und verlor sich in den Gesang. Hätte er doch auch einen amerikanischen Hut, dachte er.
Ihre zierlichen Schritte führten sie ihm aus den Augen, Spaßender-Squaw-Sohn sang neben ihm, den Arm um seine Schulter, an seiner anderen Seite war ein anderer Indianer, ihm unbekannt, aber jung. Ihr Leben floß zusammen mit all den andern, verschmolz zu einem Körper von Gesang mit der Trommel als Herz.

»Yo–o galeana, yo–o galeana…«

Lied folgte brausend auf Lied. War eines zu Ende, setzte das nächste schon ein, als wäre die Nacht nicht lang genug, um alles hinauszuströmen, was in ihnen war.
Jemand zupfte an seiner Decke, dann wurde sie mit einem

zweiten stärkeren Ruck ihm von den Schultern gerissen. Er fuhr herum. Die Männer in seiner Nähe lachten verstohlen. Das schmale Mädchen hielt ihm spottend seine Decke entgegen.

»*Ahalani**!« begrüßte sie ihn.

Er stand einen Augenblick in gespielter Verblüffung. Er hatte keine Lust zu tanzen. Zum Teufel! Dann packte er mit plötzlichem Vorstoß seine Decke. Es half nichts. Sie hielt fest mit unvermuteter Kraft, die Fersen in den Sand gebohrt, lachend. Die Männer zu beiden Seiten sahen mit Vergnügen zu.

»Was ist los? Vielleicht tun dir die Füße weh? Vielleicht bist du krummbeinig, was?«

So etwas sagten Mädchen sonst nicht. Er war empört. Die Beschimpfungen klangen wie Musik in ihrer klaren, leisen Stimme, die im Heben und Senken den Tonfall der Navajofrau voll zum Ausdruck brachte. Die ganze Zeit, während sie an der Decke zerrten, redeten ihre langgeschnittenen Augen. Er hatte auch sonst schon Mädchen mit den Augen reden sehen, wenn sie an der Decke zogen, aber diese sprachen klar wie Worte. Verzweifelt wünschte er sich zwischen die Männer zurück. Fast riß er sie zu Boden, aber sie hielt fest, und ihre Augen schienen ihn zu verspotten.

Plötzlich gab er nach. Sie führte ihn hinter den Männern herum, ohne zu sprechen, gleichgültig. Er zog sein Ende der Decke über die Schulter, nahm die übliche widerstrebende Haltung an, einen Fuß zögernd vor den andern setzend, während sie ihn vorwärts zog. Er hielt sie scharf im Auge, aber ihr Griff ließ nicht locker. Draußen auf dem freien Platz faßte sie mit den Händen seinen Gürtel. Er zog seine Decke bis zum Kinn herauf und verbarg die Freude hinter der Maske hochmütiger Duldung, wie die andern Männer, die da tanzten.

* Allgemeine Grußformel, die sowohl Willkommen wie Lebewohl bedeutet.

Das feierliche Drehen der Paare hob sich ab von der freien Gelöstheit der Sänger: dies war eine religiöse Zeremonie und zugleich ein ländliches einfaches Vergnügen, das Glück eines Naturvolkes, das nur wenig erlebt. Sie waren altväterisch und ernst in ihrer Festfreude.
Nach dem Herkommen fragt der Mann, wenn eine Ruhepause ist, wieviel er als Freikauf bezahlen muß; an der Länge der Zeit, die das Mädchen sich nimmt, um zu einer annehmbaren Zahl zu kommen, mißt er ihr Gefallen an seiner Gesellschaft.
Die Musik machte einen Augenblick Pause, damit die Sänger Atem schöpfen konnten. Er machte einen schwachen Versuch, freizukommen, dann fragte er: »Wieviel?«
»Zehn Cent!«
Die rasche Antwort machte ihn betroffen. Er zahlte das Lösegeld und starrte sie an, gekränkt, wütend über die leere korrekte Gleichgültigkeit ihres Gesichts, sah aber zugleich feingeschnittene Züge, fest geschlossene Lippen und schmale Augen, die ihn verspotteten. Zehn Cent! Schön! Mit einer stolzen Bewegung schlug er die Decke um sich und schritt würdevoll zu den Sängern zurück.
Er wollte sich ins Singen verlieren, aber er behielt das Mädchen im Auge, wie es einen Mann aufforderte, der fast so groß wie er selber war. Statt in der üblichen Art zu tanzen, hielten sie einander Gesicht zu Gesicht und ganz nah, jeder eine Hand auf der Schulter des andern. Es war unerhört; und warum hatte sie es mit ihm nicht so gemacht? Aber ihn hatte sie gleich das erste Mal gehen lassen, als er gefragt hatte. Sie hatte ihn beleidigt, sie war überhaupt zu mager und wahrscheinlich schlecht erzogen.

3

Seines Freundes Arm lag um seine Schulter, seine Ohren waren voll vom Trommelschlag und vom Brausen der Musik. Er war ein Mann unter Männern, schwang mit ihnen im Gleichtakt, ließ seine Freude am Leben los in gebändigtem Gesang.

»Naschdui bik'é dinni eya–a, eyo–o...
Wildkatzfuß wund, *eya–a, eyo–o...*«

Ein später Mond stieg auf, kühl, fern und fremd. Sie schleppten noch einen Baum ans Feuer, stellten ihn einen Augenblick hoch, so daß das heiße Licht in seinen toten Zweigen spielte; dann ließen sie ihn überschlagen und stürzen und schwärmende Funken in die schwarze Dunkelheit aufstieben.
Mitternacht war vorüber. Die Mädchen zogen in langer Reihe ab, die Decken über dem Kopf, erschöpft von dieser Nacht ununterbrochenen Tanzes. Die alten Leute waren müde. Unbewegliche Gestalten lagen wie Mumien ausgestreckt in ihren Decken um die Asche der Festfeuer. Auch die meisten jungen Männer machten Schluß, bis auf etwa hundert, die nicht nachließen. Sie drängten sich um den Trommler, einen älteren Mann, der mit starrem Ernst auf einem Stück Leder, das über die Öffnung eines Topfes gespannt war, rasche Wirbel schlug, die ins Blut gingen und es aufpeitschten. Er spielte mit dem Rhythmus wie andere mit den Linien einer Zeichnung; jetzt ging eine rasche Folge scheinbar absichtsloser Trommelschläge los, jetzt holperte der Schlag, stockte, sprang wieder auf und wirbelte rasend weiter. Ganz versunken in sein Spiel gab er seine lange Erfahrung, seine Kraft und Kunst in raschen geschickten Bewegungen des Handgelenks aus und lockte aus einem Stück Ziegenhaut und einer Handvoll gebrannten Tons

ein gesteigertes Leben heraus, während die Jungen um ihn in immer wiederkehrendem Crescendo sich wiegten.
Die Nacht wurde alt. Nun hob sich der erste helle Streif im Osten hinter scharf gezahnten Klippen. Jetzt kam das erste Licht. Morgenlichtknabe stieg herauf. Die Trommel schwieg; plötzlich war die Weite leer und verödet. Junge Männer, im Körper ein Gefühl wie eine hohle Muschel, die Köpfe noch dröhnend vom Gesang, stiegen zum Teich hinunter, um zu trinken.

»Hayotlcatl Aschki, Natahni...«

Lachender-Knabe sprach sein Gebet in sich hinein.

»Morgenlichtknabe, Häuptling...«

Er rollte sich in seine Decke. Wenn er sein Pferd rennen ließ, dann sollten die Leute Augen machen. Er würde an allen vorbeireiten, zurück nach T'o Tlakai, mit all seinen Gewinnen. So schmächtig das Mädchen aussah, sie war doch stark. Er würde einen Armreif im Gedenken an sie machen, dünnes Silber mit Sternen aus Feuersteinsplittern. Sein Pferd kam und blieb bei ihm stehen. Halb erwacht sah er es an, richtete sich schlaftrunken auf und zerrte den Kornsack unter seinem Sattel hervor.
Er zog sich die Decke über den Kopf. Alle Dinge um ihn schmolzen zusammen in das Bild einer Nacht, wie noch nie eine gewesen war.

Jemand rief ihn an: »*Ei schichai**, *ei–yei!*«
Er machte die Augen auf und starrte Spaßender-Squaw-Sohn ins Gesicht, der hoch über ihm im Sattel saß und ihm zulachte. Das Gesicht war im Schatten unter dem Kreis seines breitrandigen Hutes, der scharf gegen den leuchtend hartblauen Himmel stand. Die Sonne war schon herauf.
»Wach auf, Großvater! Großer-langer-Mann will Baumstemmen spielen gegen jedermann!«
»*Hakone!*« Er war schon auf den Füßen. »Gib mir einen Zug aus deiner Pfeife, Großvater!« Er sprang hinter seinem Freund in den Sattel. »Vorwärts!«
Sie machten halt, um einen Schluck Kaffee in einem Hogahn** am Teich zu trinken, wo die Frau ihn als Langschläfer auslachte.
Alle waren am Ende eines kleinen Seitencañons versammelt, wo Feuer eine Anzahl Krüppeleichen und Fichten unter der einen Felswand nahe einem Wassertümpel zerstört hatte. Sie teilten sich dort in zwei Gruppen, die eine setzte auf Großer-langer-Mann, die andere auf Mann-Hammer, den Polizeimann drüben von T'o Nanasdési. Hügel-Sänger ritt dazwischen hin und her, sammelte die Einsätze und rief sie aus. Das meiste Geld wurde auf Großer-langer-Mann gesetzt, und es gab wenige, die dagegen wetteten. Lachender-Knabe konnte keinen Einsatz mehr unterbringen. Er sah das Mädchen unter den unbeteiligten Zuschauern sitzen.
»Wer ist das Mädchen?« fragte er Glattes-Haar. »Die dort, die gestern abend soviel Schmuck an sich trug?«
»Sie heißt Schlankes-Mädchen, glaube ich. Sie kommt von da

* Großvater
** Zeltartige Hütte der Navajos

unten bei der Eisenbahn, aus der Nähe von Chiziai, glaube ich.«
Großer-langer-Mann und Mann-Hammer gingen auf zwei abgestorbene Bäume von etwa gleicher Größe los. Hügel-Sänger und Eilt-zum-Krieg waren Preisrichter. Die Wettkämpfer rüttelten und zerrten an den Bäumen, gruben ihre Füße in den Sand und spannten die Schultern. Großen-langen-Manns Baum fing an zu krachen, und plötzlich schlug er um. Die Leute schrien und lachten. Niemand wollte mehr gegen ihn setzen.
Dann gab es Ringkämpfe für die jungen Männer. Lachender-Knabe setzte etwas und verlor ein paar Dollar. Ein langer Mann mit einem amerikanischen Hemd und Hosen und einem Hut spielte sich gewaltig auf. Einen, der ihn herausforderte, schlug er mit Leichtigkeit. Lachender-Knabe erkannte in ihm den Mann, der gestern abend so empörend getanzt hatte.
»Wer ist das?« fragte er.
»Das ist Roter-Mann. Er kommt von da unten bei der Eisenbahn.«
»Er ist zu dürr. Ich werde ihn schlagen.«
Er forderte Roten-Mann heraus.
»Wieviel setzt du auf dich selbst?«
»Ich habe drei fünfzig und diesen Handschützer.«
»Das macht acht fünfzig.«
»Der Handschützer ist mehr wert. Er ist zehn Dollar wert.«
Der Mann besah ihn abschätzend. »Gut, er ist acht wert. Das macht elf fünfzig. Warum setzt du nicht deinen Gürtel?«
»Er gehört nicht mir.«
»So bist du sicher, daß du verlierst, scheint mir?«
Lachender-Knabe mochte diesen Indianer nicht.
»Nein. Ich werde dich glatt werfen.«
»*Ei–yei!* Dann setz den Gürtel. Sieh, meiner ist besser als deiner. Es sind Türkise drin.«

»Gut.« Sie stapelten die Einsätze auf: drei fünfzig und ein Handschützer gegen elf fünfzig, Gürtel gegen Gürtel. Der Gürtel war das Geld wert, aber er war häßlich, dachte Lachender-Knabe. Er mochte diesen Mann nicht. Er tanzte nicht anständig.
Sie standen Gesicht gegen Gesicht. Sie faßten sich mit den Händen. Als er den Mann in seinem Griff fühlte, sah Lachender-Knabe rot. Er und sein Feind waren allein im Raum mit dem Zorn. Mit all seiner Kraft und Gewandtheit warf er sich auf ihn wie ein Besessener. Der andere stöhnte und rang, dann ließ er plötzlich nach. Ein Fall.
Roter-Mann stand verblüfft und zornig auf. Beim nächsten Gang war es ihm ernst. Gern hätte er gemogelt, aber er fürchtete Eilt-zum-Kampf. Bei einem Blick über die Schulter seines Gegners sah Lachender-Knabe Schlankes-Mädchen, die halb lächelnd zusah. Dann sah er wieder nichts, seine Kinnladen klemmten sich wütend zusammen, er packte zu, hob hoch, herüber – da, wieder ein Fall, und ein wuchtiger.
Roter-Mann war erschüttert, ohne Zuversicht ging er in den nächsten Gang. Der Fall, den er diesmal tat, war schlimmer noch als die vorigen.
»Nimm die Gewinne!« sagte Hügel-Sänger zu dem Sieger.
»Setz dein Pferd und versuch es noch einmal. Vielleicht gewinnst du deinen Gürtel zurück!« spottete Lachender-Knabe.
»In der vierten Nacht spielen wir Tset Dilth*, dann bring deine Gürtel mit!« Roter-Mann fühlte nach seinem Hinterkopf.
»Ich werde kommen.«
Lachender-Knabe sammelte seine Gewinne. Er sah sich um. Schlankes-Mädchen war verschwunden. Er war hungrig. Er suchte Spaßenden-Squaw-Sohn. »Es ist Mittag. Laß uns gehen.«

* Ein Glücksspiel

5

Viele Gäste waren in den Hogahns, die um Tsé Lani zerstreut lagen. Es gab viel Essen und viel Geschwätz. Da, wo sie einkehrten, lagerten sie auf Schaffellen, während zwei kleine nackte Jungen geröstete Maiskolben brachten und schweigende Frauen gekochtes Ziegenfleisch und Maisbrot vor sie hinsetzten.
Sie aßen mit Muße, fühlten sich vergnügt wie geladene Gäste, doch ohne Zwang, und genossen ihren Hunger. Gespräche gingen hin und her, sie redeten über Ernte, Schafe, Regen und Pferde.
»Ich höre, du hast ein Pferd beim Rennen«, sagte ein Mann zu Lachendem-Knaben.
»Ja, ich habe ein gutes.«
»Da ist ein Mann, der hat einen großen Braunen von Tsézhin mitgebracht, der soll sehr schnell laufen, heißt es.«
»Wollen sehen. Ich setze auf mein Pferd.«
»Woher hast du deinen Handschützer?«
»Selber gemacht.«
»Ich gebe dir sechs Dollar dafür.«
»Ich verkaufe ihn nicht.«
Der Mann wechselte das Thema. »Hast du von Roter-Ziege gehört? Seine Weiber haben ihm seinen Sattel vor die Tür gesetzt, wird erzählt.«
»Was hat er getan?« fragte jemand.
»Whisky getrunken. Ihr Geld dafür ausgegeben, habe ich gehört.«
»Dann haben sie recht, scheint mir.«
»Ich habe nie Whisky versucht«, sagte Lachender-Knabe, »wie schmeckt er?«
»Er schmeckt schlecht, aber er tut gut im Magen. Und nachher tut der Kopf weh.«

»Das ist wohl wie *t'oghlepai**?«
»Es ist stärker. Ich gebe dir acht Dollar für den Handschützer da.«
»Ich verkaufe ihn nicht. Er bringt Glück.«
»Der Türkis ist nichts wert, und die Arbeit auch nicht viel.«
Lachender-Knabe sah ärgerlich aus. »Laß mich einen Zug rauchen, Großvater.«
»Der Türkis ist zu grün. Acht Dollar sind eine Masse Geld.«
»Acht Dollar sind nichts«, antwortete er hochfahrend und in vergnügter Erinnerung an seinen Gewinn.
»Hier, ich gebe neun fünfzig, das ist alles, was ich habe.« Der Mann hielt ihm das Geld hin.
»Nein, ich will ihn wirklich nicht verkaufen. Nicht um ein Pferd gebe ich ihn her.«
»Es ist ein schöner Handschützer. Wenn du viele solche Sachen machst, wirst du reich werden.«
Alles war gut, dachte Lachender-Knabe. Geld hatte er jetzt und einen Gürtel, der zwar häßlich war, aber an einen Händler für fünfzig Dollar verkauft werden konnte. Jedermann rühmte seine Arbeit. Das Mädchen vorhin war Nebensache, man sollte sich nicht so leicht ärgern lassen.
Es tat gut, so im Sand zu liegen, etwas zu schwatzen und hier und da einen Zug aus des Nachbars Pfeife zu tun. Jetzt, wo er Geld hatte, wollte er auch Tabak kaufen, sowie er zu einem Händler kam. Aber zuerst wollte er versuchen, diese beiden Amerikaner aufzutreiben, vielleicht gaben sie ihm eine von ihren langen weißen Zigaretten. Vielleicht kauften sie auch einen Gürtel. Sie reisten nur zum Vergnügen, hatte er gehört; sicher waren sie reich. Vielleicht hatten sie auch Süßigkeiten, Konservenbüchsen und Kaffee mit viel Zucker darin.

* Kornschnaps

Er rief seinen Freund.
»Laß uns sehen, ob diese Amerikaner meinen Gürtel kaufen wollen. Und was sie dafür geben wollen.«
»Gut.«Sie setzten sich seitwärts auf das Pferd von Spaßender-Squaw-Sohn, trommelten mit den Fersen sacht auf beiden Flanken des Tieres und summten im Reiten zusammen ein Lied.

6

Die Amerikaner, ein reicher Tourist aus dem Osten und sein Führer, hatten es satt, herumstreifende Indianer zu füttern, von denen sie den ganzen Tag geplagt waren. Sie kümmerten sich anfangs nicht um die beiden, die feierlich auf sie zukamen; aber die Doppelreihe von Silberplatten, die Lachender-Knabe um die Hüften trug, fiel dem Touristen ins Auge.
»Sagen Sie ihm, daß er mir seinen Gürtel zeigen soll«, sagte er zu seinem Führer; und dann in dem Kindersprache-Navajo der Amerikaner: »Dein Gürtel – zwei – gut.«
Lachender-Knabe ließ sich neben ihm nieder. »*Naschto, schadani* – laß mich einen Zug tun, Schwager.«
Es ist unhöflich, jemanden mit Schwager anzureden, und wie die meisten Navajos hatte er seinen Spaß daran, das Wort bei ahnungslosen Ausländern zu gebrauchen und es sie zu lehren. Amerikaner waren ein spaßiges Volk. Dieser gab ihm eine schwarze Zigarre, schnitt die Spitze für ihn ab und hielt ihm ein Streichholz hin. Der erste Zug warf ihn beinah um, nur durch die im Medizin-Hogahn* gesammelten Erfahrungen im Rauchschlucken brachte er es fertig, eine ruhige Miene zu bewahren.

* Hütte, in der religiöse Zeremonien stattfinden.

»Sehr gut ist das.« Er reichte die Zigarre seinem Freund weiter, der gewohnt war, tief den Rauch einzuziehen. »Es ist wie der Zaubertabak, den Natinesthani* dem Zauberer gab. So etwas haben wir nicht. Versuch es, älterer Bruder.«
Er versuchte es, zuerst vorsichtig mit einem ganz kleinen Zug, dann nahm er eine gute Lunge voll, die sein Inwendiges krampfig packte wie mit Krallen. Verzweifelt schluckte er Tränen und einen erstickenden Husten hinunter, während Lachender-Knabe ebenso hart um eine unbewegte Miene rang. Mit heroischer Anstrengung blies er langsam den Rauch von sich. Dann sagte er mit einem Aufseufzen, in dem sich Erleichterung hinter dem Schein kritischen Genießens versteckte: »Ja, kleiner Bruder, das ist sehr guter Tabak.«
Der Tourist befühlte seinen Gürtel und zog daran herum. Der Indianer bekam Lust, ihn dafür an seiner Krawatte zu ziehen, aber dann fand er doch, daß das ein schlechter Spaß wäre.
»Fragen Sie ihn, wieviel er für den mit dem Türkis haben will.«
»Wieviel willst du für den mit dem blauen Stein, Großvater?« fragte der Führer.
»Hm. Ein Pferd vielleicht.« Er paffte bedächtig an der Zigarre, die Spaßender-Squaw-Sohn ihm zurückgab.
»Einen Nickel biete ich vielleicht.«
Beide lachten.
»Sag du selbst, wieviel.«
Die ersten Schachzüge waren gemacht. Der Führer warf den Kopf zurück, spitzte die Lippen und machte ein kritisches und angewidertes Gesicht. »Fünfundzwanzig Dollar gebe ich.«
»Nein, nein.«
»Wieviel denn also?«
Er nahm den Gürtel ab. »Es ist ein gutes Stück. Diese Steine

* Held eines bekannten Navajo-Mythos.

sind gut. Das Silber ist schwer. Mexikanisches Silber. Die Arbeit ist gut. Fünfundsiebzig Dollar.«
Der Führer grunzte und warf eine Handvoll Sand darauf als Zeichen der Wertlosigkeit.
»Wieviel sagt er, daß er haben will?«
»Er sagt, fünfundsiebzig.«
»Was ist er wert?«
»Ungefähr sechzig, scheint mir. Sind gute Steine.«
»Handeln Sie herunter, wenn's geht.«
Lachender-Knabe gab die Zigarre zurück. Sein Freund, der etwas Englisch verstand, flüsterte: »Er sagt, sechzig. Ich glaube, er wird zahlen.« Er blies die Zigarre an, damit sie so schnell wie möglich herunterbrannte.
Lachender-Knabe fragte den Führer: »Wo kommt ihr her?«
»Von Besh Senil. Wir gehen zu den Moqui.«
»*Ei–yei!* Das ist weit! Warum wollt ihr die Moqui sehen?«
»Wir wollen sie mit Schlangen tanzen sehen*.«
»Sie sind verrückt, daß sie das machen. Unsere Tänze sind besser.«
»Vielleicht. Also, dieser Mann sagt, dein Gürtel ist ganz hübsch, und er will dir vierzig dafür geben. Mehr nicht.«
»Nein, siebzig. Weniger nicht.«
»Vielleicht können wir fünfundvierzig geben. Aber damit genug.«
Lachender-Knabe nahm die Zigarre wieder. Es dauerte lange, bis sie heruntergebrannt war. Ob er wohl daran sterben und wieder zum Leben kommen würde wie der Zauberer, der mit Natinesthani rauchte?
»Was will der Indianer haben?« fragte der Tourist.
»Er bleibt bei siebzig. Das ist zuviel.«
»Kaufen Sie den Gürtel.«

* Bekannte Regenzauber-Zeremonie der Hopi oder Moqui Arizonas.

Lachender-Knabe flüsterte: »Was sagen sie, Großvater?«
»Ich weiß nicht genau. Der eine, der Navajo spricht, sagt ›zuviel‹, glaube ich. Der Hellrote sagte: ›Kaufen Sie‹.«
Der Führer sprach wieder mit ihnen. »Der Mann hier sagt, er will euch fünfzig geben, weil der Gürtel ihm gefällt. Mehr nicht.«
»Nein, ich habe es ja nicht nötig, zu verkaufen. Er will nicht bezahlen, was er wert ist, er redet bloß so, als ob er ihn haben möchte.« Die Zigarre war zu Ende. Lachender-Knabe stand auf.
»Ach, geben Sie ihm, was er fordert.«
»Also, wieviel sagst du, Großvater?«
»Fünfundsechzig, vielleicht.«
»Er sagt, fünfundsechzig. Scheint, daß er nicht mehr heruntergeht.«
»Ich nehme ihn.«
»Er sagt, er nimmt ihn.«
Lachender-Knabe reichte ihm den Gürtel. »Großvater, kennst du dieses Papiergeld?«
Spaßender-Squaw-Sohn betrachtete die Scheine. »Ja, diese mit dem Zeichen in der Ecke sind Fünfer. Diese mit den kleinen Stäbchen und dem Mann mit dem langen Haar und dem häßlichen Mund sind Einer. Diesen mit der gelben Rückseite kenne ich nicht. Der wird nicht viel wert sein.« Man hatte ihn einmal mit Zigarettenzetteln hereingelegt.
Schließlich kam die Summe zusammen in Einern, Fünfern und den Silberdollars, an denen ihnen am meisten lag.
»Bitte den Mann«, sagte Lachender-Knabe zu dem Führer, »daß er uns noch eine von den dicken schwarzen Zigarren gibt. Sie sind gut.«
Der Führer übersetzte.
»Mein Gott! Ich dachte, es würde ihnen übel davon werden. Hier ist eine für jeden.«

»Gut. Nun, Großvater, gib mir etwas Zigarettenpapier.«
Während sie sich die Hand schüttelten auf Navajoart, schienen die Gesichter der Amerikaner auf einmal zu verschwimmen. Als sie davonritten, seufzte Lachender-Knabe tief.
»Wir wollen einen stillen Fleck suchen. Mir wird sehr schlecht.«
»Mir auch.«
Bei Sonnenuntergang gingen sie zum Teich, sich zu waschen, und tauchten die Hände in flüssiges Silber und Lila. Sie lagen am Felsen und sahen die Sonne versinken, sahen die Schatten und Lichter auf dem Wasser, die fernen Feuer und Menschen davor, die sich bewegten. Sie hatten geschlafen, sie fühlten sich sehr leer, sauber und friedvoll.
»Sollen wir versuchen, von dem Tabak eine Zigarette zu machen?«
»Noch nicht. Geh und sieh nach deinem Pferd. Es ist Zeit, wieder zu essen.«
»Ich hoffe, nachher wird tüchtig gespielt.«
Die zweite Tanznacht war der ersten fast gleich, wenn auch vielleicht etwas weniger rauschhaft. Er warf sich noch einmal in den Strom von Gesang, war glückselig und gellte, jauchzte sich fast von Sinnen, nur konnte er das Mädchen nicht vergessen. Während sie tanzte, achtete er nicht auf sie, aber sowie er merkte, daß sie sich nach einem neuen Tänzer umsah, war er unglücklich, bis sie ihre Wahl getroffen hatte. Er merkte aber, daß sie nicht mit Rotem-Mann tanzte. Zwischen Mitternacht und Morgengrauen, als die Frauen fort waren, schlich er sich beiseite, um an einem Feuer zu schlafen.
An dem Tage ritten sie nach Ane'é Tseyi, wo der Tanz der letzten Nacht gehalten werden sollte. Er saß hinter Spaßender-Squaw-Sohn im Sattel und hielt die Zügel der Stute. Er hoffte, unterwegs eine grasige Stelle für das Tier zu finden, und überlegte, daß er jetzt auf alle Fälle Geld genug hatte, um Korn zu

kaufen. Der lange heiße Ritt, die brennende Sonne, der stetige heiße Wind und der Mangel an Schlaf machte ihnen die Glieder schlaff und die Augen schwer. Es war eine Erleichterung, in den schmalen Cañon nahe vor ihrem Ziel einzureiten und in einem Streifen Nachmittagsschatten Rast zu halten. Lachender-Knabe führte die Pferde zur Wasserstelle hinunter und band sie hinter einem Felsvorsprung an, wo einzelne Grashalme, zollweit voneinander entfernt, aus dem braunen Sand sprießten. Ein getretener Pfad, der zu einer Eiche und einer Felsenspalte führte, fiel ihm auf. Vielleicht war da eine Quelle.

Er folgte dem Pfad. Hinter der Eiche wucherten Beerensträucher in einer Nische der roten Felsen, die wie die Falte eines Riesenvorhangs aussah. Dahinter stand eine mächtige hohe Fichte. Hinter der Fichte öffnete sich bis zur Schulterhöhe ein Spalt in durchsichtigen Schatten hinein. Hier und da war der Sandstein einzelner Vorsprünge zu samtener Rundheit ausgetreten, an einer Stelle zeigte ein eingeritztes Zeichen, daß lange vor den Navajos ein Volk älterer Geburt diesen Eingang gekannt hatte. Lachender-Knabe kletterte hinein.

Es war eine Steinhöhle, kaum zwanzig Fuß breit und nach oben zu enger. Durch ein Dickicht junger Espen gelangte er hinein und glitt den Felsen hinunter in ein gewölbtes Rund, in dem aus einer Spalte lautlos Wasser über Moos und Kresse in die Tiefe sickerte. Grashalme wuchsen in den Ritzen. Neben dem kleinen Wassertümpel in der Höhlung war ein Stück weichen Rasens mit Spuren von Mokassins. Er hockte sich an den Felsen. Hier war alles Schatten und Schweigen, mattgrauer Stein, grüne Dämmerung und der süße Hauch der Feuchtigkeit. Er tauchte seine Hände ein, kühlte sein Gesicht und trank. Er rollte eine Zigarette aus krümeligem Zigarettentabak. Hier war es gut. Hier war es schön.

Hoch oben glühte der unerträgliche Himmel, und ein Wolkenzipfel sah aus wie weißes Feuer. Wenn er die Augen zusammenkniff, stand um den Felsenrand hoch oben eine flammende Lichtkante. Er versuchte zum Spaß, sie wieder verschwinden zu lassen, den Widerschein mit der Wolke selbst zu verschmelzen und zwischen halb geschlossenen Lidern alle Dinge verschwimmen zu sehen.

»Ahalani!« Der Gruß kam von einer Stimme wie Wasser.

Er fuhr herum. Schlankes-Mädchen stand am Eingang der Höhle, ein Wassergefäß in der Hand.

»Ahalani, schicho!« Er sagte es würdevoll, gleichgültig.

»Mach Platz, Ringkämpfer, ich will hinunter!«

Er beobachtete ihre kleinen Füße in rotem Wildleder mit Silberknöpfen, leicht und sicher auf dem Felsen wie die einer Ziege. Es schien ihm endlos, bis sie unten war. Sie füllte geschäftig ihr Gefäß, aber die nützliche Hantierung sah bei ihr aus wie Tanzbewegungen. Nun kniete sie kaum zwei Schritte von ihm entfernt und maß ihn mit einem langen, spöttischen Blick, der sprach und lachte.

Sie ist ein Schmetterling, dachte er, oder ein Honigvogel. Warum geht sie jetzt nicht? Ich will nicht gehen – vor ihr davonlaufen. Als er ihr Gesicht zu lesen versuchte, meinte er, daß ihre Schlankheit täuschte; Kraft strömte von ihr aus.

»So. Zehn Cent, und ich gehe.«

Er blinzelte. »Die spare ich für heute abend, daß ich dich dann los werde.«

»Heute komme ich nicht zum Tanz. Ich habe Kummer. Etwas Schlimmes. Ich komme von weit her.«

Er hielt es für besser, nicht zu fragen. »Morgen ist Pferderennen. Und vielleicht auch Hühnergreifen.«

»Und du hast ein gutes Pferd zum Rennen, schwarz, mit weißem Stern und weißen Fesseln.«

Er brummte erstaunt. Sie lächelte. »Du bist ein guter Silberschmied, habe ich gehört. Du hast einen Handschützer ge-

macht. Du hast Roten-Manns Gürtel an den Amerikaner verkauft, hab ich gehört. Für fünfundsechzig Dollar.«
»Du bist wie ein altes Weib, das alles über andere Leute ausspioniert.«
»Nein, ich bin kein altes Weib.«
Sie sahen sich lange an. Nein, sie war nicht wie ein altes Weib. Das Blut sang ihm in den Ohren, und sein Mund war trocken. Er sog an seiner erloschenen Zigarette. Endlich sagte er: »Du solltest zum Rennen dableiben. Es gibt gute Pferde, schön anzusehen.«
»Vielleicht bleibe ich.«
Sie stand auf und stieg den Felsen hinauf, mit einer raschen gleitenden Bewegung. Sie sah nicht ein einziges Mal zurück. Er blieb in wunderlicher Gemütsverfassung sitzen. Lautes Lachen von Frauen schreckte ihn auf. Er ging an ihnen vorbei, ohne sie zu sehen, und kam wie geblendet wieder hinaus in die Sonne.

7

Die letzte Nacht des Tanzes war trotz ihrer Feierlichkeit eine Enttäuschung für Lachender-Knabe. Er versuchte mitzusingen, aber es waren nicht die Lieder, nach denen ihn verlangte. Er versuchte sich in den Gebeten zu sammeln, die sich zu höchster Erhabenheit steigerten, aber er hätte lieber für sich allein gebetet. Er verließ den Tanz und war plötzlich sehr einsam, als er Lärm und Licht hinter sich ließ, tief in sich selbst versunken, sich selbst gehörend. Er folgte einem Schafpfad die Wand des Cañons hinauf bis auf die Höhe, überschritt die schmale Mesa*, bis er über das breite Ties-Hatosi-Tal hinüber-

* Tafelberg, Plateau

sehen konnte, über ein weites Meer von Nacht bis zu den absteigenden Stufen der Mesas gegen den Sternhimmel; kühl, einsam, den fernen Klang von Trommeln und Musik hinter sich, verschwebend wie Erinnerung. Auch dies war Leben. Er fing an, ein neues Lied zu dichten, verlor aber die Lust dazu, weil er zu tief in sich versunken war. Er saß da und horchte auf das Flüstern der Gräser, das Rascheln eines Blattes – das wenige, was sich nachts in der Wildnis rührt.

»Yota zhil–de tlin–scha–igahl...«

Sein Lied fiel ihm wieder ein.

»A–a–a–ainé,
Ich reite mein Pferd von den Hügeln hinab
In das Tal, *a–a–a*.
Nun schwinden die Hügel. Mein Pferd will nicht gehn
Aus deinem Tal, *a–a–a*.
Hainéya, ainé, o–o–o–o.«

Schlankes-Mädchen kauerte sich neben ihn. Sein Lied brach plötzlich ab. Sie saßen beisammen ohne ein Wort und sahen in die Nacht, und Träume flossen zwischen ihnen wie ein Strom. Schließlich hob sie eine Hand, daß die Armreifen klirrten.
»Sing das Lied.«
Er sang mühelos. Sie war keine gewöhnliche Frau, sie kümmerte sich nicht um jedermanns Brauch. Das langgezogene *»Hainéya, ainé, o–o–o–o«* ging unter in dem Meer von Dunkel; Stille schloß sich wieder um sie.
Da sagte er: »Mein ältester Onkel ist hier. Morgen spreche ich mit ihm.«
»Wenn ich du wäre, täte ich das nicht.«
Er rollte mit bedächtiger Bewegung eine Zigarette, zündete sie

aber nicht an. Wieder schauten sie in die unbewegten Sterne über der verhüllten Erde. Kein Luftzug regte sich. Nichts Einzelnes war erkennbar in den Felsen oder im Tal, nur die fernen Zacken gegen den Himmel. Ein zweites Mal hob sie die Hand, und ihre Armreifen klirrten, wie wenn ein jähes Wort ohne Warnung das Weltall erschrecken müßte.

»Weißt du sicher, daß du mit deinen Verwandten sprechen willst?«

»Ja!«

Das zweite Ich in ihm, der selbständige Lenker in der Seele, erkannte, daß er mit keiner anderen Frau so hätte reden können. Menschenbräuche waren hinter ihnen geblieben, da unten in der Enge von Ane'é Tseyi.

»Vielleicht wirst du auf das hören, was er sagt. Vielleicht auch nicht. Vielleicht weißt du schon, was du willst.«

»Ich überlege genau, was ich tun will. Ich ändere mich nicht.«

Sie erhob sich wie ein Rauch. Er rief ein erschrecktes Lebewohl und folgte ihr dann von fern. Am Rande des Cañons blieb er stehen, wo das Brausen des Gesanges aus der Tiefe zu ihm heraufschlug, sah ihrer dunklen Gestalt nach bis zum Abhang, wo sein Lagerplatz war, und tiefer in die Dunkelheit hinein.

Er ging zurück bis an den fernen Rand der Mesa. Er wollte nicht schlafen, nie wieder.

»Nun wandre ich mit dem Gott,
Nun schreite ich über die Gipfel der Berge,
Nun wandre ich mit dem Gott,
Nun schreite ich über die Hügel,
Nun auf der Vorzeit Spur, nun auf der Schönheit Pfad
Wandre ich – in Schönheit –
Hozoji, hozoji, hozoji, hozoji–i.«

Der tiefe Widerhall des Gebetes trug seine Begeisterung über das Land. Dann fing er an, ihre Worte zu zergrübeln, fand darin nichts außer dem Unherkömmlichen, nichts von Versprechen, und seine eigenen fand er schwerfällig und töricht. Spielte sie mit ihm, oder meinte sie wirklich, was er aus ihrer Wortkargheit zu verstehen glaubte? War sie mit andern Männern auch so?

»Ich reite mein Pferd von den Hügeln hinab
Ins Tal, *a–a–a–*...«

Es riß ihn hoch und wieder zu Boden, er war nicht mehr auf dem Pfad der Schönheit. Ganz fern hörte er das verhallende *Yo galeana* und die dumpfen Schläge der Trommel. Er ging auf und ab. Mein Entschluß ist fest, ich werde alles machen, wie es recht ist. Nun wandre ich mit dem Gott – oder ist es nur Spiel, Leichtfertigkeit?
Plötzlich suchte er im Schlaf Zuflucht, rollte sich in seine Decke auf einer Anhöhe unter den glänzenden mitleidlosen Sternen und schlief ein mit dem Gefühl von Weite um sich und reiner heiliger Stille.

8

Er erwachte, von unbestimmten Erwartungen erfüllt, und sprach sein Gebet mit all der Freudigkeit, die seine Religion vorschrieb. Er konnte es kaum abwarten, seinen Onkel zu sprechen und seine Sache abzumachen, ehe sie zum Rennen nach der Handelsstation aufbrachen. Zugleich wußte er mit Bestimmtheit, daß er seinen ältesten Mutterbruder, seine Mutter und ihre Sippe nur brauchte, um seinen schon gefaßten

Entschluß zu bestätigen. Was geschehen mußte, geschah; er wollte nur ankündigen, was er vorhatte, nicht um Erlaubnis fragen.

Jetzt stand er am Rand des Cañons, in Sonne gebadet, während tief unter ihm im dichten nebeligen Halbdämmer gleichgültige Menschen umherliefen, Pferde stampften, Rauch aus kleinen Feuern stieg.

Sein Onkel wohnte mit Navajo-Töter unten bei der Handelsstation. Er brach ohne Frühstück auf und führte das Pony, obwohl er sehr in Versuchung war, aufzusitzen und die paar Meilen zu galoppieren, aber der Gedanke an das Rennen und der Wunsch, es zu gewinnen, hielten ihn zurück. Ich will für Schlankes-Mädchen gewinnen, dachte er mit einem Lächeln, fing an zu singen und strömte Glückseligkeit aus kräftigen Lungen in die leere Weite. Der staubige Marsch und die heiße Sonne, die Hitze, die über dem ausgedörrten Lehmboden und dem kümmerlichen Gestrüpp brütete, kümmerten ihn gar nicht. Lachender-Knabe sang, sein Pferd schnupperte an seinem Rücken, eine ferne Waldtaube verspottete ihn, und ein hochsegelnder rüttelnder Falke gab ihn als eine zu bewegliche Beute auf.

Der Hogahn war gut gebaut, mit einem dichten Dach von Fichtenzweigen über festen Holzpfosten. Von außen sah man durch die breite Türöffnung zuerst nur eine kühle Dunkelheit voll kleiner Lichtflecken, einen flackernden Glutschein in der Mitte unter dem Rauchloch und die Umrisse gelagerter Gestalten, von denen nur die Füße am Feuer in greller Deutlichkeit erkennbar waren. Er blieb an der Tür stehen. Jemand sagte: »Komm herein!« Er schüttelte Hände. Sie boten ihm Kaffee an, der vom Frühstück übrig war, und Tabak. Er warf sich auf das Schaffell, auf den Ehrenplatz neben seinem Onkel.

Einer nach dem andern ging an die Arbeit, die Kinder zum

Schafehüten, Navajo-Töter zum Warenlager, wo er allerlei kleine Arbeiten verrichtete und heute freies Essen austeilen sollte, sein jüngeres Weib zum Bereiten der Mahlzeit für die vielen Gäste, die heute zu erwarten waren, die Hauptfrau zum Weben draußen im Freien. Lachender-Knabe rauchte schweigend, der Zigarettenrauch stieg im Schatten empor, fing sich in einem Sonnenstreifen, verschwand und schimmerte noch einmal bläulich, ehe er sich durch das Dach verzog. Ein leiser Luftzug raschelte in den grünen Wänden. Er betrachtete seines Onkels Gesicht – groß und massig, mit starker gebogener Nase und tiefen Falten um den großen festen Mund. Quer über den Backenknochen lief die alte Narbe, von der sein Name, Wundes-Gesicht, herrührte. Es war der Kopf eines alten Adlers. Lachender-Knabe hatte etwas Furcht vor ihm.
»Mein Onkel.«
»Ja, mein Sohn.« Die altertümlichen silbernen Ohrringe schimmerten matt, als er den Kopf wandte.
»Ich denke über etwas nach.«
Sie rauchten weiter. Ein schwarz-weißes Zicklein schlüpfte herein, sprang hoch und wiegte sich auf einem Sattel. Draußen klang das rhythmische Dum-Dum der Weberin, die die Fäden am Webrahmen niederschlug. In der Ferne lachte ein Kind, irgendwo wurde Holz gehackt – lauter häusliche Geräusche.
»Ich denke daran, ein Weib zu nehmen.«
»Du bist alt genug. Das ist eine gute Sache. Du tust recht daran.«
Er war mit seiner Zigarette zu Ende. »Kennst du die eine da, Schlankes-Mädchen? Die soviel Schmuck an sich trägt? Die ersten zwei Nächte hat sie mitgetanzt.«
»Sie ist von der Missionsschule.«
»Das macht nichts. Sie gefällt mir.«
»Das macht viel. Ich weiß nicht, wer ihr erlaubt hat, mitzutanzen. Es ist ihr verboten worden. Wasser-Sänger wollte sie

tanzen lassen, aber wir haben es ihm verboten. Sie ist schlecht. Sie wohnt unten bei der Eisenbahn. Sie gehört nicht mehr zu unserem Volk, sie ist amerikanisch. Sie tut schlimme Dinge für die Amerikaner.«

»Ich weiß nicht, was du meinst, aber ich kenne das Mädchen. Sie ist nicht schlecht. Sie ist gut. Sie ist stark. Sie ist die Rechte für mich.«

»Du kommst von da oben her, du weißt nichts von solchen Dingen. Du kennst sie gar nicht. Welches ist ihr Stamm?«

»Ich weiß nicht.«

»Was? Und du kannst meinen, daß du hingehen und dir auf solche Art ein Weib suchen darfst? Nächstens wirst du toll werden und ins Feuer springen, glaube ich. Ich sage dir, sie ist ganz schlecht. Für zwei Cent tut sie die schlimmsten Dinge.«

Lachender-Knabe setzte sich plötzlich auf. »Das durftest du nicht sagen. Nicht einmal denken. Jetzt hast du zuviel gesagt. Böses soll auf deiner Spur folgen. Jetzt hast du zuviel gesagt. Ugh. Dieser Platz ist zu eng für mich.«

Er stürzte hinaus. Er brauchte Raum, es kamen schon Leute, um das Magazin herum wurde gelacht und geschrien. Er ging schnell, um allein zu sein, doch war er zu stolz, um vor den Leuten zu laufen. Es kochte in ihm, am liebsten hätte er zugeschlagen, er war ganz durcheinander. So ging er weiter, bis er eine kleine Anhöhe erreichte, hinter der er gedeckt war. Er rannte um die Ecke.

Schlankes-Mädchen kam kühl und gelassen auf ihn zu. Sie zog erstaunt die Brauen hoch und blieb stehen. Unsicher trat er näher.

»Laß uns sitzen, hier ist Schatten.«

Sie sahen einander an.

»Du hast deinen Onkel gesprochen?«

Er ließ mit bejahender Geste die Hand fallen.

»Und er hat mit dir geredet?«
»Er sagte schlimme Dinge. Ich bin zornig auf ihn.«
»Und auf mich?«
»Du bist hergekommen, um mich zu treffen?«
»Ja. Ich wußte, daß du mich sprechen mußt, wenn du mit deinem Onkel geredet hast.«
»Was mein Onkel gesagt hat, wird auf seiner Spur folgen. Er hat Böses getan, es wird ihm folgen. Der Weg eines bösen Gedankens ist krumm und hat kein Ende. Ich will nichts damit zu tun haben. Ich habe nur gute Gedanken über dich.«
»Deine Mutter wird niemand senden, um mich zu werben. Du mußt mit mir kommen.«
»Warte. Welches ist deine Sippe?«
»Ich bin eine Bithani. Und du?«
»Tahtchini. Das ist in Ordnung. Aber ich habe nichts, was ich deiner Mutter geben könnte. Bloß ein einziges Pferd.«
»Ich habe keine Eltern. Sie sind gestorben, als ich auf der Missionsschule war. Ich gehöre mir allein. Dies alles« – sie hob die Halsketten hoch, Türkise, Korallen, weiße Muscheln, Silber, eine nach der andern, und ließ sie klirrend zurückfallen – »gehört mir. Dies alles« – sie berührte ihre Ringe und schüttelte die Armreifen an ihren Handgelenken – »und noch viel mehr gehört mir. Sie hinterließen es mir. Nun arbeite ich hier und da für die Frau des Missionars in Chiziai: Sie gibt mir Geld dafür, ich werde immer reicher. Ich kann dir Silber geben, um Schmuck zu schmieden, ich werde weben, und du wirst gute Pferde haben. Mit denen kannst du Geld verdienen, und wir werden zusammen reich sein.«
Die schmalen sprechenden Augen sahen jetzt in seine und verbargen nichts. Er fühlte ihre Kraft. Diese Frau, die so geradezu reden konnte, wies den geraden Weg als den einzig richtigen. Es erschien ihm nicht mehr seltsam, daß sie dasaßen und von Liebe sprachen, und Flucht wurde etwas ganz Selbst-

verständliches in diesem Gewebe von Plänen, die als Ganzes doch ein Wunder waren.
Nach einer Weile sagte sie: »Heute nacht wollen wir fort. Nach dem Rennen.«
Er überlegte. »Nein. Ich kam her, um zu spielen. Ich habe Rotem-Mann versprochen, daß ich gegen ihn setzen will. Wenn ich es nicht tue, wird er sagen, daß ich Angst vor ihm habe.«
»Er ist schlau. Er wird dir dein Geld abnehmen.«
»Das tut nichts zur Sache. Ich kann jetzt nicht zurück. Wenn ich es täte, weil ich Angst hätte zu verlieren, was wäre ich dann? Wenn ich deinethalben abschlüge, was für ein Mann wäre ich für dich?«
Er sah, daß er recht gesprochen hatte.
»Es ist bald Zeit zum Rennen. Du mußt gehen. Ich gehe andersherum.«
Auf dem Rückweg war er in einer neuen und tieferen Trunkenheit, aber die Wegstrecke, die vorher Meilen geschienen hatte, schwand jetzt zu Fußbreite. Er schwebte über dem Erdboden, er war ein wandelnder Gesang.

9

Das Pferderennen sollte am Spätnachmittag sein. Während der heißesten Tageszeit hielten fast alle Siesta. Nur wer ein Pferd zum Rennen angemeldet hatte, kümmerte sich um sein Tier. Spaßender-Squaw-Sohn half seinem Freund, das schwarze Pony zu untersuchen. Sie sprachen über die andern Anmeldungen und waren sich darüber einig, daß es einen scharfen Wettbewerb geben würde. Ein Mann vom Navajo-Berg in altertümlich gefranstem Lederrock und hohen Beinlingen hatte eine falbe Stute mitgebracht, die so schnell sein sollte wie ein Gedanke. Spaßender-Squaw-Sohn hatte sie gesehen, sie trabte wundervoll, sagte er. Von Tsézhin kam der nie besiegte Braune, und der hiesige Rivale, ein großer Eisengrauer, hatte auch einen guten Ruf. Sein Vater war ein amerikanischer Hengst, er war langschenkelig und von starkem Knochenbau. Lachender-Knabe meinte aber, daß er in einem kurzen Rennen – die Navajobahn ist gewöhnlich eine Viertelmeile lang – wohl kaum auf seine Kosten kommen würde. Lachender-Knabe hatte vor, etwas auf das Satteltauschrennen zu setzen und sein übriges Geld auf sich selbst. Sein Freund wollte hier und da setzen, aber hauptsächlich auf ihn.

»Machst du das Hühnergreifen mit?« fragte Spaßender-Squaw-Sohn.

»Warum nicht? Ein Rennen macht mein Tier nicht müde.«

»Aber das Hühnergreifen kommt zuerst, habe ich gehört.«

»Das ist schlimm. Weshalb denn?«

»Dem Mann von Tsézhin soll sein Pferd ausgerissen sein. Er ist weg und sucht es. So kommt sein Rennen zuletzt, damit er dabei ist.«

»Teufel! Dann kann ich das Hühnergreifen nicht mitreiten. Ich will nicht riskieren, daß mir was zustößt und mir das Rennen verdirbt. Und du?«

»Ich mache mit.«

Während sie so redeten, dachte Lachender-Knabe: Was mache ich nur? Ich rede von diesen Sachen und denke doch nur an sie allein. Ich bin der Mann, der morgen mit Schlankem-Mädchen auf und davon geht. Auf und davon mit Schlankem-Mädchen. Mir ist, als müßte ich losschreien. Ich bin nicht wie all die Leute hier.

Spaßender-Squaw-Sohn merkte ihm etwas an. »Du scheinst sehr vergnügt, mein Freund!«

»Weshalb auch nicht? Geht nicht alles gut? Ich gebe alles, was ich habe, zwei Ponys, eine Decke, fünf Dollar, weil mir ein schönes Pony gefällt. Dann komme ich hierher, und auf einen Schlag kriege ich fast neunzig Dollar, wo ich doch mit nichts angefangen habe. Nun kommt das Rennen. Es gibt nichts Schöneres als galoppieren, so scharf man nur kann. Und das tue ich auf dem Pony, das ich mir zur Freude gekauft habe, und viele Leute – (und die Eine, o herrlich!) – werden zusehen und gut von mir reden. Gewinne ich, so verdopple ich mein Geld dadurch, daß ich tue, was mich freut. Verliere ich, so bin ich nicht schlechter dran, als ich gestern war.«

Es war ihm ernst damit. Spaßender-Squaw-Sohn nickte.

Plötzlich ein Schuß. Das Pony bockte. Dann zwei Schüsse zugleich von rechts. Sie banden hastig das Tier an und rasten zum Lagerplatz, ihre Bogen zu holen. Überall rannten Leute. Weiber drängten sich um die Lagerfeuer, packten Bündel, Männer rissen Waffen an sich und eilten dem Lärm nach. Noch drei Schüsse krachten in Abständen von Sekunden. Jemand rief, daß ein Hopi einen Navajo getötet habe, ein anderer, daß es Amerikaner gewesen seien. Nun knatterte plötzlich eine Salve von Schüssen aus Flinten und Revolvern, jedoch aus größerer Entfernung. Als sie eine leichte Höhe überstiegen, sahen die beiden Freunde an die hundert Navajos in unregelmäßiger, im Halbmond geschwungener Linie. Sie holten sie ein und drängten sich nach vorn.

Dem Halbkreis gegenüber standen Großer-Alter, der Vorsteher des Distrikts, und ein amerikanischer Kommissar in Armeehut, Reithosen und Gamaschen. Der Amerikaner hatte eine Flinte und einen Revolver. Hinter den beiden standen Mann-Hammer und Linkshand, die beiden Polizeimänner, und ein Hopi- und ein Tewapolizist, alle mit Flinten. Der Hopi und der Tewa trugen Teile von Khakiuniformen. An einem Baum lehnte ein Navajo, der kläglich aussah. Blut lief seinen Ärmel entlang und tropfte von den Fingern, vor den Füßen lag ein Revolver. Weiter zurück hielt ein anderer Polizist, Lehm-Sohn, Wache bei einem mit Handschellen gefesselten Navajo, und halb hinter einem Gebüsch verborgen lag noch einer auf der Erde ausgestreckt.

Der amerikanische Kommissar und der Hopi wußten genau, daß ein paar hundert Navajos völlig überzeugt waren, daß diese Ausländer da etwas angestellt hatten, und wenn nur die eingeborenen Polizisten sich beiseite gedrückt hätten, wäre es ihnen wohl an Kopf und Kragen gegangen. Sie wußten auch, daß die Polizisten die drohende Stimmung spürten und mit ihr sympathisierten. In der Menge waren ein paar Dutzend Flinten und Revolver, und auf diese Entfernung tut auch der Bogen gleiche Wirkung. Die Indianer starrten alle nach dem verwundeten Mann, der einen schlimmen Anblick bot.

Der Tewapolizist trat von einem Fuß auf den andern und grinste. Die Lage konnte ernst werden, aber er dachte, es würde wohl gut ausgehen, und hoffte inständig, daß es zu einer Festnahme und einem Faustkampf mit einem Navajo käme. Tewas stoßen und puffen, Navajos geben Fußtritte, kratzen und ziehen an den Haaren. Seit Jahrhunderten war es der Beruf der Tewas, mit den Navajos zu kämpfen.

Niemand wußte genau, was geschehen war. Ein Navajo war festgenommen und einer verwundet. Ein Toter lag da, aber sie konnten nicht erkennen, von welchem Stamm. Die älteren Männer hofften, daß keine Unruhen entständen, nichts, was Soldaten in die Reservation* brächte. Die jungen Krieger hätten am liebsten gekämpft. Einzelne Männer schoben sich langsam mehr nach rechts oder links, so daß die Hörner des Halbmondes sich enger um die Polizisten schlossen. Noch kurze Zeit, dann waren sie umzingelt.

* Indianer-Schutzgebiet

Großer-Alter rief: »Halt! Keinen Irrtum! Alles ist in Ordnung, ihr habt keinen Grund, zornig zu sein!«
Sie gehorchten ihm, die Spannung ließ etwas nach.
Ein Mann sagte: »Da kommen noch mehr Leute.«
Ein anderer rief: »Ein Amerikaner ist verwundet!«
Die Stimmung der Menge wurde plötzlich besser.
»Zwei Amerikaner – da seht!«
Sie fingen an, aufgeregt untereinander zu reden, ein paar lächelten. Der Kommissar atmete auf und warf die Flinte über die linke Schulter. Mann-Hammer sagte zu Linkshand ein paar vergnügte Worte.
Die Ankömmlinge nahten aus der Richtung, wo die letzte Salve von Schüssen gekracht hatte. Dürrer-Amerikaner, der Händler aus Tséchil, und ein unbekannter Navajo stützten zwischen sich einen sichtlich schwerverwundeten Mann, der langsam und ununterbrochen vor sich hin fluchte. Hinter ihm stützte ein Tewa einen anderen amerikanischen Polizisten, der hinkte. Sie legten die Verwundeten auf die Erde neben den gefesselten Navajo, der Tewa stellte sich neben seinen Stammesgenossen, und Dürrer-Amerikaner redete auf den Kommissar ein. Nach einer kurzen Beratung dolmetschte er Großem-Alten, was besprochen worden war.
Der Häuptling trat vor.
»Hört mich, Freunde! Ihr wißt, wie schlimm es ist, Whisky zu trinken, und wie er einen toll macht. Ihr wißt, daß Washington es verboten hat. Nun ist der Amerikaner da hierhergekommen, Whisky zu verkaufen. Dieser Navajo« – er zeigte auf den mit den Handschellen – »ist mit ihm gekommen. Das war schlecht. So hat der amerikanische Häuptling diese Amerikaner und Polizeimänner geschickt, um den Handel zu verhindern.«
Während er sprach, übersetzte der Amerikaner es dem Beamten.

»Ein Mann war schon betrunken, der Verwundete da am Baum. Seht, was der Whisky aus ihm gemacht hat. Als wir sie festnehmen wollten, fing er an zu schießen. Er schoß den Hopi tot, den ihr dort drüben seht.«
Also ein Hopi war es, der getötet worden war! Noch mehr Männer lächelten.
»Also müssen er und der Mann, der ihm half, den Whisky verkaufen, und der andere Mann da alle ins Gefängnis. Ihr wißt, daß das gerecht ist. Es gibt keinen Grund, euch zu erzürnen oder euch das Rennen verderben zu lassen. Alles in allem ist bloß ein Hopi tot, und zwei Amerikaner sind verwundet, ein Amerikaner und zwei Navajos kommen für eine Weile ins Gefängnis. Das ist weiter nichts Schlimmes!«
Der Händler unterdrückte ein Lächeln, als er beim Übersetzen die letzte Bemerkung übersprang, und sagte nur halblaut: »Er macht ihnen vor, daß der Indianer nur eine leichte Strafe dafür kriegt, daß er den Polizisten erschossen hat. Am besten, man läßt es dabei.«
Die älteren Männer erklärten: »Das ist richtig. Das ist gut gesprochen. Wir wollen keine Unruhen.« Ein paar von den Jüngeren murrten, aber die andern fragten sie: »Was wollt ihr denn machen? Gegen Washington könnt ihr nicht kämpfen. Wollt ihr, daß sie wieder Soldaten herschicken? Sollen wir wieder in die Verbannung gehen?«
Es war ein Ereignis, eine Neuigkeit, über die man reden konnte. Die Menge wurde nun zu einem Haufen Leute, der neugierig zusah, was geschah, und darüber schwatzte.
»Laßt die Hopis und Tewas den Toten da wegbringen«, riet der Händler. »Sie verzeihen euch das nie, wenn ihr eine Leiche dalaßt und sie dafür sorgen müssen. Das verdirbt ihnen das Fest und treibt sie weg. Sie haben geradezu Todesangst vor einer Leiche. Da seht, wie die Navajopolizisten sich beiseite drücken.«

Pferde wurden gebracht, die Verwundeten und Gefangenen saßen auf. Die Pueblopolizisten legten den Körper ihres toten Kameraden über einen Sattel. Der Trupp ritt ab und ließ Großen-Alten und die Ortspolizei bei den Wettspielen zurück.
Der erste Tewa sagte zu dem andern: »Kein Kampf.«
»Nein. Aber es hätte sonst noch mehr Schießerei gegeben.«
»Wer weiß, vielleicht nehmen wir einmal einen Amerikaner unverwundet fest.«
»Wer weiß? Vielleicht.«
Sie sahen ihre Fäuste an.

10

Die beiden Freunde kehrten zu dem Pony zurück.
»Was ist dieser Whisky?« fragte Spaßender-Squaw-Sohn. »Ich höre immer davon reden. Es heißt, er ist schlecht. Aber jeder gibt sich Mühe, ihn zu kriegen.«
»Ich weiß auch nicht. Alle sagen, er ist sehr schlecht. Er macht einen toll, sagen sie. Es muß sein, als ob man Stechapfelkraut ißt, glaube ich.«
»Er hat den Mann da toll gemacht. Er wollte allein kämpfen.«
»M–m. Er hat ihn tapfer gemacht, finde ich. Aber er hat ihm den Verstand genommen. Wenn so was geschieht und eine Masse Leute auf einen losgehen, dann läuft man doch erst weg. Und dann kann man hinter irgend etwas Deckung nehmen und schießen.«
»Jedenfalls hat er einen Hopi totgeschossen.«
»*Ei–yei!* Er hat gut getroffen. Aber Gefängnis ist schlimm, heißt es.«
»Nun, das sind bloß ein paar Monate, und dann hat er etwas,

woran er denken kann. Wenn er wiederkommt, werden alle gut von ihm reden.«
Es wurde zum ersten Rennen mit Satteltausch gerufen. Sie trennten sich in der Menge, die sich in zwei Parteien spaltete, je nachdem, auf wen gewettet wurde. Lachender-Knabe setzte zwei Dollar auf eine Gruppe lebhafter junger Männer mit einem gedrungenen Pony, das aussah, als ob es geschwind wenden könnte und nicht leicht scheute.
Die Ponys wurden gesattelt und bestiegen. Der Riemen des Sattelgurts wurde durch den Ring und dann hinauf zum Sattelhorn gezogen, wo der Reiter ihn mit einer Hand festhielt und einen Finger zugleich in die Zügel hakte. Die andere Hand hielt die Peitsche zum Schlag bereit. Die Männer waren nackt bis auf Lendentuch und Mokassins, ihre schlanken, goldbraunen Körper wirkten knabenhaft.
Jetzt! Die Ponys rasten los, die Leute schrien. Die Reiter sprangen blitzschnell zur Erde, ihren Sattel im Arm, die Ponys wurden herumgerissen. Nackte Arme und Rücken streckten sich, die neuen Sättel wurden übergeworfen, der Sattelgurt flog durch den Ring, von der gleichen Hand an das Sattelhorn gerissen, mit der der neue Reiter sich hochschwang und in den Sattel des unter ihm schon losjagenden Ponys sprang.
Ein Mann glitt aus. Alles lachte und schrie. Es war ein scharfes Rennen. Jetzt sprangen die letzten Reiter auf. Einer von der Partei, auf die Lachender-Knabe gesetzt hatte, verlor den Riemen des Gurtes, und der Sattel rutschte unter ihm weg. Er riß ihn hoch, warf sein Gewicht in die Bügel, dann klammerte er seine Beine um den Leib des Pferdes. Aber er hatte das Tier aus seinem Gleichmaß gebracht und verlor ein paar Pferdelängen. Es gab viel Gelächter, Spottreden flogen ihm nach.
»Deine Finger sind fettig, Großvater! Mußt den Riemen mit den Zähnen halten!«
Lachender-Knabe ging und bezahlte seine Wette. Jetzt wurde

das Hühnergreifen vorbereitet. Das Huhn war ein Salzsack, halb mit Erde gefüllt. Ein Stück blauer Stoff um das offene Ende war der Kopf, zwei rote Lappen an den beiden unteren Zipfeln waren die Beine. Wer den Kopf über einen gespannten Strick warf, etwa hundert Ellen entfernt, der gewann fünf Dollar; jedes Bein brachte zwei Dollar.

Lachender-Knabe ging fröhlich und erregt um das Gedränge herum. Hatte es je solche vier Tage gegeben? Er suchte Schlankes-Mädchen mit den Augen und fand sie endlich, wie sie für sich allein dasaß. Ihre Blicke trafen sich, dann ging er abseits.

Roter-Mann rief ihn an. »Du reitest ein Pferd im Rennen, Großvater?«

»Ja.«

»Ich hoffe, du gewinnst. Heute abend werde ich dir alles wieder abnehmen.«

»Meinetwegen.«

Er ging ihm aus dem Weg, der Mann machte ihm Unbehagen. Ein Pinto-Pony mit zu langen Ohren kam ihm entgegen, darauf saß Halber-Mann, seines Vaters Bruder. Lachender-Knabe sah ihn an, seine dürren Arme und Beine, die ganze Jammergestalt dieses Mannes, und dachte an Wolf-Töter, den großen fröhlichen Krieger, als den er ihn als Knabe gekannt hatte, ehe der Ute-Pfeil die rechte Seite seines Kopfes gestreift und durch irgendeine seltsame Ute-Zauberei die linke Seite seines Körpers zum Schrumpfen gebracht hatte.

»*Ahalani*, Neffe. Bist du allein hier?«

»Ja. Es ist gut, dich zu sehen.«

»Sind alle gesund?«

»Alle sind gesund. Aber es gibt sehr wenig Regen diesen Frühling.«

»Schlimm. Das Hühnergreifen fängt an. Bist du nicht dabei?«

»Ich habe nur ein Pferd. Das reite ich im letzten Rennen.«
»Du müßtest dabei sein. In deinem Alter wäre ich dabeigewesen. Dieses Pferd hier ist gut. Nimm das.«
Er stieg schwerfällig ab und zog einen Gehstock hinter dem Sattel hervor. Lachender-Knabe fühlte es in seinen Augen brennen.
»*Ukéhe*. Danke.«
Navajos sagen niemals danke, es sei denn für sehr große Freundschaftsdienste; gewöhnliche Geschenke und Freundlichkeiten werden schweigend hingenommen. Unsere Gewohnheit erscheint ihnen als erniedrigend. Das Wort war ihm bei dieser Gelegenheit unwillkürlich auf die Lippen gesprungen. Halber-Mann verstand und wich dem Blick seines Neffen aus, während er weiterhinkte.
Das Hühnchen wurde in lockerer Erde eingegraben, so daß gerade genug von dem Sackzipfel heraussah, um ihn fest greifen zu können. Ein Schiedsmann stand daneben, eine lange Roßhaarpeitsche in der Hand, und sowie ein Reiter an ihm vorbeikam, hieb er dem Pferd mit voller Kraft über die Flanke, um es zu kräftigem Galopp anzutreiben.
Als Lachender-Knabe an der Reihe war, kam er in kurzem Galopp heran, versuchte sein Pony zu zügeln, fühlte es bei dem Peitschenknall hochgehen und griff eine Sekunde zu spät nach dem Preis. Bei den nächsten paar Versuchen sah er zu, ritt zurück, verhandelte mit Glattem-Haar über seinen Platz und nahm einen neuen Anlauf. Er hing tief aus dem Sattel, ehe der Peitschenschlag fiel, er hätte die Erde mit den Fingern berühren können. Klatsch! Und das Pony tat einen Satz zur Seite. Das Hühnchen war außer Reichweite. Er warf sich in den Sattel zurück und ruhte aus. Pferd auf Pferd jagte vorbei, fest im Zügel, stieg hoch unterm Peitschenschlag oder scheute. Die Reiter warfen sich vorwärts, hingen tief aus dem Sattel, streckten sich unglaublich in Wolken von Staub.

Ya–hai! E–ya–hai! Ei–yei! Gerade-Finger hatte es! Gerade-Finger galoppierte vorn in der Linie. Alle jungen Männer hoben sich im Sattel, die Ellbogen gespreizt, die Knie angepreßt. Peitschenhiebe fielen auf eifrige Ponys. Sie versuchten ihm den Weg abzuschneiden, andere holten ihn ein. Ein riesiges Rad von Reitern, hochgeworfenen Pferdeköpfen und Staub wirbelte herum. Lachender-Knabe sah dicht vor sich Gerade-Finger, der den Kopf des Hühnchens umklammert hielt, während ein anderer an beiden Beinen riß. Er zog dem Gaul vor sich eins über, sah ihn hochsteigen und griff aufgellend nach dem Preis. Jemand hieb ihm mit dem Peitschenstiel über den Kopf, ein anderer zerrte ihn zurück. Er wehrte sich, rang mit dem Mann, der ihn gepackt hielt, während beide Ponys ausschlugen. Dann ließen sie einander los, während die Menge an ihnen vorbeiwirbelte.
Gerade-Finger riß sich los und warf den Kopf des Hühnchens über den Strick, ein anderer die beiden Beine. Lachender-Knabe und der Fremde, ein junger Kerl mit einem Schnurrbart, lachten sich an.
»Ein herrlicher Tag heute!« sagte der junge Mann.
»Ja, ein wunderbarer Tag!«
»Bist du nicht der Mann von T'o Tlakai, der ein Pferd im Rennen hat?«
»Der Mann bin ich. Aber dies ist nicht das Pferd.«
Und ich bin der Mann, den das Mädchen liebt, ich bin der Mann, der morgen mit dem Zaubermädchen flieht!

11

Der Mann aus Tsézhin hatte sein Pferd gefunden, nun wurde zum letzten Rennen gerufen. Lachender-Knabe setzte beim Wetten alles, was er hatte, außer seinem Handschützer. Gewann er, so hatte er fast zweihundert Dollar. Jetzt streifte er seine Kleider ab bis auf die Hosen, schob sein Stirnband zurecht und zog den leichten Riemen um die Pferdenase an.

Sie versammelten sich am Startplatz, alles gute feurige Pferde mit glänzendem Fell, gespitzten Ohren und schnellen kleinen Hufen. Eilt-zum-Krieg, der Startrichter, gab die notwendigen Weisungen. Lachender-Knabe sah Schlankes-Mädchen an der Rennbahn stehen und nach ihm spähen.

Hier mache ich nun mit, genau wie alle, und die andern wissen nicht, wer ich bin. Sie wissen nicht, daß sie mit dem Mann reiten, der morgen mit ihr fortgeht. Oh, ich muß gewinnen, ich will gewinnen, ich muß!

Er sprach ein kurzes Gebet und klopfte seinem Pony den Hals. »Kleine Schwester, wir müssen gewinnen. Laß mich nicht im Stich!«

Die Reiter saßen auf. Er fühlte die warme seidige Haut zwischen den Knien, zog den Zügel an und spürte das Spiel der Muskeln. Er lehnte sich vor, zählte bis zum Ablaufen, hielt den Atem an, hob die Peitsche. Los!

In rasendem Galopp, langgestreckt, die Pferderücken alle gleich, galoppierten die Tiere in einer Linie. Das Leben ist nichts als Bewegung, keine Körper, nur Rausch. Ein einziger Strom zwischen Mann und Pferd, darin die Hand, die die Peitsche sausen läßt, der Mund, der gellt. Schnell, schnell, aber das Ziel ist noch meilenfern, und andere Windesgeister zur Rechten, zur Linken sind immer noch nahe, dicht daneben.

E–é–é–é–é! Seine vorgestreckte linke Hand wollte das Pferd mit lockerem Zügel vorwärtsreißen, seine Ferse unter dem Pferdeleib es von der Erde in die Luft heben. *E–é–é–é–é!* Ein ruhiger älterer Indianer ließ die Hand fallen. Die Ponys fielen in kurzen Galopp, trabten, wurden gewendet und schritten zurück zum Ziel.

»Die schwarze Stute hat gewonnen.«

Er ritt zu seinem Lagerplatz, um sich anzuziehen. Gewonnen! Ich bin reich. War noch je solch ein Tag? Und morgen gehe ich fort mit dem Mädchen. Herrlich. Ich wollte, es wäre morgen. Liebling, kleiner schwarzer Liebling, brav gemacht. Ich wollte, es wäre morgen!

12

Lachender-Knabe ging für sich allein, um mit den Göttern zu ringen. Schlankes-Mädchen suchte die Einsamkeit als bewährte Freundin und Beraterin. Mit sich allein zu sein, ganz allein, war ihr vertraute Wirklichkeit. Unruhe und Fremdheit hieß es, unter vielen zu sein und zu reden. Auf einer Anhöhe setzte sie sich, um nachzudenken, nicht die Weite der Wüste vor Augen, sondern mit dem Blick auf ihr versammeltes Volk, das da tief unter ihr klein und unwesentlich wurde. Lange Gewöhnung und Selbstzucht hatten sie kühl und beherrscht gemacht, sie gab sich selber nicht gern zu, daß sie innerlich bewegt war, und wenn sie ihrem Gefühl einmal freien Lauf ließ, so mußte es in der Verborgenheit sein, wo niemand sie erspähen konnte. Nicht daß sie etwa dann sich hätte gehenlassen, aber sie wollte keinen Blicken begegnen, wenn sie nicht ganz Herr ihrer selbst war. Nun setzte ihr hoher einsamer Rastplatz eine sichtbare Entfernung zwischen ihre Erregung und die der Menschen da unten im Tal und gab ihr ein Gefühl

von Überlegenheit. Sie zündete eine Zigarette an und streckte sich hin.
Wenn sie sich nicht in acht nahm, würde sie diesen Mann lieben. Sie wollte niemanden lieben, hatte sie das noch nicht genug gelernt? Sie brauchte ihn, er war das vollkommene Werkzeug für ihre Hände, er war die Axt, mit der sie ihre Vergangenheit niederschlug, er war das Licht, das ihr den Weg wies zurück zu ihrem Volk, zu den guten Dingen ihres Volkes. Mit ihm trotzte sie der Vergangenheit, den frommen Schwestern und Lehrern in der Schule, dem Geschwätz und den gutgemeinten Lügen. Und jetzt, all dem Mühen und Mahnen und Predigen zum Hohn, ging sie »zurück zur Indianerdecke«, denn nur unter der Decke war das Leben lebenswert, und alles andere haßte sie. Mit ihrem Wissen, ihrer Erfahrung, mit allem, was die Amerikaner sie gelehrt, würde sie diesen Mann leiten und für sie beide das vollkommenste Leben schaffen, das sich denken ließ – mit einem langhaarigen heidnischen Indianer, einem Navajo – alles Schimpfnamen, die denen ins Gesicht geworfen wurden, die sie trugen, mit einem ihres eigenen Volkes, der stolz war wie sie selbst und reinen Herzens, wie sie nie mehr sein konnte.
Da gab es keinen Zweifel, keine Ungewißheit. Diesen Mann konnte sie an sich binden wie einen Gefangenen, er würde ihrem vorgezeichneten Weg folgen bis zum siegreichen Ende. Sie hatte sich selbst besiegt, sie hatte das Schicksal besiegt, und aus dem Kampf war sie nicht als Amerikanerin, nicht als Indianerin hervorgegangen, sondern als ihr eigener Herr. Nun nahm sie von den Amerikanern die Mittel, und durch den Indianer würde sie an ihr Ziel kommen. Kein besonders großartiges Ziel, gewiß, aber für sie wunderbar genug: ein Heim in der Wildnis und Kinder, irgendwo, wo die Missionare nie hinkamen, um kleine Kinder den Eltern zu entreißen und in ihre Schulen zu stecken. Navajo würden sie sein, ganz Navajo,

diese Kinder, wenn ihre Zeit kam. Das war ihre Rache, daß ihr alle Anstrengungen der Amerikaner, sie zu amerikanischer Art hinauf- oder herabzuziehen, letzten Endes nur Mittel waren zu einem Navajoziel.
Es machte sie glücklich, an diesen Mann, Lachenden-Knaben, zu denken. Er war mehr, als sein Name sagte, man spürte den Krieger hinter seiner Fröhlichkeit, und seine Lieder, seine Silberarbeit machten ihn zum Künstler. Ein echter Navajo, selbst in seinen Fehlern, würde er sie den Sinn jener oft gehörten Worte lehren: *bik'é hozoji*, der Pfad der Schönheit. Durch ihn würde sie Zufriedenheit lernen, und die Mittel dazu würde sie beschaffen.
Ja, er war ihr Mann, als ob er eigens für sie geschaffen sei, stark, aufrichtig, fröhlich, etwas eigenwillig. Er hatte Charakter, sie würde ihn entwickeln. Und sie würde ihn zu halten wissen. Es sollte keine zweite Frau in ihrem Hogahn geben.
Geduld! sagte sie sich. Du bist noch nicht in der nördlichen Wildnis. Du hast noch einen weiten Weg vor dir, voller Gefahren und Hinterhalte.
Sie hatte keine Lust, Schafe zu hüten und ihre Jugend in ein paar Jahrer harter Arbeitssklaverei zu verschwenden, Korn zu schneiden, Holz zu sammeln, breit in den Hüften zu werden, grob im Gesicht und schwer in den Beinen. Nein, sie hatte die amerikanischen Frauen gesehen. Zuerst war Geld nötig, eine kleine Weile brauchte sie die Amerikaner noch. Und dann die unerforschte Wildnis, und die Indianer, die kein Wort Englisch reden!
Sie saß ganz still, starrte ins Leere und haßte die Amerikaner. So wie heute hatte sie sich lange nicht gehenlassen. Tief da unten sang ein junger Mann ein lustiges Lied von einer Eule, bei dem ihr Lachender-Knabe wieder in den Sinn kam. Sie atmete tief und lächelte. Es machte sie froh, an ihn zu denken.

Er kam daher wie der Kriegsgott in dem Lied, dachte sie und fing an, es langsam vor sich hin zu singen, der Worte nicht ganz sicher:

»Töter-feindlicher-Götter, allein sehe ich ihn kommen
Von den Himmeln herab, allein sehe ich ihn kommen,
Seine Stimme erklingt gewaltig. *Lé–é!*
Göttlich erklingt seine Stimme. *Lé–é!*«

Ja, das ist es, dachte sie, Töter-feindlicher-Götter. Er würde entsetzt sein, daß ich das sage, entsetzt, eine Frau dieses Lied singen zu hören. Sie sang weiter bis zu dem feierlichen Ende:

»In Schönheit ist es vollendet,
in Schönheit ist es vollendet«,

und veränderte dann die Worte:

»In Schönheit ist es begonnen,
in Schönheit ist es begonnen. Dank!«

Das ist eine gute Religion, so gut wie der Christenglaube. Ob ich wohl lernen kann, daran zu glauben? Man braucht einen Glauben. Wenigstens kann ich mir gute Gedanken daraus holen. Wenn er dieser Gott ist, was bin ich? Weiße-Muschel-Frau*? Vielleicht Wandlungs-Frau*? Ich muß diesen Kriegsgott formen und leiten, den ich geschaffen habe. Ich darf ihn nicht von mir lassen. Nichts Schlimmes darf geschehen. Ich darf keine Fehler machen. Ich bin keine Navajo und auch keine Amerikanerin, aber die Navajos sind mein Volk.

* Göttergestalten des indianischen Mythos: Die Mütter der beiden Kriegsgötter.

13

Die Sonne stand tief, die Schattenseiten der Felsen wurden Seen von Veilchenblau, die auf den Sand herunterrieselten. Sie stand auf, zog die Decke um sich und machte sich bereit, der lästigen Menschheit da unten zu begegnen. Den steilen Felspfad hinunter fanden ihre kleinen Füße in Mokassins leicht die sicheren Stützpunkte. Über den Füßen trug sie die plumpen, dicken Wildlederbeinlinge, die schwere Decke gab ihrem Körper eine wunderlich starre Unbeweglichkeit. So eingehüllt, nur Hände und Füße sichtbar, wirkte sie rührend schmal, ein kleiner Schatten. Aber ihre nachdenklichen Augen sahen fest vor sich hin.

Der amerikanische Fremdenführer rief sie an, als sie an seinem Lagerplatz vorbeikam, und gebrauchte ihren Schulnamen: »He, hallo, Lily!« Sie antwortete nicht und maß ihn im Vorbeigehen mit einem Blick, daß es ihm kalt den Rücken herunterlief.

»Die gottverdammteste La–di–da–Squaw, die mir je über den Weg gelaufen ist!«

Sie hatte wenig Hunger, aber da sie am Feuer mit einer Gruppe entfernter Verwandter saß, die nur allzu bereit waren, sie schief anzusehen, gab sie sich Mühe, das Normale zu tun, und das hieß kräftig mitzuessen. Sie half beim Kochen, griff in den Fleischkessel, trank Kaffee, dann rollte sie sich eine Zigarette. Die Indianer scherzten und lachten, ohne sich beim Essen stören zu lassen.

Fleischklumpen und Brei wurden tropfend aus dem Kessel gefischt und mit Brot zu faustdicken Leckerbissen verknetet. Drei Kaffeetassen und eine Hopi-Schale dienten zum Trinken für alle und gingen rund; ein großer Löffel wurde nur zum Kochen gebraucht. Sie räkelten sich schwatzend auf einem Halbkreis von Schaffellen unter dem offenen Schilfdach um

das Feuer. Noch in Feststimmung fachten sie das Feuer hoch, das den Kreis erhellte und rote Lichter und tanzende Schatten rings auf das Buschwerk warf.
Einige rüsteten sich zum Schlafen. Besucher kamen, von neuem wurde Kaffee gemacht. Schlankes-Mädchen ging beiseite und rollte sich in ihre Decke. Drüben schien eine Lichtspalte aus der deckenverhangenen Tür eines großen, mit Erde gedeckten Winter-Hogahns. Gesang schallte heraus, lustige allbekannte Lieder. Da drinnen wurde gespielt. Lachender-Knabe würde bald ohne einen Cent sein. Sie lächelte, als sie an ihn und seinen Eigensinn dachte. Die Büsche raschelten leise. Die Stimmen am Feuer schienen ferner. Die Sterne waren nah.

»In Schönheit ist es begonnen.
In Schönheit ist es begonnen. Dank!«

14

Vor Tagesgrauen ist die Wüste einsam, und jeder Mensch empfindet die Gegenwart anderer als Störung. Das grelle Licht hat noch nicht das sanfte Schattengrau, die unbestimmten Formen verdrängt. Klippen, die bei Tageslicht schroff hochzacken, und drohend getürmte Cañons steigen sanft empor mit kühlen Schattentiefen. Der Osten schimmert weiß wie Perlmutter, die Welt ist Geheimnis der einzelnen Seele.
Schlankes-Mädchen, die abseits saß und zusah, wie die sichtbaren Dinge langsam Gestalt annahmen, blickte nach dem Hogahn der Spieler hinüber. Sie hörte, wie sie den Sonnenaufgang mit dem Elsterlied begrüßten, und sah nach dem

letzten »Es wird Tag, es wird Tag!« die dunklen Gestalten heraustreten und fortgehen, einige allein, andere zusammen im Gespräch, das die noch schweigende Welt aufstörte.
Sie stand auf und trat dem Einen in den Weg. Er stand vor ihr und begegnete ihrem Lächeln mit Lächeln. Lang und schlank und ohne Scham ließ er seine Decke fallen und zeigte – keinen silbernen Gürtel, keine Steine, nur den Bogenhandschützer an seinem linken Handgelenk.
»Nimm diesen Handschützer hier und behalte ihn. Beim ersten Neumond wirst du wieder von mir hören. Meine Mutterbrüder werden zu dir kommen oder ich.«
»Haben sie dir alles abgewonnen?«
»Alles.«
»Pferd, Gürtel, Geld?«
»Pferd, Gürtel, Geld. Ich gehe nach T'o Tlakai und schmiede Silber.«
»Du bist ein Tor gewesen.«
»Was sollte ich sonst machen? Und das Spiel war gut. Ich war glücklich. Wir haben gesungen, die ganze Nacht gesungen. Wir haben neue Lieder auf uns selbst gemacht. Nun muß ich arbeiten.«
Darauf war sie vorbereitet. »Du bist noch kein Mann, scheint mir.«
Er fuhr hoch. »Warum sagst du das? Es ist schlimm von dir, mir das zu sagen!« Besitz verlieren war nichts, aber wenn es hieß, damit auch sie zu verlieren, dann war die Welt voller Lügen.
»Du bist wie ein Kind. Jetzt bist du glücklich, und du vergißt, was du vorher wolltest.«
»Was denn?«
»Wo ist das Lied der Liebe jetzt? ›Mein Pferd will nicht gehn aus deinem Tal, *a–a–a*‹«, sang sie.
»Ich sage dir, jetzt habe ich nichts, nicht einmal ein Pferd

habe ich. Nichts.« Er schlug die rechte Hand in die leere linke.
»Und ich sage dir, du brauchst für mich nichts zu bezahlen. Ich habe keine Mutter. Wenn du kommen willst, mußt du jetzt kommen.«
»Ich bin ein Mann. Ich kann nicht zu dir kommen mit gar nichts. Ich kann mich nicht kaufen lassen von dir.«
»Sieh mich an!« Sie schüttelte sich, daß ihr Schmuck klirrte. Er hörte den Klang, aber seine Augen lagen in den ihren. Der Osten war flammend rot und purpurn gestreift. »Sieh mich an!« Ihre Augen waren schmal und lang und tief genug, daß ein Mann darin ertrinken konnte. »Ich bin reich. Ich kann dir Silber und Türkise zur Arbeit geben, Pferde zur Zucht, damit du auch reich wirst. Muß ich es dir zweimal sagen?« Ihre Augen waren schöner als Quellen zwischen den Felsen. »Du hast mit deinem Mutterbruder geredet, du weißt, was er gesagt hat. Deine Mutter wird dir kein Schaf, kein Pferd für mich geben. Wenn du mit mir kommen willst, komm jetzt. Ich kann nicht warten bis zum Neumond. Du kannst mich nicht in einem Baum verstecken, bis du bereit bist. Du hast deine Mannheit und deine Waffen, wenn du damit nicht gut genug bist, wird nichts dich gut genug machen. Komm jetzt!«
Er wartete lange, bis er antwortete, und forschte in ihren Augen. Endlich sagte er: »Hole dein Pferd.«
Ihr war, als hätte sie zwanzig Jahre dagestanden, eine Flinte auf ihre Brust gerichtet. Ihr Gesicht blieb unbewegt, langsam ging sie.
Er sah, daß der volle Tag jetzt golden oben auf den Felszacken lag und der Himmel leuchtete. Von den Lagerplätzen hörte er den Lärm des Aufbruchs, Wirrwarr, gedämpfte Stimmen und Lachen, das für ein amerikanisches Ohr etwas Verstohlenes gehabt hätte.
Ich bin wie Natinesthani und des Zauberers Tochter, dachte er,

aber ich habe keinen Zaubertabak*. Ich habe nichts als mich selbst und meinen Bogen. Welches Zaubermittel wird sie mir geben? Ich werde einen Armreif machen, der soll sein wie ihr Gang; sie ist Silber, aber stark wie Eisen. Wenn ich wieder ein Pferd habe, müssen wir beide nach T'o Tlakai zurückgehen. Im Tseya Kien-Cañon ist gutes Wasser, der richtige Platz für unseren Hogahn.
Er rollte sich eine Zigarette. Bald würde die Morgenfrische aus der Luft sein. Schon fühlte er sich müde.
Sie ritt so gut wie sie tanzte. Ihr Pintopony warf den Kopf und reagierte auf ihren leichten Zügeldruck, daß die Glöckchen am Zaumzeug klingelten. Dies Mädchen auf diesem Pferd – *ei–yei!* Als sie bei ihm war, lächelte sie, und er vergaß seine Müdigkeit. Groß und stolz schritt er neben ihr, eine Hand an ihrem Bügel, und es kümmerte ihn nicht, wer es sah.

15

Roter-Mann ging zu Wundes-Gesicht, der neben seinem Pony stand und mit Navajo-Töter redete. Trotz einer gewissen Lustigkeit sah er nicht aus wie ein Spieler, der eben ein kleines Vermögen gewonnen hat. Er sprach den älteren unvermittelt an.
»Großvater!«
»Ja?«
»Bist du nicht der Mutterbruder des Mannes, der das Pferderennen gewonnen hat? Der von T'o Tlakai?«
»Der bin ich. Was ist?«

* Natinesthani gewinnt in einem bekannten Navajo-Mythos die Tochter eines Zauberers dadurch, daß er den Vater mit seinem Tabak betäubt.

Roter-Mann hatte nur langsam damit herausrücken wollen, aber die Worte sprangen ihm auf die Lippen. »Hat er mit dir gesprochen? Hat er dir gesagt, was er heute vorhat?«
Wundes-Gesicht und sein Freund sahen plötzlich ganz ausdruckslos aus.
»Ich weiß nicht, was du meinst. Wir haben gestern miteinander geredet. Was willst du sagen?«
»Er ist fort nach Chiziai. Er ist – er ist – er ist nicht allein gegangen.«
»Ist er mit der Frau gegangen, die vom Tanz gewiesen wurde?«
»Ja.«
»Nun?«
»Weißt du nicht von ihr?«
»Ich habe allerlei reden hören. Ich weiß nichts. Sie ist reich. Vielleicht ist sie eine gute Heirat, denke ich.«
Roter-Mann sah, daß Wundes-Gesicht sehr daran lag, Näheres zu hören.
»Ich lebe nicht weit von Chiziai. Was ich weiß, ist kein Geschwätz. Sie lebt allein, sie arbeitet nicht, sie ist reich. Die Amerikaner machen sie reich, weil sie schlecht ist. Sie hat zweierlei Gesicht und zweierlei Rede. Du siehst ihre Kleider und ihre Haut und hörst ihre Stimme, aber in ihr ist nichts als amerikanische Schlechtigkeit. Ich weiß es. Höre auf mich, ich weiß es.« Die ganze Nacht hatte er es fertiggebracht, lustig zu scheinen, der ausgelassenste Spieler, der eifrigste Sänger, der gleichmütigste Verlierer. Jetzt stieg alles in ihm wieder hoch. Er bewegte die Lippen, aber er wagte nicht zu sprechen. Er hob die Hand zum Munde mit zwei ausgestreckten Fingern und warf sie vorwärts – doppelzüngig. Er schlug sich aufs Herz, hob dann die Faust vors Gesicht und stieß sie jäh herunter – Herz, das tötet wie ein Messer. Er schlug sich noch einmal aufs Herz, ließ die rechte Faust in die linke Hand

fallen – Herz wie ein Stein. Er machte deutlich, wie sie ihr Brot verdiente – in Zeichensprache, erschreckend bildhaft und gemein.

»Das ist genug, Großvater!« sagte Wundes-Gesicht. »Du hast recht getan, es mir zu sagen.«

Roter-Mann verschwand.

»Sollen wir ihm nachreiten?« fragte Navajo-Töter.

»Nein. Das ist es ja gerade, was dieser Mann hier wollte. Du hast gesehen, wie aufgeregt er war. Ich habe auch schon gehört, was er erzählt hat. Aber er hatte Grund zu lügen. Außerdem hilft es nichts. Mein Neffe ist wie ich, er ist wie seine Mutter und sein Vater. Wenn es ihm ernst ist, dann weiß er, was er will. Du kannst ihn nicht ändern, wenn du ihn nicht überzeugst. Ich habe sechs Neffen, er ist der beste.« Wundes-Gesicht stützte sich mit der Hand auf den Sattel und starrte auf den Steigbügel hinunter. »Wir können nur warten. Rede mit keinem darüber, mein Freund.«

»Ich höre.«

Er saß schnell auf und ritt im Trab davon.

16

Es wurde heiß, als die Sonne kaum auf ihrem höchsten Stand war. Lachender-Knabe schritt wie getragen. Jahre schien es ihm her, seit er zum letztenmal geschlafen hatte, aber er war nicht müde. Von Zeit zu Zeit sah er sie an wie einer, der durstig an einer Quelle trinkt, und wenn sie hier und da etwas sagte, war ihm das wie kühlende Regentropfen. Sie ritt in stummem Triumph.

Plötzlich blieb er stehen und blickte erst scharf den Pfad vor sich entlang und dann zur Rechten, während er mit der Hand

am Zügel ihr Pferd anhielt. »Steig vom Pferd!« sagte er befehlend.
Sie wußte selbst nicht, weshalb sie sofort gehorchte. Er nahm Sattel und Zügel ab, band dem Tier einen Riemen ums Maul und stand einen Augenblick, die Hand am Pferdehals, den Kopf hoch. Sie sah ihn die Lippen bewegen und fürchtete sich vor seinem gespannten Gesicht und dem harten erregten Zug um den Mund. Mit raschen Bewegungen spannte er seinen Bogen, und ehe sie etwas sagen konnte, saß er oben und war im Galopp davon.
An der Sonne sah sie, daß er kaum eine halbe Stunde fort war, aber sie konnte das Warten kaum mehr ertragen. Ihr eigenes Gefühl erschreckte sie. Fing sie an, ihn zu lieben? Sie sah ihn im Trab um eine Anhöhe biegen, er trieb zwei Ponys vor sich her. Dies war Wahnsinn, sagte sie sich. Wirklich, sie mußte ihn in die Zügel nehmen. Sie stand auf, als er herankam.
»Was hast du getan? Der amerikanische Häuptling wird dich ins Gefängnis werfen.«
»Nein. Alles in Ordnung. Dem Mann da«, er wies nach der Anhöhe, »ich habe ihm nicht viel getan, außerdem ist er ein Pah-Ute. Er hat meinem Bruder voriges Jahr dieses Pferd gestohlen. Er ist ein schlechter Mensch. Er lebt hinter Oljeto. Ich sah ihn beim Tanz. Nun habe ich dir auch etwas mitzubringen. Er schoß schlecht. Sieh.«
Er zeigte stolz einen langen Hautritz an seinem Oberarm.
»Und der Gürtel?« Sie wies auf das Silber um seine Hüften.
»Ich weiß nicht, wem er es gestohlen hat. Ein ganz guter Gürtel.«
Sie lachten miteinander.
Unendlich allein in dieser weißen Weite der Adobe-Wüste, ritten sie nebeneinander wie zwei Männer, wie Freunde. Lachender-Knabe empfand sie wie eine lebendige Verheißung

von Freiheit und wunderbarer Gemeinschaft. Selbst ihre kleinen Eigenheiten, ihre gelegentlichen Bemerkungen waren unbewußt neu und frisch, alles gefiel ihm. Die Ponys griffen gut aus trotz der Hitze, das Zaumzeug klirrte, das überzählige Pferd warf den Kopf und galoppierte nebenher, dem Strick gehorchend. Er saß lässig im Sattel zurückgelehnt und schlug seinem Pony die Flanke im Takt seines Liedes.
Sie rasteten selten, aßen wenig und ritten schnell. Es kam das Mädchen hart an, sie war nicht daran gewöhnt, Mahlzeiten zu entbehren und da zu schlafen, wo die Nacht sie gerade fand, aber sie war klug genug, nicht zu klagen. Seine leichte zähe Kraft, seine Freude über ein kurzes Behagen waren ihr genug, und nachts, wenn sie neben einer kleinen Wasserstelle lagerten, lauschte sie seinem Singen.
Sie war müde und steif. Wegen dieses Mannes war sie nun schon in Unruhe gewesen, in Sorge, müde und hungrig. Mit plötzlichem Erschrecken spürte sie, als sie ihn über das Feuer hinweg ansah, daß sie ihn liebte. Sie hatte etwas angefangen, das sie nun nicht mehr aufhalten konnte. Nun, es war gut so. Wenn er vorhin nicht losgegangen wäre, diesem Pah-Ute nach, dann wäre es nicht geschehen. Dieses Warten, ohne zu wissen warum, hatte es gemacht. Während er sang, sah sie seine um die Knie gefalteten Hände an, den Handschützer an seinem linken Handgelenk. Wenn er den Pfeil losschoß, schnappte die Bogensehne am Leder der Innenseite herunter, aber ihr wandte er das liebevoll gearbeitete Silber der oberen Fläche zu. Der Pfeil war gut gezielt gewesen in die Schulter, zwischen dem Hals und der zielenden Büchse. Es schauerte sie.
Er hörte auf zu singen. Sie stand auf, setzte sich wieder dicht neben ihn und wartete. Er rührte sich nicht. Sie wußte jetzt, daß diese nächsten paar Tage, die sie mit ihm allein war, verzweifelt wichtig für sie sein würden, aber sie begegnete bei ihm einer Zurückhaltung, halb Stammessitte, halb Unwissenheit,

auf die sie durch ihre Kenntnis der amerikanischen Welt nicht vorbereitet war. Tiefstes Bedürfnis war es ihr, ihn sich ganz zu eigen zu machen, solange der Pfad einsam und gerade vor ihr lag, aber er war ein frommer Mann und gewöhnt, strenger Sitte zu gehorchen.

Sie dachte nach. Ihm war ihre Selbständigkeit etwas Ungewohntes. Sie entzückte ihn, aber es gab Augenblicke, wo sie ihn erschreckte. Sie mußte langsam vorgehen. Sie mußte warten. Dieser Entschluß wurde ihr so schwer, daß es ihr angst machte. Vielleicht, sagte sie sich, ist es gut, daß ich warten muß. Ich liebe ihn, aber ich muß Herrin meiner selbst bleiben und auch die seine. Das ist gut für mich.

Sie sehnte sich, sein Gesicht mit den Fingerspitzen zu berühren, seine Haare mit den Lippen zu streifen. Wenn sie nebeneinander galoppierten und er jauchzend neben ihr sang, verlangte es sie danach, daß er sie aus dem Sattel an sich risse. Im Wesen des Indianers ist der Ausdruck der Zärtlichkeit karg, aber sie glaubte zu spüren, daß in ihm das gleiche Verlangen schlummerte und ihr künftige Tage versprach, in denen sie ihn vieles lehren würde. Mit meinem Wissen werde ich ihn vollenden, dachte sie bei sich. Ich werde einen Gott aus ihm machen.

17

Die Stadt Los Palos schimmerte in der Hitze. Auf einer Menge von Adobe-Häusern und roh zusammengeschlagenen Fachwerkbauten brütete die Sonne. Dahinter lag ein Streifen bewässertes Grün, Alfalfa, Mais, Baumwolle, eine Meile lang und nur ein paar hundert Ellen breit. Reiches, tiefes, kühles Grün gehört nicht in diese Wüstenlandschaft, es war hier wie etwas Fremdes, das der Sand nur gefangenhielt. Die häßliche kleine Stadt war nichts als ein Schmarotzer an der Gnade des Wassers. Auf der einen Seite schufen Wasser und Erde und der Mensch Schönheit, aber dicht daneben brachte der Mensch mit Hilfe von Lehm und Brettern nur Schmutz und Greuel zustande.

Ein paar Meter Mörtelwand mit abgeblätterter Farbe neben dem Schienenstrang waren das Stationsgebäude. Ein zweistöckiges Hotel, halb spanischer Missionsstil, halb Kubismus, stand da wie ein Denkmal für die Segnungen der Eisenbahn. Von einer Anhöhe aus, wo der Pfad die Schienen kreuzte, lag alles wie zu einem Bild zusammengeschlossen vor ihnen: die elende Stadt, überragt von ihrem protzigen Bahnhofshotel, der grüne Streifen dahinter, der gelbgraue Sand und in der Ferne die zitternden Berggipfel einer Luftspiegelung.

Lachender-Knabe wußte nicht, wohin er zuerst sehen sollte. »Geht dieser Weg ganz bis nach Washington? Das ist ein schöner Platz, es muß viel Wasser da sein. Ich habe nie so viele Häuser gesehen. Wieviel sind es? Fünfhundert? Da möchte ich hingehen. Sind viele Handelsstationen da? Oder nur eine? Reiche Felder sind das. Kann man hierherkommen und die Eisenwagen fahren sehen?« Er zwang sich zu schweigen und schämte sich, daß er sich so hatte gehenlassen.

»Wir wollen jetzt nicht dahin gehen«, sagte sie rasch, »es ist besser, wir gehen erst zu meinem Hogahn. Die Pferde sind müde.«

»Du hast recht. Sind das mehr als fünfhundert Häuser?«

»Ja, ein paar mehr. Die Eisenwagen fahren jeden Tag mehrmals vorbei. Hier geht es nach Washington und drüben zum Großen Wasser. Jedermann kann sie sehen. Komm jetzt.«

Sie machten einen weiten Bogen um die Stadt, während sie am Ende des bewässerten Landes zwischen zwei Lehmhängen nach Osten trabten. Etwa drei Meilen weiter, wo die Lehmwände sich wieder zur südlichen Wüste öffneten, stand ein Adobe-Haus im Schatten der einen Wand. Dahinter rieselte eine kleine Quelle. Hier saßen sie ab.

»Aber dies ist kein Hogahn, dies ist ein Haus. Hat ein Amerikaner es gemacht?«

»Nein, ein Mexikaner hat es gebaut. Als er wegging, um Schafe zu hüten, nahm ich es.«

Er ging hinein. »Es riecht nicht nach Mexikanern.«

»Ich bin schon lange hier. Gelber-Sänger machte das Hauslied für mich. Ist es nicht gut? Die Tür geht nach Osten, wie bei einem Hogahn.«

»Ja, es ist gut. Es ist besser als ein Hogahn, finde ich. Es ist größer, und der Regen kann nicht herein. Es wird sommers und winters gut sein.«

Er band die Pferde an. »Es ist nicht viel Gras bei der Quelle. Wir werden Weideland suchen müssen.«

»Da unten ist etwas Weideland, das wir nehmen können. Du kannst die Pferde nicht frei herumlaufen lassen, hier ist amerikanisches Land. Das Navajoland fängt hinter der Eisenbahn an. Es gibt gute Weide an dieser Seite der Natahnetinn-Mesa, genug für viele Pferde. Du mußt sie da hinbringen.«

Sie zündete ein Feuer vor dem Hause an.

»Du hast keinen Webrahmen. Es ist auch keine Schafhürde da.«

»Ich war allein. Ich hatte keinen, für den ich weben konnte, und keine Schafe.«

»Wovon lebst du?«

Sie legte ein paar große Holzklötze auf die erste Flamme.

»Hier und da arbeite ich für die Frau des Missionars in der Stadt. Sie ist eine gute Frau. Jetzt will ich mir einen Webrahmen beschaffen, und du sollst eine Schmiede haben.«

Er fühlte, daß etwas nicht in Ordnung war. Ihr Gesicht war leer.

»Nicht alle Missionare sind gut, wird erzählt. Der in T'o Nanasdési soll schlecht gewesen sein, habe ich gehört.«
»Nein, alle sind nicht gut, aber dieser ist es«, sagte sie nachdenklich. »Seine Frau gibt mir viel Geld. Sie ist nicht kräftig. Dafür bin ich es.«
Ihr seltsam nachdenkliches Lächeln machte ihn unruhig. Wie schön sie doch war, dachte er. Des Zauberers Tochter kam ihm wieder in den Sinn. Was kümmerte es ihn, ob sie ihm bösen Zauber antat; sie selber wog alles andere auf.
Auf seiner Satteldecke ausgestreckt sah er zu, wie sie das Essen aus dem Haus brachte und zubereitete. Sie bewegte sich wie Gras im Winde. Er sah ein üppiges Mahl vor sich – Konserven, Tomaten, Früchte.
»Vielleicht können wir morgen etwas Zuckerzeug kaufen, wenn wir in die Stadt gehen.«
Er muß von der Stadt ferngehalten werden, dachte sie. Ich muß mir etwas ausdenken.
»Ich habe etwas hier.«
»Zuckerstangen mit Streifen?«
»Ja.«
Er seufzte begehrlich. Das Essen auf dem Feuer roch gut. Es war kühl. Mit ein paar Bewässerungsgräben konnte man hier im Frühling ein gutes Kornfeld machen, vielleicht auch Pfirsiche pflanzen. Ob sie wirklich immer so gutes Essen hatten? Es war wichtig, die Weide für die Pferde zu finden, er mußte sich morgen danach umsehen. Die Stadt konnte warten. Eine rasche Bewegung des Mädchens fiel ihm ins Auge, als sie den Kaffeetopf zur Seite stellte. *Ei!* Sie war schön!

18

Sie redeten, während sie hingestreckt aßen und die Nacht das Tal füllte.

»Kannst du Amerikanisch sprechen?« fragte Lachender-Knabe. »Ist es schwer zu lernen?«

»Es ist nicht schwer. Wir mußten es lernen. Sie brachten mich in eine Stube mit einem Utemädchen und einer Moqui und einer Comanche. Wir hatten nichts zu tun als Englisch zu lernen. Manchmal schlüpften ein paar Navajomädchen heraus und sprachen miteinander, aber nicht oft. Sie wollten nicht, daß wir Indianer blieben.« Sie stützte sich auf ihren Ellenbogen und starrte ins Feuer. »Wir sollten uns schämen, Indianer zu sein, das wollten sie. Wir sollten unsere Mütter und Väter vergessen.«

»Das ist sehr böse. Warum taten sie das?«

»Sprich nicht davon. Ich mag an diese Dinge nicht denken.«

Als sie die Schüsseln weggebracht hatte und beide sich Zigaretten anzündeten, sagte sie: »Wenn sie je kommen und uns ein Kind wegnehmen und in ihre Schule bringen wollen, töte es.«

»Ist es so schlimm?«

»Ja.«

»Ich verstehe.«

Sie lehnten nebeneinander an der Hauswand und sahen ins Feuer. Sie drängte ihre Schultern an ihn. Er sagte: »Sag mir deinen richtigen Namen.«

»Mein Name ist Kam-mit-Krieg. Was ist deiner?«

»Meine Eltern nannten mich Singt-vor-Speeren. Es ist ein guter Name. Deiner ist auch gut.«

»Warum werden den Frauen immer Namen mit Krieg gegeben?«

»Das ist immer so. Es bringt dem ganzen Stamm Glück, glaube ich.«
Sie rückte näher zu ihm, so daß sie ihn berührte. Singt-vor-Speeren! Er fragte sie: »Hast du Verwandte hier? Jemand muß einen Sänger besorgen, der die Gebete über uns spricht. Nachher kommen dann noch die vier Tage des Wartens. Das ist eine lange Zeit. Wir wollen sie bald hinter uns haben.«
Sie hielt den Atem an und betrachtete ihn verzweifelt. Er fühlte es wie einen Windstoß zwischen ihnen, als er ihren Augen begegnete, und wie eine Leere hinter seinem Herzen. Er ballte die Faust an der Hüfte und wiederholte langsam: »Vier Tage sind eine lange Zeit zu warten.« Und dann halblaut: »O Schönheit!«
Sie sah weg, sie hätte lachen mögen, weinen, fluchen, ihn schlagen. Er konnte es nicht wissen – wie konnte er wissen? Sie folgte den Linien seines Kinns, der festen Lippen, so ganz indianisch feingemeißelt und leicht vorgeschoben. Gedanken schossen ihr durch den Kopf. Er war ein Navajo. Dies war etwas, was ihre Missionare und Lehrer sich nie hätten träumen lassen. Dies gehörte zu ihm, den sie liebte. Sie grub ihre Nägel in ihre Handballen. Geduld!
»Ich habe einen Freund hier, der morgen mit einem Sänger reden wird. Er wird morgen abend hier sein.«
Sie rauchten wieder. Schließlich sagte er: »Ich werde heute nicht in deinem Hause schlafen. Da oben wird es sich gut schlafen lassen.«
»Ja. Das ist besser.«
Er nahme seine Decke und lächelte: »Ich werde die Spur vergessen.«
Er ragte über ihr im Spiel von Licht und Feuerschein. Sie sah alle Kraft des Navajovolkes in ihm verkörpert, und sie schämte sich vor ihm.
»Vier Tage sind nicht lang, Lachender-Knabe!«

19

Frühmorgens sorgte sie dafür, daß Lachender-Knabe mit den Pferden fortritt, Weide zu suchen. Als er weit genug entfernt war, zog sie amerikanische Kleider an: hohe Schnürstiefel, ein altmodisches schlechtsitzendes Kleid, hoch am Hals, mit langen Ärmeln und schlampig, die unvermeidliche Uniform der Indianerin aus der Missionsschule. Ein kläglicher Ersatz für wild bunten Baumwollstoff und Leinen, für farbige Decken und schweres Silber. Aber bei ihrer Unterkleidung hatte sie sich über die Vorschrift hinweggesetzt. Der dünne fließende Stoff deutete ihre Brüste in Rundungen und Schatten an, ein Windhauch, eine rasche Wendung zeichneten einen festen Leib, runde Hüften, geschmeidige Bewegung, wenig nur, aber genug.

Es fing an, heiß zu werden, als sie die elenden Dobes und Lehmhütten draußen vor Los Palos zwischen Konservenbüchsen und fegendem Staub erreichte. Bei einem Bauwerk aus Stangen, alten Kisten und Leinwandfetzen blieb sie stehen.

»*Hé, schichai!*«

Gelber-Sänger kroch hinaus in die Sonne und zwinkerte mit roten Augen.

»*Hunh!* Was gibt es?«

Sein schmutziges Kopftuch war ihm über das Ohr gerutscht, sein Haar war zerzaust. Er saß und starrte sie unsicher an, den Mund offen, daß seine Zahnstummel sichtbar wurden. Sie sah, daß seine Zehen aus den Löchern abgetragener Soldatenstiefel krochen.

»Wach auf! Bist du gestern abend betrunken gewesen?«

Er grinste. »Sehr besoffen. Leih mir einen Dollar. Was?«

»Bleib heute morgen nüchtern, und du sollst eine Flasche haben. Heute nachmittag will ich mich verheiraten. Du sollst kommen und über uns die Gebete singen.«

»*Coyote!*« Er fluchte, und dann, auf Englisch: »Weswegen willst du heiraten? Welch einen Mann hast du gefangen?«
»Du redest zuviel, finde ich. Das kann dir einmal schlecht bekommen. Du kommst heute nachmittag und singst über uns. Ich gebe dir eine Flasche. Und dann hältst du den Mund.«
Er las in ihrem Gesicht und dachte daran, daß ihre Großmutter eine Apache war, die einst ruhig gesessen und den Grimassen von Gefangenen zugesehen hatte, die auf Ameisenhaufen festgebunden waren. Und er kannte diese Frau ziemlich genau.
»Gut, Großmutter«, sagte er respektvoll. »Wir werden kommen.«
Sie ging ohne ein weiteres Wort. In der Stadt machte sie Einkäufe – Lebensmittel, einfache Silberschmiedwerkzeuge bei einem Händler, ein Paket Tabak und braunes Zigarettenpapier. Dann ging sie langsam zur Post und schlenderte mit abwesendem Blick vorbei, ohne die Männer anzusehen, die da herumstanden. Einer von ihnen ging sofort in die andere Richtung. Sie ging weiter die Straße entlang, bis nur noch ein ausgetretener Fußpfad über nackte graue Erde am Ende der Stadt führte, und trat dort in ein kleines sauberes Adobehaus. Ein paar Augenblicke später folgte ihr der Mann und schloß die Tür hinter sich.
Er trug ein sauberes kariertes Wollhemd, den üblichen großen Hut und sehr abgetragene, doch gutsitzende Reithosen. Er war ziemlich groß, hellhaarig, aber gebräunt, mit fast traurigen Augen und einem sinnlichen Mund. Selbst jetzt, wo er sichtlich glücklich war, blieb etwas von Bedrücktheit in seinem Wesen. Er warf den Hut auf den Tisch, stützte die Hände in die Seiten und atmete tief, während er lächelnd auf sie heruntersah.
»Also wirklich zur rechten Zeit zurück!«
»Ja, warum nicht? Habe ich es dir nicht gesagt?«
Sie gab ihm die Hand. Ihr Englisch hatte einen Beiklang von Navajo im Tonfall.

Er setzte sich auf die Lehne ihres Stuhls und fuhr mit der Spitze seines Zeigefingers der Linie ihres Halses nach.
»Das ist ein schreckliches Kleid, das häßlichste, das du hast. Ich möchte dir hübschere Kleider schenken.«
»Wie soll ich das machen? Bildest du dir ein, ich kann in den Laden gehen da unten, und sie verkaufen mir ein Kleid? Daß eine von den Frauen da, die Kleider machen, für mich arbeitet? Das ist dumm, was du sagst. Vielleicht gebe ich dir mein Maß, vielleicht schreibst du nach Chicago, he?«
»An Sears Roebuck, Himmel ja! Kein übler Gedanke. Gut, bring mir dein Maß.« Er beugte sich über sie, um sie zu küssen.
»Fang das jetzt nicht an. Ich muß bald weg.«
»Weshalb, zum Teufel?«
»Mein Mann. Er wird böse. Gerade jetzt kann ich nicht wegbleiben. Bald vielleicht.«
Er tat einen verzweifelten Seufzer. »Hör, du! Eine Woche lang hast du mich warten lassen, während du auf und davon warst. Jetzt hältst du mich wieder hin. Immer hältst du mich hin. Ich glaube nicht, daß du einen Mann hast.«
»Ja, ich habe einen, und einen mit langen Haaren. Das weißt du. Habe ich ihn dir damals nicht gezeigt? Du willst, daß er mich totschlägt, he?«
»Also gut. Dann morgen.«
»Ich kann nicht. Nicht, daß ich nicht wollte, George, ich kann nicht, das ist es.« Sie strich ihm langsam mit der Hand über die Backe. »Du weißt das.«
Er küßte ihre Fingerspitzen. »Übermorgen dann, Dienstag. Abgemacht, und kein Gerede mehr. Ich muß Mittwoch zur Ranch zurück, müßte eigentlich schon heute. Du kannst alles fertigbringen, was du willst. Verstanden? Dienstag!«
Sie sah ihn forschend an. Er war schwierig, dieser Mann. Bald hatte man ihn, bald wieder nicht. Es gab verschiedene Sorten

von Amerikanern. Dieser kam aus dem Osten, er war ruhig, aber er war hart. Nun, sie würde schon mit ihm fertig werden.
»Also gut, das wird schön sein. Ich freue mich darauf. Wenn du mir zwei Flaschen Whisky gibst, daß ich sie jetzt mitnehme, dann will ich kommen. Dienstag.«
»Der alte Saufaus! Ich wollte, er fiele vom Felsen und bräche seinen verdammten Hals.«
Sie lächelte ihn an. »Das wollte ich auch manchmal. Aber er ist kein schlechter Mensch. Er ist gut zu mir gewesen.«
»Kann ich mir denken.«
»Jetzt gib den Whisky.«
»Erst küß mich.«

20

Auf dem Heimweg dachte sie scharf nach: Die Schwierigkeiten fangen schon an. Fallgruben liegen auf meinem Weg. Und das ist schwer. Vier Tage – Montag, Dienstag, Mittwoch, Donnerstag – zu spät. O nein, Lachender-Knabe, du mußt dich beugen. Ich kann das nicht entbehren, ich habe ein Recht darauf. Jetzt muß ich es klug einfädeln, ich, Kam-mit-Krieg. Ich habe das verdient, finde ich. Ich fürchte mich vor dir, Singt-vor-Speeren, und ich mag mich nicht fürchten. Besiegen will ich dich, oder ich will Schafe hüten! Mich kann niemand besiegen. Gott helfe mir – hm, dieser Gott! Gut, ich weiß schon. Ich mache meinen eigenen Pfad der Schönheit. Ich weiß, was ich tue. Ich bin stark, Lachender-Knabe, Lachender-Knabe!
Sie trug wieder Navajotracht, als er von Natahnetinn zurückkam. Er untersuchte und lobte die Silberschmiedwerkzeuge,

die sie vor ihm ausbreitete, während sie das Essen zubereitete.
»Es wurde heute in der Stadt von dir geredet«, erzählte sie ihm.
»Wie das? Ich verstehe nicht.«
»Dieser Pah-Ute. Dein Pfeil ist tiefer gegangen, als du dachtest. Er kam noch bis zur Handelsstation in Nakhi Zhil, dort ist er verblutet. Er hat dich angegeben. Nun hat der amerikanische Häuptling den Befehl gegeben, dich ins Gefängnis zu setzen.«
»Vielleicht wäre es besser, wir gingen fort von hier.«
»Nein, sie werden dir nichts tun, es war ja bloß ein Pah-Ute, sagen sie. Nur wenn du in die Stadt kommst und sie dich sehen, nimmt der Polizeimann dich fest.«
»Das ist schade. Ich hätte den Platz gern gesehen. Aber vielleicht vergessen sie es bald.«
»Für manche Dinge haben die Leute ein langes Gedächtnis.«
Gelber-Sänger und seine Frau kamen am Spätnachmittag. Er sah ihnen entgegen, wie sie näherkamen und ihre langen Schatten über den unebenen Boden und die Büsche am Weg glitten.
»Wer kommt da? Sie sehen wie Pah-Ute aus. Wie Hungervolk sehen sie aus. Was für Gesindel!«
»Sie sind Navajos. Sie sehen so aus, weil sie arm sind, das ist alles. Er kommt, über uns zu singen.«
Es war etwas in diesen beiden Gesichtern, das ihn bedrückte, wie wenn ein schwarzer Schatten über ihnen hinge. Es waren Leute, die sicher häßlich lachten. Beide sahen ihn mit offener Neugier an und mit einem zwinkernden Verstehen, das ihn ärgerte. Als sie ihn umständlich begrüßten, war es, als ob sie ihm ein Mitgefühl ausdrücken wollten, das er nicht nötig hatte. Dann kam Schlankes-Mädchen aus dem Haus in ihrem reich-

sten Schmuck, und plötzlich waren beide ganz ausdruckslos. Nun kümmerte sich Lachender-Knabe auch nicht weiter darum.
Gelben-Sängers Frau gab Schlankem-Mädchen einen Medizinkorb, den sie mit Maisbrei füllte. Der Sänger stellte ihn auf den richtigen Platz auf dem Fußboden des Hauses. Lachender-Knabe trat vorsichtig ein. Er dachte mit großem Ernst an das, was er vorhatte, er gab sich alle Mühe, es gut und schön zu machen. Er dachte an die Götter, an Schlankes-Mädchen, an die Zukunft. Alles verwirrte sich ihm, weil er aufgeregt war. Er wünschte, Hausgott möge kommen und über ihnen stehen. Er dachte, Jagdgöttin wäre eine gute Göttin für sie, oder Jugendgöttin oder Weiße-Muschel-Frau. Jetzt führte Gelben-Sängers Frau sie herein. »O Schönheit!« flüsterte er unterdrückt.
Sie dachte an vieles zugleich, ihre Erregung war tief innen wie ein Wüstenfluß unter dem Sand. Nun habe ich wirklich einen Gatten in meinem Hause! Dies wird eine Probe für uns sein, wenn es vorbei ist. Ich müßte vielerlei fühlen, jetzt, wo ich verheiratet werde. Du bist schön, Singt-vor-Speeren! Du weißt nicht, wie sehr du mein bist!
Sie setzte sich auf die Matte neben ihn. Gelber-Sänger teilte den Brei nach den vier Himmelsrichtungen. Jetzt betete er für sie. Lachender-Knabe sammelte seine Gedanken. Das Mädchen hatte unsinnige Angst, daß irgend etwas dazwischenkäme. Sie war ganz verzweifelt vor Ungeduld. Nun aßen sie von dem gelben Mais, ganz feierlich, und nun war Lachender-Knabe an der Reihe, ein Gebet zu sprechen. Er sang das Gebet an den Hausgott mit feierlichem Ausdruck:

»Haus gemacht aus Morgendämmer,
Haus gemacht aus Abenddämmer,
Haus gemacht aus Wolkendunkel,

Haus gemacht aus Regenströmen,
Haus gemacht aus Nebelschleicrn,
Haus gemacht aus Blütenstaub...«

Gelben-Sängers Frau saß fett und schläfrig in der Ecke. Der junge Mann tat ihr leid. Sie rollte sich eine Zigarette und wünschte, er hätte sich kein so langes Gebet ausgesucht.

»In Schönheit ist es vollendet,
In Schönheit ist es vollendet...«

Die gläubige feierliche Stimme schwieg. Er sah Schlankes-Mädchen an. Nun waren sie vermählt »auf dem Pfad der Schönheit«. Freilich schien es ihm etwas kläglich, dieses Fest ohne Verwandte, fast ohne Gäste, aber nun hatten die Götter sie vermählt. Schlankes-Mädchen sah ihn starr aus großen Augen an.

Gelben-Sängers Frau räkelte sich plump. »Nun wollen wir feiern.«

Der alte Sänger grinste. Schlankes-Mädchen sah sie verträumt an, bis ihr Gatte zu ihr sagte: »Die Gäste müssen feiern.«

Sie brachte eine Mahlzeit herbei – Tomatenkonserven, Birnen, Pflaumen, Bohnen, Zuckerwerk, Brauselimonade, weißes Brot. Sie wärmte den Kaffee und trug ihn auf mit viel Zucker und Tassen für alle. Auf eine Seite stellte sie eine Flasche mit etwas darin, das aussah wie Wasser. »Das nenne ich ein Fest!« sagte Gelber-Sänger.

Sie fingen an zu essen. Der alte Mann trank etwas von dem klaren Getränk und gab es seiner Frau weiter, die trank und es Lachendem-Knaben anbot.

»Was ist das?«

»Whisky«, sagte Schlankes-Mädchen schnell, »er weiß nicht, wie man den trinkt.«

»Ich möchte ihn probieren.«
»Gut ist er. Du sollst ihn trinken, Großvater. Wir mögen ihn alle gern.« Gelber-Sänger kicherte.
»Ich glaube, er verträgt ihn nicht«, sagte Schlankes-Mädchen nachdenklich.
»Laß mich versuchen. Es gehört sich, daß ich diese Dinge kennenlerne. Gib mir die Flasche.«
Er sah, daß ihre Augen ihn forschend ansahen, wie mit einem heimlichen Hintergedanken. Er glaubte, sie wolle ihn maßregeln.
»Gib sie mir.«
»Warte. Du bist nicht daran gewöhnt. Laß mich ihn für dich fertigmachen. Ich kann machen, daß er gut schmeckt.«
Sie nahm eine Orange und eine Zitrone, die sie hinter dem Wasserkrug versteckt hatte.
»Was ist das?«
»Das da heißt ›Lanch‹. Das gelbe heißt ›Zitrone‹. Es gibt kein Navajowort dafür. Es sind amerikanische Früchte, sie wachsen auf Bäumen wie Pfirsiche...«
Sie machte ein starkes Getränk daraus in einem Zinnbecher und süßte es mit viel Zucker.
»Das hast du für mich nie gemacht!« brummte Gelber-Sänger seiner Frau zu.
»Ich will es für dich machen, ja – wenn du jung und schön bist wie der da!«
Sie beobachteten ihn mit grinsendem Interesse, während er das Getränk versuchte. Schlankes-Mädchen kümmerte sich nicht um sie.
»Aber das schmeckt gut! Besser als das tote kochende Wasser, finde ich!« Er nickte nach seiner Limonadenflasche hin. In seinem Magen fing es an zu glühen. »Was macht es mit mir?«
»Es fängt an, dir gutzutun, kleiner Bruder!« Der Medizinmann

sog voll Sympathie an der Flasche. »Mit der Zeit wird das Gefühl dir gefallen.« Seine Frau langte nach ihrem Teil. Schlankes-Mädchen stand auf. »Die Sonne geht unter. Wenn ihr jetzt zuviel davon trinkt, findet ihr nicht den Weg nach Hause. Hier ist eine Flasche zum Mitnehmen.«

Drinnen im Hause war Halbdunkel, und in den offenen Türrahmen hinein glühte der Lehmhang von gegenüber, auf dem die Spätsonne lag. Schlankes-Mädchen legte die Decken und Schaffelle zurecht, um sich an die Wand zu lehnen, lag da und rauchte eine Zigarette. Er trank seinen Becher aus und genoß den gewürzten Zucker am Boden.

»Setz dich hierher und laß uns etwas reden.«

Er warf sich halb liegend, halb sitzend neben sie.

»Wunderlich, dieses Getränk. Mir ist sonderbar hier«, und er berührte seine Kinnbacken. »Als ob etwas meine Zähne zusammendrückte. Aber es ist gut. Mach mir noch etwas mehr.«

»Nicht jetzt gleich.«

»Es wäre schön zu singen, glaube ich. Laß uns ein schönes Gebet zusammen singen. Alles ist jetzt gut.«

»Laß uns lieber etwas nachdenken, nun wir verheiratet sind!«

»Verheiratet, ja. Warum siehst du mich so an? Die ganze Zeit weiß ich nicht, was dein Gesicht redet.«

»Ich sehe dich so gern an, Singt-vor-Speeren.«

Ihre Hand glitt in seine, er fühlte sie neben sich. Er ahnte, daß das nur eine halbe Antwort war. Er berührte ihr Gesicht mit seinen Fingerspitzen. Sie sah ihn forschend an.

Dann küßte sie ihn. Er verstand das nicht; ihr Gesicht plötzlich dicht vor dem seinen, fast verzerrt durch die Nähe, die Augen verschwimmend. Er fühlte sich fest umklammert, und etwas Feuchtes, zugleich heiß und kühl, war auf seinem Mund, dabei spürte er einen leichten Druck von Zähnen. Undeutlich erinnerte er sich, daß Amerikaner es so machten. Er verstand es nicht, er hatte ein Gefühl von Unsauberkeit und Ekel. Er versuchte freizukommen, aber sie hielt ihn fest, er wurde gegen die Wand und die Schaffelle gedrückt. Sie hing an ihm, er fühlte ihren ganzen Körper. Etwas Unbeherrschtes, Unanständiges lag darin. Alles wurde verworren. Eine kleine Flamme lief ihm durch die Adern. Die Welt schmolz unter ihm weg, sein Körper schwamm wie Wasser in der Luft, sein ganzes Leben war in seinen Lippen, Mund auf Mund und Atemhauch gegen sein Gesicht. Er schloß die Augen. Seine Arme schlossen sich um sie. Und nun, fast unbewußt, fing er an, ihre Küsse zu erwidern.

21

Schlankes-Mädchen schlief. Lachender-Knabe war sehr müde, aber er fand keine Ruhe. Drinnen im Haus war schwarzes Dunkel. Hier blies kein Wind durch die Blätter der Hogahnwand, kein Stern funkelte durch das Rauchloch herunter. Er suchte seinen Tabak und stahl sich hinaus.

Der kalte Nachtwind schlug ihm an die Haut. Seine Augen ruhten aus in den schattenhaften Formen der Abhänge, er sah auf zu den dichtgesäten kühlen Sternen. Das tat wohl wie eine kalte Messerschneide an einem verbrannten Finger. Es war richtig, daß man Frauen Namen mit Krieg gab. Er verstand das jetzt.

Seine Füße trugen ihn zu dem Hügel über der Quelle, wo er die vorige Nacht geschlafen hatte. Er lehnte sich mit dem Rücken an einen Fichtenstamm und rauchte. Alles in ihm drehte sich, er mußte seine Gedanken in Ordnung bringen. Nie hatte er geahnt, daß es so etwas gab. Er hatte im engen Hogahn gelebt, er kannte die Lagerfeuerspäße, aber nie war da auch nur eine Andeutung solcher Dinge gewesen. Vielleicht waren das nur amerikanische Possen, aber er glaubte das nicht. Nein, das war sie, ihre Macht. Sie war stärker als Eisen oder Feuer. Das Getränk war Medizin, Zauber, aber sie war nicht Zauberei, sie war eben sie selbst. Dieser Grashalm von einem Mädchen konnte machen, daß sein Bauch sich in ihm umkehrte, daß sein Inwendiges zerschmolz. Er saß da und staunte über sie und über sich selbst. So unbeherrscht war das alles, daß er sich einen Augenblick schämte. Aber es war doch ein Wunder. Dieses Mädchen war wie eine vom Göttervolk. Man sollte sich nicht so gehenlassen, aber es war doch wunderschön.

Er hatte gekämpft und gesungen und Rennen geritten, er hatte den Rausch der großen Tänze gekannt. Er war gewöhnt an Hunger, Frost, Müdigkeit und an festliches Behagen. Bis in die Fingerspitzen war er lebendig gewesen – aber das war etwas, gegen das alles andere matt und schattenhaft wurde. Das war ihre Zauberei, dachte er, und es war wunderbar, es verwandelte das Leben: daß sie vollste Erfüllung gab, während alles andere nur Bruchstück war. Ihr Haus war besser als die Häuser anderer Indianer, ihr Essen besser, als was die andern Indianer aßen, und sie führte den Geist zu einer Vollendung, die sie allein geben konnte. Hunger war tot, wo sie war. Sie war nicht wie sein Volk, das Leben mit ihr würde ganz anders sein, aber es war ein Pfad der Schönheit.

Seine Zigarette war längst erloschen. Knabe-mit-dem-Pfeil, der Abendstern, stand schon tief am Himmel. Schlaftrunkenheit mischte sich in seine Gedanken und verwischte sie, während der Nachtwind über ihn hinstrich. Zweifel und Staunen verblaßten und gingen unter im Schlaf. Er träumte. Vielleicht hatte der Anblick dieses zerlumpten armseligen Sängers und seiner Frau den Traum in seinen Kopf gebracht.

Es war kein besonderer Traum und nicht deutlich:
Er saß am Hogahnfeuer, und sein Oheim erzählte den Schluß der Geschichte vom Aufstieg der Menschen aus der Unterwelt. Er sah nicht gerade viel, aber er wußte, es war sein Oheim, und er war noch böse auf ihn wegen der Worte, die er über Schlankes-Mädchen gesagt hatte. Er wußte, daß auch die andern Kinder da waren und daß der Schnee, der durch das Rauchloch wirbelte, in der Luft zerschmolz und mit leisem Zischen ins Feuer fiel. Es war sein Oheim, der redete, es war Windgott, der in seinem Geist redete, sie waren eins. Das alles war nicht klar, nur die alten vertrauten Worte kamen zu ihm, sehr deutlich, mit Ausdruck gesprochen, wie wenn man Kindern etwas einprägen will.
»Töter-feindlicher-Götter* kam zum Hungervolk, wird erzählt. Er sagte: ›Jetzt werde ich euch töten, denn ihr tut meinem Volk Böses.‹ Hunger-Häuptling sagte: ›Wenn du uns tötest, wird niemand mehr hungrig sein, niemand wird Feste feiern. Sie werden nicht ausziehen und gute Beute jagen, Wildbret und fette Präriehunde. Niemand wird mehr Lust zum Jagen haben‹, sagt er, wird erzählt. Töter-feindlicher-Götter sagte: ›Dann will ich euch leben lassen‹, wird erzählt.«
Er hörte Sprechenden-Gott in der Ferne rufen: *Wu, wu, wu, wu!* – Dann rief der Gott noch einmal und näher. Er wußte, daß er schlief, und versuchte aufzuwachen, um dem Gott entgegenzugehen. Er hatte große Angst, daß er noch schliefe, wenn der Gott zum vierten Male rief. Er hatte das Gefühl, als habe er sich eigenmächtig in Schlaf versenkt, wider den Willen des Gottes. Der Ruf erscholl zum drittenmal, gerade vor dem Hogahn. Sprechender-Gott war da draußen, er stand auf ge-

* Einer der beiden Kriegsgötter der Navajos, die im Mittelpunkt eines großen Mythos stehen.

schwungener Regenbogenbrücke, mit ihm viele andere göttliche Wesen. Er selbst aber hatte sich in pechschwarzer Finsternis eingeschlossen, zu der es keinen Eingang gab. Er hatte sich vor den Göttern versteckt unter einer Decke von schwarzen Wolken.
Mit einer verzweifelten Anstrengung erwachte er, setzte sich auf und tat einen tiefen befreienden Atemzug. Seine Augen tranken die Morgendämmerung, den weiten Raum, den Baum, die Lehmhänge, wirkliche Dinge, fern von seinem Traum. Drüben rief eine Turteltaube »Rucku-u, Rucku-u, Rucku-u!«

22

Sie schlief noch drinnen im Hause. Er sah im Halbdämmer auf sie herab. Zart schien sie, kindlich und süß, mit den Schatten unter den Wimpern, dem leise schmerzlichen Zug um den Mund. Ihr Gesicht war fast ein Nichts unter der Decke. Er dachte an dieses nächtliche Ringen von Kraft und Schwäche, von Siegen und Unterliegen, und verglich es mit diesem kleinen Wesen, das so weich war im Schlaf. Als er sie jetzt ansah, gab es keine Abwehr mehr in ihm, es schien ihm nur ein Wunder, daß sie die Seine war. Was für ein Zufall war es doch gewesen, daß Glattes-Haar ihm von dem Tanz und dem Rennen erzählt hatte, als er nach Tsé Lani kam – dies und jenes kleine Ereignis, bis aus dem Nichts dieses Eine, das ebensogut nie hätte kommen können, in sein Leben trat und sein Mittelpunkt wurde.
Bald würde die Sonne aufgehen. Er ging, sie zu begrüßen.

»Morgenlichtknabe, kleiner Häuptling,
Möge alles schön sein vor mir, wo ich wandere.«

Sie erwachte froh und beobachtete ihn unter schlafschweren Lidern, wie er in der Tür stand, nackt bis auf sein Lendentuch. Die noch tiefen Sonnenstrahlen streiften seine Schenkel und Hüften und umspielten mit goldwarmem Schimmer die Muskeln seiner erhobenen Arme. Sie dankte Gott und den Göttern zugleich. Was nun auch geschah, das konnte ihr nicht mehr genommen werden!

Sie schob die Decke zurück, schloß die Augen und tat, als ob sie schliefe.

Er setzte sich neben sie und wartete scheu auf ihr Erwachen. Ihre Lider zitterten, sie gähnte behaglich, streckte die Arme wie ein spielendes Kätzchen. Sie setzte sich auf, lächelte ihn an und sah sein Gesicht aufleuchten, als er ihrem Blick antwortete.

»Habe ich so lange geschlafen? Du bekommst dein Frühstück, sowie ich dein Haar gekämmt habe. Du solltest dich nur sehen!«

Er tastete nach seinem zerzausten Haar, dem Zopf, der schief zur Seite hing, dann lachte er. »Deines ist genauso schlimm. Geh nur und betrachte dich in der Quelle!«

Sie griff auf ein Wandbrett und nahm einen kleinen Spiegel herunter. Er sah sich selbst darin, das war verlockend, aber etwas enttäuschend. Schließlich nahm sie ihm den Spiegel weg.

»Komm, zieh dich an und mach mein Haar.«

Oft hatten er und seine Brüder und Schwestern einander diesen Dienst geleistet, es war eine bereitwillig erwiesene kleine Gefälligkeit. Er hatte seinen Vater und seine Mutter dabei beobachtet, wenn einer an den Knien des andern lehnte und lachte, wenn der Kamm zu heftig zerrte, und hatte gesehen, daß sie ein Vergnügen daran fanden, das er nicht begriff. Nun verstand er das, und diese häusliche Vertrautheit entzückte ihn. Er fühlte sich wirklich verheiratet, als gesetzter Mann, der bald Kinder haben würde und der reden konnte als einer in sicherer Lage, nicht mehr wie ein Knabe. Das Frühstück war ein weiterer Genuß.

»Du mußt mir heute Holz für einen Webrahmen besorgen«, sagte sie, »es ist lange her, seit ich gewebt habe. Aber ich habe herrliche Decken im Sinn. Ich werde weben, und du schmiedest Silbersachen.«

»Nein, ehe wir heute irgend etwas anderes tun, müssen wir ein Schwitzbad machen. Hier ist alles anders. Wir fangen ganz neu an. Wir müssen uns reinigen, wir müssen einen neuen Anlauf nehmen. Und außerdem, wie willst du weben? Du hast keine Schafe.«

»Ich kaufe Wolle im Geschäft in der Stadt. Es gibt gute Wolle hier. Die Leute aus der Umgebung bringen sie herein.«

»Warum halten wir keine Schafe? Ich habe ein paar in der Herde meiner Mutter, die ich holen könnte.«

»Wer soll sich um sie kümmern? Du hast deine Pferde und deine Schmiedearbeit, das ist mehr als genug. Und ich muß immer zur Arbeit bei der Missionsfrau.«

»Das paßt mir gar nicht, daß du dort arbeitest.«

»Warum? Machst du dir schlimme Gedanken?«

»Nein, ich habe keine schlimmen Gedanken. Aber das Haus ist leer, wenn die Frau weg ist.«

»Ich habe sonst jeden Tag für sie gearbeitet, jetzt tue ich es nur manchmal. Sie gibt mir viel Geld. Durch sie wirst du Silber bekommen für deine Arbeit. Morgen, wenn ich zu ihr gehe, bringe ich dir mexikanisches Silber mit. Und an den Tagen, wo ich weg bin, kannst du die Pferde versorgen. Mit der Zeit, wenn wir viel Geld verdient haben mit deiner Silberarbeit und den Pferden und meinem Weben und Arbeiten, gehen wir zurück in dein Land. Wir werden reich zurückkommen. Ist das nicht ein guter Plan?«

»Du hast gut gesprochen. Von den Dingen hier verstehe ich nichts, aber du weißt Bescheid, und deine Worte sind gut. Mir ist es genug, daß ich dich habe. Wir sind nicht nur so verheiratet, sondern ganz und gar verheiratet. Da ist nichts an uns, was ausgeschlossen bliebe.«

»Nein. Nichts an uns, was ausgeschlossen bliebe. Und du willst keine zweite Frau, Lachender-Knabe?«

»Nein – nein – nein!« Er sagte die nachdrückliche dreisilbige Verneinung, *»Ê–do–ta!«* langgezogen, mit einer entschiedenen wegfegenden Gebärde der rechten Hand. »Hast du eine Schwester, die ich nehmen soll? Wenn du Hilfe hier im Hogahn brauchst, werde ich eine nehmen, aber für mich wird sie nichts sein. Du bist genug für mich, vielleicht bist du sogar zuviel für mich.«

Sie küßte ihn rasch, er war verwirrt und entzückt.

Er mußte sie die Bräuche und den Sang der Reinigung lehren, aber mit Hilfe ferner Kindheitserinnerungen lernte sie schnell. Ihre Aufmerksamkeit machte ihm Spaß, und es war eine Freude, sie singen zu hören. Es tat ihm nur leid, daß ihr diese Dinge so lange vorenthalten geblieben waren, und ärgerlich und verwundert dachte er an das amerikanische Leben, das sie ihr verboten hatte. Zuletzt lehrte er sie Lieder, die sie eigentlich nicht wissen durfte, seines Unrechts ganz bewußt, aber als eine Art uneingestandener Huldigung und ein Zeichen des besonderen Wertes, den er in ihr spürte.

23

Nach dem Dampfbad und dem Wasser mit der schäumenden Yuccawurzel tat es gut, dazuliegen, das Haar zum Trocknen ausgebreitet, ins Blaue hinein von künftigen Plänen zu reden und sie hin und wieder zu berühren. Große Vorsätze gewannen in wenigen Worten Gestalt. Er zeichnete das Muster eines Armreifs in den Sand. Er flocht sein Haar und ahmte die näselnde Sprache eines Ute nach. Sie kamen auf die Gebräuche der verschiedenen Stämme zu sprechen, auf die alten Kriege und die jetzige halbe Feindschaft zwischen den Navajos und den Pah-Utes.

»Viel Streit haben wir nicht mit ihnen«, sagte er, »aber wir mögen sie nicht. Sie leben wild in dem Land da hinter Oljeto, wo sie schwer zu fassen sind, und sie stehlen alles. Meistens ärgern sie die Mormonen, und die Mormonen haben Angst vor ihnen, wird erzählt. Seit ich ein kleiner Junge war, haben wir nur einmal richtig Streit mit ihnen gehabt. Und damals gingen wir auf den Kriegspfad gegen sie. Ich bin auch auf den Kriegspfad gegangen.«

Er war stolz auf die Rolle, die er dabei gespielt hatte, und bekam Lust, ihr davon zu erzählen.

»Das war vor drei Jahren, ich war gerade erwachsen. Stumpfe-Nase war es, der den Streit anfing. Er war Häuptling einer Bande von Pah-Utes. Er lebte jenseits Naesjé-Cañon, nahe bei Tsé Nanaazh. Das ist ein wildes Land, hoch in den Bergen. Er war schlecht.

Immer erschlug er das Vieh der Mormonen, hier eine Kuh und da eine Kuh und dort eine. Schafe brauchte er nicht zu halten. Er tat, was er wollte. Er hatte zwei Pistolen bei sich und eine Flinte am Sattel, wird erzählt. Er ritt immer mitten auf dem Pfad und ging keinem aus dem Weg.

Einmal hörte er, daß die Mormonen Soldaten hatten kommen

lassen, da ließ er ihr Land in Ruhe. Er saß eine Weile still, aber seine Leute wurden hungrig. Ein Pah-Ute ißt fast alles, aber da oben gibt es wenig. Deswegen lassen die Navajos sie in Ruhe; es gibt in dem Lande nichts als ein paar Pah-Utes und ein paar Antilopen. Aus der Haut von beiden ist nichts zu machen, deshalb lassen wir sie in Ruhe.
Nun beschloß also Stumpfe-Nase, es mit Schaffleisch zu versuchen. Er kam nach Jahai-Spring hinunter, wo Hungriger-Mann lebte. Er hatte alle seine Krieger bei sich. Sie fingen an, Hungrigen-Manns Schafe wegzutreiben. Da kam Sechstöter daher; er begegnete der Frau dieses Mannes, die vor ihnen auf der Flucht war. Er ritt heran und fing an, auf die Männer zu schießen. Sie schossen wieder. Er ritt weg, und sie verfolgten ihn. Aber er tötete einen.
Da wurde Stumpfe-Nase zornig. Er tötete Hungrigen-Mann und seine beiden Kinder. Er trieb die Schafe weg. Er ging zurück in das Naesjé-Land.
Die Leute in der Umgebung sammelten sich, um ihn zu verfolgen, aber der Händler in Oljeto riet ihnen davon ab. Er sagte ihnen, sie sollten warten, bis er einen Brief an den amerikanischen Häuptling in T'o Nanasdési geschrieben hätte. Das taten sie. Inzwischen prahlte Stumpfe-Nase. Er erfuhr, daß im Mormonenland keine Soldaten waren, aber er sagte, er esse gern Schaffleisch. Er sagte, keiner von den Coyotes solle ungestraft einen von seinen Kriegern töten; er sagte, das Coyotenvolk solle ihm für das zahlen, was sie getan hätten. Im ganzen Lande redete er so. Er prahlte und drohte und nannte uns mit solchen Schimpfnamen.
Nach einer Weile kam er wieder herunter. Aber sie hatten Wachen aufgestellt, die Rauchsignale gaben. Eine Menge Leute kamen zusammen und verfolgten ihn, so daß er einen großen Bogen hinter Oljeto machen mußte, um herunterzukommen. Als er an der Handelsstation vorbeikam, schoß er

hinein. Er verletzte keinen, aber er zerstörte ein paar Blechbüchsen und zerschoß die Fenster. Auf seinem Rückweg überquerte er dann die Brücke über die T'o Atsisi-Schlucht. Das ist eine große Holzbrücke, über die du zu Pferde reiten kannst; Washington hat sie bauen lassen. Sie schickten zwei Amerikaner her, die zeigten, wie sie gebaut werden sollte. Also, er kam über die Brücke. Er war zornig, darum verbrannte er sie, dieser Mann. Und er stahl ein paar Schafe und zog nach Hause.

Dann schrieb der Händler noch einen Brief, einen sehr starken, und schickte ihn an den amerikanischen Häuptling. Inzwischen brachte Sechstöter viele Krieger zusammen. Die Leute waren zornig; sie wollten alle diese Pah-Utes töten. Aber der amerikanische Häuptling schrieb einen Brief und sagte, daß er amerikanische Krieger schicken würde, die das Kämpfen übernehmen sollten. Er befahl, daß gute Pferde für sie bereit sein sollten, daß aber die Navajos nicht kämpfen dürften, sonst würden die Soldaten über sie kommen. Das sagte er. Er versuchte über den Sprechdraht nach Dokoslid zu sprechen, um Krieger zu bekommen, aber ein Mann bei Besch Nanaazh hatte ein paar von den Drähten abgeschnitten, um seinen Wagen zu flicken, und so mußte er einen Tag warten, bis sie ausgebessert waren. Inzwischen schickte er einen Berittenen mit diesem Brief.

Der Berittene kam über die Gomulli T'o-Handelsstation. Sein Pferd lahmte, und er war müde. Ich war da mit einem guten Pferd, einem Rotschimmel. Gelber-Schnauzbart hieß der Händler dort. Er sagte mir, ich solle den Brief hinbringen. Er befahl mir, scharf zu reiten. Er sagte mir, ich würde es bezahlt bekommen.

Ich ritt den ganzen Tag. Ich ritt die Nacht, bis der Mond unterging. Ich ritt im Dunkeln, und ich hatte Angst vor den Geistern. Dann machte ich Rast. Am andern Morgen sah ich

ein frisches Pferd, das fing ich ein und ritt weiter. Die Sonne stand auf halber Höhe, als ich Oljeto sah. Und gerade da sahen mich die Pah-Utes. Sie ritten hinter mir her, und ich ritt so scharf ich konnte auf die Handelsstation zu.
Ich hörte, wie sie nach mir schossen. Ich hörte die Kugeln. Ich hatte große Angst, aber es war nichts zu machen, als scharf zu reiten.
Dann fühlte ich etwas wie einen Schlag. Es war wie ein dumpfer Stoß. Es tat nicht weh. Ich dachte: Jetzt bin ich unten am Rücken getroffen. In einer Minute wird es weh tun. Wahrscheinlich sterbe ich. Ich mag nicht sterben. Das dachte ich. Ich dachte das alles auf einmal, dann griff ich an meinen Rükken, aber da war nichts. Dann fingen die Leute an zu schießen aus den Fenstern der Handelsstation, und die Pah-Utes ritten weg. Ich ritt bis vor die Tür und saß ab und war neugierig, ob ich nun fallen würde. Aber es war nichts geschehen. Eine Kugel steckte hinten in meinem Sattel, das war es, was ich gefühlt hatte.
Wir warteten fünf Tage auf die amerikanischen Krieger. In der Zeit brachten sie gute Pferde zusammen. Stumpfe-Nase war die ganze Zeit in der Nähe. Die Leute sammelten sich in Gruppen von zehn bis zwölf Familien oder mehr, wie zu der Zeit, wo wir immer Krieg führten. Dann kamen diese Männer.
Sie waren ihrer acht. Alle hatten Abzeichen an ihren Röcken wie Polizeimänner, nur andere. Einer von ihnen war ein sehr fetter Mann. Wir begriffen nicht, weshalb sie den mitgebracht hatten.
Sie sagten, sie brauchten vier Navajos als Fährtensucher. Sechstöter sollte ihr Führer sein. Noch zwei andere junge Männer waren da, und dann nahmen sie mich auch. Sie sagten, sie wollten mir einen Dollar den Tag bezahlen. Das war mir ein neuer Gedanke, dafür bezahlt zu werden, daß man Pah-Utes jagte. Ich dachte, wir sollten sie nur so verfolgen.

Wir folgten ihrer Fährte drei Tage lang, ohne sie zu sehen. Die Amerikaner wollten, daß wir auch nachts suchten, aber wir taten, als ob wir dann die Fährte nicht verfolgen könnten. Als Sechstöter ihnen das sagte, glaubten sie ihm. Es war nicht leicht, der Fährte zu folgen. Ihre Pferde waren nicht beschlagen, und sie ritten oft über kahlen Fels, sie bogen ab und schlugen Haken oder schleppten Zweige hinter sich her.

Wir bekamen nicht viel zu essen, wir konnten auch kein Feuer machen. Die Amerikaner brachten einen braunen süßen Zukker mit und einen krümeligen getrockneten schwarzen Zucker in Büchsen, der klebrig war. Wir hatten gutes gedörrtes Korn. Beim Frühlicht brachen wir auf. Wir gingen, bis es ganz dunkel war. Tagsüber war es heiß zwischen den Felsen. Wir waren hungrig. Es war gar nicht, als ob wir Pah-Utes verfolgten, wir folgten nur Fährten im Sand oder kleinen Schrammen am Felsen, und einmal mußten wir ans Ende kommen, und dann würde etwas Großes geschehen. Jetzt gab es nichts auf der Welt als diese Zeichen. Wenn man eines sah, wo man es nicht erwartet hatte, dann war es, als ob es einem ins Gesicht sprang. Aber wir holten sie allmählich ein. Am vierten Tag war die Spur schon viel frischer. Wir waren ihnen dicht auf den Fersen. Dann sahen wir ein paar von ihnen auf lahmen Pferden und jagten sie. Sie mußten einen tiefen Arroyo* durchqueren. Als sie unten waren, jagten wir hinterher und hofften, sie zu fassen. Aber sie entkamen die andere Seite hinauf, sie waren gerade oben, als wir ans Ufer kamen. Sie fingen sofort an zu schießen. Sie zielten auf den fetten Mann.

Er fiel sofort vom Pferd. Er fiel auf den Bauch, und sowie er lag, fing er an zu schießen. Er schoß zwischen den Beinen des Pferdes durch. Er traf einen Pah-Ute ins Bein und einen in den

* Bergstrom, Bach

Arm. Da wußten wir, warum sie den mitgebracht hatten, den fetten Mann.
Wir wollten sie töten, aber der Amerikanerhäuptling sagte, sie müßten nach T'o Nanasdési gebracht und da bestraft werden. Ihre Pferde waren nichts wert, so wurden sie auf die Pferde der andern beiden jungen Männer gesetzt und mit ihnen und einem Amerikaner nach Oljeto geschickt. Also blieben ich und Sechstöter. Ich hatte ihn vorher nie gesehen, diesen Mann, aber jeder hatte von ihm gehört. Mir lag viel daran, vor seinen Augen zu bestehen.
Nachmittags kamen wir zum Eingang des Yotatséyi-Cañons. Die Fährte war frisch und deutlich. Sechstöter sagte den Amerikanern, daß das andere Ende des Cañons halbwegs den Napani-Berg hinauf läge, zu unserer Rechten in einem großen Bogen. Wenn sie da hinaus kämen, würden wir sie nie zu fassen kriegen, sagte er. Sie sollten ihm deshalb drei Mann mitgeben, und er würde sie auf einem Richtpfad hinüberführen. Bei Einbruch der Nacht würde er dort sein, sagte er. Sie machten es so. Ich blieb mit den vieren am unteren Ende. Ich dachte, es würden wohl noch zehn Pah-Utes da sein, aber ich sagte nichts. Es sollte nicht aussehen, als ob ich Furcht hätte. Sechstöter hatte auch keine.
Wir gingen ein kleines Stück in den Cañon hinein und kampierten da über Nacht. Der Amerikanerhäuptling ließ mir ein paar Zauberröhren. Wenn man die an die Augen hielt, sah alles Ferne ganz nah aus. Ich schaute durch, bis ich Sechstöters Rauchsignal sah. Er gab Zeichen, daß sie ein Gefecht gehabt hatten und daß die Feinde auf uns zukämen. So hielten wir Wache, aber wir sahen kein Anzeichen von ihnen. Bald danach wurde es dunkel. Wir hielten die ganze Nacht Wache.
Als es gegen Morgen ging, aber noch nicht hell war, brachen wir zu Fuß auf. Sowie es anfing hell zu werden, schickten sie

mich die Geröllhalde entlang, um nach Hinterhalten auszuspähen. Der Cañon war etwa fünfhundert Fuß breit, die Wände mindestens ebenso hoch. Der amerikanische Häuptling verfolgte mich mit diesen Röhren. Ich sollte mit der Hand winken zum Zeichen, daß ich niemand sähe, und dann wollten sie vorgehen, geradewegs durch den Cañon.
Es war ganz hell, als wir zu der Stelle kamen, wo der Cañon sich biegt. Ich schlich ganz langsam vorwärts. Im Sand konnte ich die Fährten sehen, die wir solange verfolgt hatten. Ich kam mir sehr verlassen vor. Ich wußte, daß der Amerikaner auf mich aufpaßte, während ich vorwärtsschlich; dadurch wurde mir etwas besser zumute. Mein Vater hatte mir gesagt, auf dem Kriegspfad wäre es so, wie wenn man Bergschafe beschleicht, bloß noch aufregender. Ich fand, daß es viel mehr war als das. Bergschafe schießen nicht auf dich.
Dann sah ich sie.
Sie mußten mitten im Yotatséyi kampiert haben, nun wollten sie versuchen, an diesem Ende herauszukommen. Es waren neun Mann, einer hinter dem andern, sie ritten vorsichtig und hielten scharf Ausschau. So gab ich den Amerikanern das Zeichen und sah, wie sie Deckung suchten. Ich machte mich so unsichtbar, wie ich konnte. Auf einmal merkte ich, daß mir die Sache großen Spaß machte.
Sie kamen um die Ecke. Jetzt sah ich, hinter einem großen Busch versteckt, direkt auf sie hinunter. Einer von ihnen schaute gerade zu meinem Busch herauf. Er suchte nach versteckten Spähern. Seine Augen wanderten weiter, und einen Augenblick wurde mir schwach in den Knien.
Dann fingen die Amerikaner an zu schießen. Ich sprang auf und gab den Kriegsruf. Als ich schrie, dachte ich: jetzt hören sie den Coyote heulen und wissen, daß es ein Wolf ist! Gerade unter mir war ein Krieger mit einem Lederrock mit Perlenstickerei und einem Hut mit silbernem Band. Ich sah das alles,

während ich auf ihn schoß. Ich wollte ihn töten. Ich wollte, daß bekannt würde, daß ich einen getötet habe. Ich sah meinen Pfeil lange in der Luft. Ich sah ihn treffen. Der Mann fiel vom Pferd. Dann sah ich, daß er nicht tot war, und war froh. Ich weiß nicht, warum.
Da unten waren jetzt noch fünf, und die andern hielten die Hände hoch, und die Amerikaner nahmen sie gefangen. Einer am andern Ende des Cañons war tot.
Wir gingen nach Oljeto zurück, und die Amerikaner bezahlten uns, was sie versprochen hatten. Wir ließen uns von dem Blut reinigen und kauften dann Konserven für mehrere Dollar. Ich kaufte eine große Papiertüte, so groß wie ein Hut, ganz voll von allerlei Zuckerwerk, und wir ritten nach Hause und aßen unterwegs alles auf.
Als ich erzählte, was geschehen war, und an die Stelle kam, wo ich dachte, ich hätte einen Schuß gekriegt, mußte ich lachen. Ich konnte gar nicht aufhören, ich lachte immerzu. Von da an nannten sie mich bei diesem Namen. Das ist alles.«
Schlankes-Mädchen sagte: »Ich freue mich, daß du ein solcher Mann bist.« Er ist ein Krieger, dachte sie bei sich. Das ist mehr wert als zehntausend Schulen. Er muß damals etwa achtzehn gewesen sein. Was ist Korbballspiel dagegen?
Vor dem Abendessen gab es wieder ein gutgemischtes Getränk mit dem Wohlgefühl hinterher und dem sonderbaren Brennen hinter den Zähnen. Er trank es aus.
»Ich möchte noch etwas davon haben.«
»Das ist nicht gut für dich.«
»Weshalb nicht?«
»Wenn du zuviel trinkst, wirst du ein Narr. Und du wirst alt vor deiner Zeit.«
»Das wäre schlimm. Vielleicht sollte ich es dann lieber gar nicht trinken. Du trinkst es auch nicht.«
»Nicht jeder kann es trinken. Es ist nicht für Frauen, es ist ein

Getränk für Männer. Wenn ich es trinke, werde ich gleich krank. Für dich ist es gut, du bist stark. Du fühlst dich wohl hinterher, nicht wahr? Du magst es gern?«
»Ja, ich mag es gern. Es ist gut für mich, glaube ich.«
»Es ist gut für dich.« Und sie sagte zu sich selbst: Damit werde ich dich festbinden. Er ist noch eine Fessel mehr um deine Füße, damit du nicht von mir gehst!

24

Wie die Zeit vergeht und das Korn wächst, kann kein Auge sehen. Wir sehen nur, daß der Mond um soviel älter geworden ist und das Korn um soviel höher. In diesem neuen Leben, das soviel ruhiger war als das alte und dennoch viel glühender mit all seinem Silber und den herrlichen Türkisen, seinem Pferdehandel, seinem Maisfeld, seiner ganzen neugeschaffenen Welt, sah Lachender-Knabe die Zeit hinfließen wie einen raschen stillen Strom unter Pappelbäumen.
Für ihn war das Leben – über das er sich nie viel Gedanken gemacht hatte – gelöst und erfüllt, er wußte nichts von dunklen Gefühlen, wie Schlankes-Mädchen sie kannte, daß solch ein Glück zu groß sei, um zu dauern. Wenn er sich in T'o Tlakai hingesetzt hätte, um ein Lied von der Vollkommenheit zu dichten, er hätte sich nichts auch nur annähernd so Schönes vorstellen können wie diese Wirklichkeit.
Es hatte ihm immer Freude gemacht, auf dem Feld zu arbeiten, mitzuhelfen, daß die grünen Halme sproßten, sie wogen zu sehen mit ihrem tiefen vollen Grün gegen die rauhe farblose Wüste. Bei seinem Volk war das Korn etwas Lebendiges. Ein Feld schön zu bestellen war ebensoviel wert wie einen schönen Armreif zu schmieden, und noch dazu nützlicher. Er leitete

das kostbare Wasser geschickt durch sein Feld. An den Ecken pflanzte er die vier heiligen Pflanzen.
Schlankes-Mädchen verstand das anfangs nicht. Am liebsten hätte sie es als eine lästige und überflüssige Arbeit verhindert, aber sie beschloß, nichts zu sagen. Er sah wohl, daß sie es als langweilige Fron empfand. Er versuchte nicht, es ihr direkt zu erklären, aber er erzählte ihr die Geschichte von Natinesthani und dem Ursprung des Korns* und lehrte sie Lieder über die wachsende Pflanze. Als die Halme über Hüfthöhe standen, nahm er sie abends mit ins Feld, wenn die sinkende Sonne die gelbbraunen Lehmhänge in lebendiges Rot tauchte und die Halme im leisen Wind schwankten und flüsterten. Er zeigte ihr das Feld als Ganzes, die schlanken Halme und ihre Verheißung, und erzählte ihr von Korn-Mädchen und Samen-Knaben und wie Erster-Mann und Erste-Frau aus Korn gemacht wurden*. Da gingen ihr die Augen auf, mehr aus Verständnis für das, was er fühlte, als durch eigenes Sehen. Von da an arbeitete sie bisweilen etwas mit, ihm zu Gefallen, obwohl sie selbst keine Freude an dieser rückenzerbrechenden Arbeit hatte.
Sein Silber verkaufte sich gut. Seine Schmiedekunst war fein, seine Erfindung lebendig und sein Geschmack in Türkisen sehr wählerisch. Er schuf starke reine Stücke, richtige Nord-Navajo-Arbeit, unberührt von europäischem Einfluß. Andere Indianer kauften sie beim Händler, und ihre barbarische Schönheit fiel den Touristen ins Auge. Schlankes-Mädchen trat in Verbindung mit dem Harvey-Agenten, in dem sie einen eifrigen und gutzahlenden Käufer fand. Es machte ihr Freude, an die vielen Orte längs der Eisenbahn zu denken, wo Fremde die Arbeit ihres Mannes hoch bezahlten.
Sie war gewohnt, sich nicht viel um das allgemeine Urteil über sich selbst zu kümmern, und war überrascht, daß dieses sicht-

* Indianische Mythen

bare Zeichen von der Existenz ihres sagenhaften Gatten, dieses greifbare Zeichen seiner Tätigkeit einen erfreulichen Unterschied im Benehmen des Händlers gegen sie selbst verursachte. Auch die Blicke, mit denen die Männer in der Stadt sie ansahen, hatten sich verändert. Es war Überraschung darin, daß sie wirklich die Wahrheit über sich selbst gesagt hatte, und die plumpen Annäherungsversuche nahmen ab. George Hartstone, ihr Amerikaner, entwickelte eine wachsende Eifersucht, die sie gut auszunutzen wußte.

Um ihr Idyll vollständig zu machen, wollte sie weben, fand es aber schwieriger, als sie erwartet hatte. Sie war sehr jung in die Missionsschule gekommen, ehe sie wirklich in der Webkunst erfahren war, und jetzt hatte sie alles vergessen. Lachender-Knabe mußte ihr sogar erst die Namen der Werkzeuge beibringen. Als er ihr beim Kampf mit der widersetzlichen Kette zusah, fragte sie sich, ob er wohl innerlich über sie spottete, ob sie ihm lächerlich vorkäme. Manches Mal schon hätte sie es am liebsten aufgegeben, wenn nicht ihre angeborene Charakterstärke gewesen wäre und wenn sie nicht gewußt hätte, daß das Haus, in dem die Frau nicht eine Decke weben konnte, für ihn unnatürlich und unvollkommen sein würde. Sie hätte es so gern geschafft, aber schon nach kurzer Zeit schmerzte ihr der Rücken, ihre Arme wurden schwer, und in den Händen fühlte sie heftige Schmerzen, während die Fäden wie Dämonen waren, die sie verspotteten. Das eintönige Spinnen war die reine Qual, und sie verstand wenig oder nichts vom Färben.

Natürlich hatte sie ihre erste Decke mit größtem Ehrgeiz entworfen. Von dem ursprünglichen Vorhaben gab sie während der Arbeit mehr und mehr auf, und das fertige Produkt war nur ein Viertel von dem, was sie anfänglich geplant hatte. Als sie das klägliche Ding vom Webrahmen schnitt und es vor sich sah, schief und krumm, unregelmäßig und voller Löcher, hätte sie weinen mögen. Sie versteckte es vor ihm. Viele ihrer früheren

Versuche, die zu schlecht geraten waren, um unter dem Sattel gebraucht oder verkauft zu werden, waren schon heimlich vernichtet, aber dies war das erste, was sie ganz fertig gemacht hatte. Es war kläglich mißglückt, doch sie sah, was es hätte sein sollen, und sie behielt es.
Sie wob schlichte Stoffbahnen zum Daraufsitzen, aber selbst von diesen waren manche hoffnungslos. Trotz aller Ermutigung ihres Mannes fluchte sie manchmal, wenn er nicht da war, auf englisch und zerrte an den Fäden. Es gab wenig, was sie so außer sich bringen konnte, sie wunderte sich selbst, daß sie durchhielt. Es war ein Opfer für ihren Geliebten und unbewußt eine Buße für eine Schuld, die sie nicht bekannt hatte.

25

Eines Tages, als das Korn fast reif war, ging sie zur Arbeit aufs Feld. Als sie müde wurde, setzte sie sich zum Rasten an einen Fleck, wo sie zwei Maisstengel sehen konnte, deren seidige Büschel sich gegen den Himmel abhoben. Tief am Horizont dunkelte ein Unwetter ins Blau. Sie rief Lachenden-Knaben.
»Zeige mir, wie ihr das Korn in den Sandgemälden zeichnet.«
»Ich glaube nicht, daß ich dir das zeigen darf. Du bist eine Frau, und du hast nie die wahren Götter im Nachtgesang gesehen.«
»Du hast wohl recht.«
Er faßte einen Entschluß.
»Ich werde es dir doch zeigen.« Er zog Linien in den Sand.

»Wir machen das so. Das ist Blau, das Gelb. Hier sind die Büschel, die Seide.«

»Warum zeigst du es mir nun doch?«

»Du bist nicht wie gewöhnliche Menschen, du hast eine besondere Kraft. Ich glaube nicht, daß dir etwas Schlimmes geschieht.«

Von der stilisierten Zeichnung blickte sie auf die wirklich wachsenden Stengel. Sie gliederte in Gedanken den drohenden Himmel in ein Muster. Ihre erste mühsame Webarbeit war eine erklügelte, entliehene Idee gewesen, die späteren gleichgültige Einfälle. Jetzt sah sie ihr Werk schon vollendet, liebte es und liebte ihre Aufgabe. Jetzt hatte sie ihrem Webrahmen wirklich etwas zu erzählen.

Bei aller Ungeduld war sie nun unermüdlich beim Färben und Spinnen; sie fürchtete, ihre Eingebung zu verlieren. Als sie damit fertig war, webte sie so eifrig, daß Lachender-Knabe sie vor dem Schicksal der Frauen warnte, die zuviel am Webrahmen saßen, und darauf bestand, daß sie einen Tag aussetzte. Ihre Muskeln waren schon viel zäher und ihre Finger geschickt und abgehärtet zwischen den Fäden.

Sie richtete es so ein, daß er die letzten zwei Tage mit den Pferden fort war, während sie die Arbeit vollendete. Er war noch nicht zurück, als sie etwas verzagt die Kante abschloß, die Decke auf dem Rahmen entrollte und sich auf die Fersen kauerte, um zu rauchen und sie zu betrachten. Aber sie sah nicht das, was sie geplant hatte. Sie sah keine lebendige Zeichnung, ausgewogen und einfach, in zusammenklingenden Farben. Sie sah armselige, unordentliche Arbeit, schiefe Linien, Fehlstellen und Häßlichkeit. An einer Stelle hatte sie vergessen, den blauen mit dem grünen Einschlag zu verknüpfen, und die Sonne schien hindurch. Die Decke war nicht einmal ein Rechteck. Sie ging schnell und heftig rauchend aus dem Haus. »Ich bin keine Navajo. Es ist mir nicht gegeben, diese Dinge zu machen. Mutter war glücklich, wenn sie webte, sie war dann schön. Ich bringe nichts zustande, aber er, er ist begabt. Am Ende wird er mich verachten. Daß man etwas Schönes machen kann, ist ihm wichtig. Ihm wird sein Haus leer scheinen ohne das Schlagen des Webrahmens. Früher hieß es, ich sei begabt; der Mann, der einmal in die Schule kam, sagte es zu mir: Mein Kind, halte dich an die Art deines Volkes, und du wirst es weit bringen. Du hast es in dir. – Mister Waters ist ein sehr berühmter Künstler, du mußt auf das hören, was er sagt, meine Liebe. Er war mit deinen Bildern sehr zufrieden. Die ganze Klasse ist heute stolz auf Lilian. – Diese Zeichnungen waren leicht gewesen. Vielleicht würden sie ihm auch gefallen haben. Aber ich möchte weben. Es ist nichts mit mir los. Nützt nichts. Gottverdammt! Gott verdamm mich! *Chindi, mai, schasch, Jee-Cri!* Nur zu, mag er es ansehen! Da ist sein Pony vor dem Haus. Vorwärts!«

Er hatte die Decke vom Rahmen heruntergenommen und pflöckte sie sorgfältig auf dem Boden fest. Alles, was er sagte, war: »Wo sind deine Wollkratzer?«

Sie brachte sie, zwei Werkzeuge wie sehr scharfe Striegel, mit denen die Wolle zum Spinnen vorbereitet wurde. Sie setzte sich hin, beobachtete ihn und dachte: Vielleicht sollte ich mich ordentlich betrinken. Das könnte helfen.

Er kratzte die Oberfläche der Decke kräftig und so derb, daß es eine unverdiente Behandlung selbst für ihre armselige Arbeit schien. Aber gerade die Grobfädigkeit ihres Gewebes diente seinem Zweck, als die scharfen Striegel über das Muster fuhren und kratzten. Ob er es wohl ganz ausradieren wollte? Jetzt stand er auf.

»Nun komm her und sieh!« Er legte den Arm um ihre Schulter. »Du hast es gut ausgedacht. Das Bild ist schön.«

Das Kratzen hatte die Wolle lang und filzig aufgerissen zu einer Art Pelz, der flockig und fein alle Webfehler zudeckte. Die

scharfen Kanten waren verschwunden, aber die schöne Farbenharmonie, von der sie geträumt hatte, war da, weich und verwischt, wie durch Tränen gesehen. Sie sah, wie gut ihr Entwurf gewesen war, wie sicher und echt. Sie hatte doch etwas Schönes geschaffen. Sie betrachtete es unverwandt.
Er löste die Pflöcke und kehrte die unberührte Seite nach oben. Dabei riß er an den Ecken, so daß sich das lockere Gewebe verzog. Es sah aus wie eine Kinderarbeit.
»Viel sagen kann ich dir nicht. Ich zeige es dir nur. Ich glaube, du verstehst mich.«
»Ich verstehe. Meine nächste Decke wirst du unter deinen Sattel legen können und stolz darauf sein. Danke.«

26

Lange Tage flossen nun makellos hin, die sie zusammen zu Haus verbrachten, er bei seiner Schmiedearbeit, sie am Webrahmen, und nur das Schlagen des Webschwerts, das Klingen des Hammers oder das Surren der Feile maß ihnen die Zeit. Es waren Tage voll Geplauder und Gelächter, voll Gesang und langem tiefem Schweigen. Und die Arbeit selbst war Liebe und Glück der Erfindung.
Wohl hatten sie mancherlei Art Freuden gekannt, aber das war ein neuer Reichtum, etwas, was sich nicht erschöpfte, sondern wuchs; vollendende Gespräche gab es und gesummte Lieder. Und viel, worüber man schwieg. Und während sie die farbigen Fäden nach ihrem Muster verwob, fragte sie sich: Warum war ihr das nicht genug?
Das ist es. Das ist, wonach mich immer verlangt hat. Besseres gibt es nicht. Warum es in Gefahr bringen?

Das Webschwert fiel dumpf auf das Gewebe, der Hammer klang auf dem hellen Metall.
Solange ich auf meinem alten Weg bleibe, solange droht Gefahr. Nie könnte ich wieder leben wie früher. Ein Hogahn in der nördlichen Wildnis wäre jetzt schön.
Ihre sicheren Finger verwoben Blau und Schwarz, trieben das gezähnte Werkzeug über Gewebe.
Ich kann jetzt nicht auf halbem Wege stehenbleiben. Ich schaffe einen neuen Pfad der Schönheit. Wenn ich es erreicht habe, wird es wunderbar sein. Nichts wird dann unserem Leben gleich sein.
Sie hob den Schlingstab, um eine scharlachrote Linie durch das Muster zu führen.
Wir werden Geld haben, mit Geld hat man alles. Früher habe ich Schafe gehütet, ihren Staub in den Lungen, ein kleines Mädchen, das den Schafen zuschrie. Darüber werden wir hinaus sein. *Aigisi hogahn hojoni.* Ein kleines Mädchen, das den alten Licht-Mann zu seinem Sommerlager fahren sieht in einem Kastenwagen hinter zwei trabenden Pintos.
Eine kleine Spur Weiß machte die rote Wellenlinie lebendig und den gewitterdunklen Grund noch tiefer.
Navajofrauen werden schon alt, wenn Amerikanerinnen auf der Höhe ihrer Kraft sind. Ich will keine fette alte Squaw werden. Liebster, mein Liebster, wirst du fröhlich sein, auch wenn du alt bist? Schön ist dein Silber. Ist irgend etwas in der Welt es wert, deine Schmiede und meinen Webrahmen zu trennen?
Der blaue Schußfaden schlüpfte unter sechs Kettenfäden durch, der schwarze unter zweien ihm entgegen. Ein dichtes Gewebe sieht aus wie schräg gemustert.
Fürchtest du dich jetzt, Kam-mit-Krieg? Ich weiß mit Männern umzugehen. Ich suche mir meinen eigenen Pfad, ich bleibe nicht auf halbem Weg stehen.

Etwas Vollkommenes werde ich machen, etwas, das noch keiner gemacht hat.
Wenn ich jetzt nicht weitermache, könnte ich ebensogut aufhören, diese Decke zu weben, nach all der Mühe, die mich das Lernen gekostet hat. Jetzt will ich mich schadlos halten für alles, was war. Ein einzelner Faden hält nicht, und eine Decke ist lang. Geduld braucht man, um sie fertigzubringen, und wenn sie schön werden soll, darf man sich nicht vor der Farbe fürchten.
Wenn Lachender-Knabe nachgedacht und etwas beschlossen hatte, dann grübelte er nicht länger über seinen Entschluß; wenn er einen Armreif angefangen hatte, machte er sich keine Gedanken, ob es nicht lieber eine Halskette hätte werden sollen. Wenn er sich wirklich andere Formen vorstellte, so war es, um neue zu machen, wenn diese fertig waren, und immer neue.
Du machst deine Stanzen aus Eisendraht, du bekommst ein kleines Stück Eisen vom Händler zum Amboß. In ein hartes Holzbrett höhlst du Vertiefungen, um Knöpfe und Muscheln und Halbkugeln für Perlen auszuhämmern. Wenn du deine Werkzeuge gekauft oder gemacht hast und sie handhaben kannst, dann legst du los.
Er hatte, was er brauchte, und er lebte in den Tag hinein. Viele Tage kamen, jeder war anders, der eine tief erregt, der andere reines Glück, aber sie waren gleichen Wesens: Es war ein Element darin, das sie alle verschönte. So arbeitete er und war zufrieden.
Wenn er etwas gemacht hatte, das ihn voll befriedigte, dann gab er es ihr und sagte: »Das ist für dich. Es hat keinen Sinn, das den Amerikanern zu verkaufen, sie verstehen es nicht.«
Das machte ihr immer Freude, aber sie schätzte das Schmuckstück sorgfältig ab und rechnete das beiderseitige Guthaben gegeneinander auf: seine Verkäufe und seinen Pferdehandel

gegen ihre Decken und das, was sie aus der Stadt mitbrachte. Ihre primitive Geldwirtschaft erregte bei ihm Staunen und höchste Bewunderung. Sie selbst betrachtete es als glückliches Symbol, daß ihr Vermögen, wie es auch verdient war, in schönen Dingen festgelegt wurde.
Und jeden Tag ging die Sonne endlich unter, und der grelle Horizont verdämmerte. Dann war das Zaubergetränk für ihn bereit und danach eine Mahlzeit. Sie redeten träumerisch im Feuerschein, nah nebeneinander, und erlebten tiefste Vertrautheit. Sie waren nicht mehr zwei Einzelwesen, sondern zwei Teile, die erst zusammen ein Ganzes wurden, und es gab keine Getrenntheit zwischen ihnen.

27

Als Lachender-Knabe zum erstenmal mit den Pferden nach Natahnetinn ritt, verließ er ungern ihr kleines Tal und freute sich nicht auf wiederholte Ritte, manche von tagelanger Dauer. Aber sehr bald entdeckte er, daß ein Mann, auch wenn er noch so verliebt ist, Zeiten für sich allein braucht und manchmal von der Umgebung losgelöst sein muß, die von dem Einfluß der Frau erfüllt ist. Er wußte mit diesen einsamen Tagen etwas anzufangen. Schließlich ging die Sonne an jedem Tage unter, und es kam selten vor, daß ihn ein verirrtes Tier, ein kleiner Handel oder die Notwendigkeit, seine Herde weiterzutreiben, über Nacht draußen hielten.
Hier konnte er über Land reiten und singen. Hier fielen ihm die besten Entwürfe für sein Silber ein. Schön war es auch, den langmähnigen Ponys im hohen Grase zuzusehen, oder wenn sie zur Tränke kamen. Dann war da der Handel, für einen Navajo so wichtig wie Essen und Trinken – Geduld, Bluff,

Betrügen, Durchschauen. Gemütlich war es, mit einem anderen Indianer sich den Morgen lang zum Rauchen, Schwatzen und Feilschen hinzukauern, alle Neuigkeiten zu erfahren und ein gutes Geschäft zu machen. In sein Haus kamen nur sehr wenige von seinem Stamm, und die waren meist von der Art wie Gelber-Sänger. Er wollte auch niemanden dort sehen; das war ein besonderer Ort, wo er immer das Gefühl geheimen Wissens hatte, das über das Verstehen der andern Menschen, die er traf, hinausging.
Er hörte Geschwätz, Späße und Reden über Frauen, aber er spürte aus allem, daß die anderen keine Ahnung von dem hatten, was er wußte. Er versuchte nicht, von seinem Weibe zu sprechen, denn er wußte, daß er nie von ihr erzählen könnte oder so von ihr reden, als ob sie nur ein Weib wäre wie die ihren. Wenige nur fragten nach ihr und dann stets in gezwungenem Ton, wenn auch ihre Worte höflich genug waren. Das hatte er erwartet nach allem, was sein Oheim gesagt hatte; sie kümmerte sich eben nicht um die Vorschriften und tat, was sie wollte. Wer sie kannte, mußte sie als Ärgernis empfinden. Natürlich verdachten sie ihr die Störung ihrer Gemütsruhe, nannten sie schlecht und hingen ihr Geschichten an, die im Weitererzählen wuchsen. So war er aus den häuslichen Gesprächen der andern immer ausgeschaltet. Wenn es sich aber um Pferde handelte, hörten sie ihm achtungsvoll zu. Jeder wußte, daß er von den Pferden etwas verstand und daß er gerissen im Handel war; wenn er von einem Pferd sprach, das er im Augenblick verkaufen wollte, glaubten sie ihm kein Wort.
Der Pferdehandel ging flott und lohnte sich. Sein eigener Stamm war eifrig dabei. Hopis zogen vorüber und gelegentlich auch ein Zuñi. Ein Touristenverein in Los Palos hatte eine gute Saison; durch Schlankes-Mädchen ließen sie bestellen, daß sie an dem und dem Tage soundso viele Ponys brauchten. Manch-

mal bekamen sie schrecklichen Ausschuß, aber immer noch leistungsfähige Tiere, und da die Touristen zwei Dollar pro Tag bezahlten, lohnte sich das Geschäft für alle.
Seinen Verdienst legte er wieder in der Herde an. Nach und nach kaufte er Tiere, die ihm Freude machten, die er mit Stolz streichelte und ritt. Wenn der Tag kam, an dem sie nach T'o Tlakai zurückkehrten, dann würden sie schöne Decken mitbringen und viel Silber auf schönen Pferden. Er machte ein paar messingbeschlagene Sättel und begann an einem Frauenzaumzeug zu arbeiten, das der Neid der Leute von San Juan bis Little Colorado werden sollte.
Diese Tage im Freien waren ihm bald keine Last mehr. Wenn er sich in der Frühe im Sattel zurechtsetzte, so war es eher wie eine Rückkehr in das alte vertraute Leben, in das er den zauberhaften Reiz des neuen mit herübernahm. Der Pfad nach Natahnetinn war noch kühl, er trabte und war froh. Da war ein losgerissenes Pony wieder einzufangen, da war die Freude, ein schnellhufiges Pferd unter sich zu spüren, da waren Bewegungen, Geschwätz und Handel. Fast das Schönste von allem war, auf einem Baumstumpf zu sitzen, zu rauchen und den Tieren beim Grasen zuzusehen. Nie sieht man ein Pferd so gut, wie wenn es ganz in der Nähe grast, nur auf das Grasen bedacht ist und den Menschen vergißt. Dann sieht man, wie es die Ohren stellt, durch die weichen Nüstern schnaubt, wie leicht es sich bewegt. Es geht von Büschel zu Büschel, wählt nach seinem Geschmack, nie rastend, aber doch ganz ohne die Ruhelosigkeit des Pferdes im Stall. Das ist das Schönste am ländlichen Leben. Zigarettenrauch steigt träge in die heiße Luft, die Sonne wärmt einem behaglich die Knochen, die Tiere verbreiten Frieden.
In solchen Stunden dachte er still in sich versunken nach und schaute zurück. Er wog die Dinge und schätzte sie ab, erinnerte sich und verglich. Eine Sache war es, einen Entschluß zu

fassen, etwas ganz anderes aber, sich klarzumachen, wo er nun stand – es war der Unterschied zwischen dem Aufbruch auf einen neuen Pfad und dem Festlegen der Wegzeichen in dem neuentdeckten Land. Das Pferd trat von einem Grasbüschel zum andern, machte sanfte malmende Geräusche, sachte Huftritte im Sand. Zigarettenrauch zog in der Luft mit dem weichen, kaum spürbaren Windhauch, der Bewegung der Hitze. Die Gedanken wurden Bilder, die sich langsam wandelten.

Die besondere und ungewöhnliche Art seiner Frau hatte er als selbstverständlich hingenommen, aber immer noch erschreckte sie ihn manchmal. Er mühte sich, sie zu verstehen; er glaubte zu wissen, was sie war, aber er mußte zugeben, daß manches an ihr über sein Begreifen hinausging. Aus irgendeinem Grunde war es ihm immer peinlich, daß sie in der Stadt arbeitete. Nicht, daß es etwas Neues war, wenn Navajos für Amerikaner arbeiteten oder daß er selbst etwas gegen Dienstbotenarbeit gehabt hätte. Sklaven hatte sein Volk ja früher auch besessen; ein paar lebten noch; aber er konnte sich nichts unter der Stellung eines Dienstboten vorstellen. Trotzdem wünschte er, daß sie nicht hinginge. Andererseits billigte er den Plan, ein Vermögen anzusammeln. Vielleicht war es nur, weil die Stadt und das amerikanische Leben dort für ihn eine unbekannte Welt waren, vielleicht auch, weil sie immer so müde schien, wenn sie zurückkam, und weil er ein- oder zweimal in ihren Augen einen rätselhaften Blick ertappt hatte: einen Blick wie den eines Mannes, der eben einen verhaßten Feind getötet oder skalpiert hat. Aber es hatte keinen Zweck, sich darüber klarwerden zu wollen. Mit dem Urteil, den Maßstäben seines Volkes allein ließ sich hier nichts entscheiden. Natürlich konnte er nicht erwarten, daß alles war, wie er es kannte. Ebensogut hätte einer, der über den Alten Fluß ins Mormonenland geritten war, erwarten können, noch den Berg

Chiz-na Hozolchi am östlichen Himmel zu sehen, wenn er sich umwandte.
Die wenigen Male, als sie ihm erklärte, daß die Missionarsfrau sie über Nacht dabehalten wolle, hatte er keine Lust gehabt, nach Haus zu gehen. Einmal versuchte er es und fand, daß das Haus ohne sie ein langes Lied leerer Einsamkeit war. Gewöhnlich blieb er dann bei Freunden in der Reservation, fühlte sich etwas gönnerhaft ihrem häuslichen Leben gegenüber und war nur durch die Gegenwart ihrer Kinder etwas beunruhigt. An diesen Abenden vermißte er sein Getränk und fand, daß er wenig Hunger zum Essen und wenig Lust zum Gespräch hatte. Ihr Essen erschien ihm jetzt dürftig und schlecht.
Abgesehen aber von allem anderen war es doch der Mühe wert fortzugehen, allein um wiederzukommen voll guter Müdigkeit und zu Hause empfangen zu werden. Das war so anders als das Heimkommen in T'o Tlakai. Schon an der Tür vorzureiten war aufregend, besonders wenn er auf einem neu erhandelten, noch besseren Pferd kam. Eine wahre Quelle des Vergnügens war es, eine Koppel für eine Touristengesellschaft hereinzubringen, den Tieren zuzuschreien, wenn sie aus dem schmalen Hohlweg zwischen den Lehmhängen herauskamen, sie im Handumdrehen in den Korral zu jagen und dabei zu wissen, daß Schlankes-Mädchen in der Tür lehnte, und ihre Bewunderung zu spüren. Dann gab es Neuigkeiten, Gespräche und all den Zauber, wenn die Sonne untersank. Oft war er auch als erster zu Hause. Dann machte es ihm Spaß, alles für das Abendessen vorzubereiten, Holz aufzustapeln, Wasser zu holen. Er hatte gelernt, den Büchsenöffner zu gebrauchen. Dann kam sie aus dem Hohlweg; er sah sie schneller gehen, wenn sie sein Pferd im Korral entdeckte, und lehnte sich lächelnd zurück, um ihrem Lächeln zu begegnen.

28

Einmal jagte er nach Hause vor einem Unwetter, das ihn kurz vor dem Ziel einholte; zuerst war es ein feiner Sprühregen, dann ein Guß wie aus Eimern, dann kam wieder Regen und zuletzt eine bleiche Sonne ohne Wärme. Das Tal lag ganz im Schatten, als er das Haus erreichte; er war naß und fror. Sie war noch nicht gekommen. Er baute die Scheiter für das Feuer auf und fand dann, als er den Kaffee suchte, die Flasche. Das war gerade, was er brauchte. Aber nein, entschied er, das versteht sie besser. Er suchte weiter nach Kaffee. Er fand die Packung, aber sie war leer. Gut, dann wollte er es mit etwas Whisky versuchen.

Obst war nicht im Hause, also goß er sich ein halbes Wasserglas der klaren Flüssigkeit ein. Bah! Das Zeug schmeckte abscheulich. »Maultierwasser!« sagte er.

Aber selbst dieser kleine Schluck wärmte schon. Er zuckerte den Whisky, hielt sich die Nase zu und goß ihn hinunter. Zuerst fühlte er sich krank im Magen, dann wurde es besser. *Ei–yei!* Es glühte wie Feuer in ihm. Er ging wie auf Luft. Er rollte sich eine Zigarette und zündete sie an. Wie wohl ihm plötzlich war! Er sang:

»Nun wandre ich mit dem Gotte,
Schreitend auf Bergesgipfeln…«

So mußte man das trinken, das war eine feine Sache! Wenn doch Schlankes-Mädchen bald käme. Ihm fiel so vieles ein, was er ihr sagen mußte. Er würde ihr klarmachen, was er für sie fühlte, wie wunderbar er sie verstand. Sie sollte wissen, welche wundervollen Dinge er zu sagen wußte, wie klug er war. Sie sollte nicht mehr an all diese Sachen denken, an die sie sonst immer dachte, sie sollte etwas hiervon trinken und mit ihm

singen. Sie würden sich so lieben wie noch keine Menschen je auf der Welt. Morgen wollte er seine Pferde holen, dann würden sie nach T'o Tlakai reiten, und wenn die Missionarsfrau etwas dagegen hatte, würde er sie erschießen und ihren Skalp an den Sattelknopf hängen. Es war dumm von Schlankes-Mädchen, für sie zu arbeiten, wo doch sein Silber und seine Pferde mehr als genug einbrachten. Das Leben in T'o Tlakai würde ein Traum sein. Er sah ganz deutlich, wie schön es werden würde. Noch etwas Whisky würde ihm guttun.
Es schmeckte besser als beim erstenmal; er trank ein zweites Wasserglas.
»T'o Tlakai und Kinder!« sagte er laut. »Ich will Kinder haben!« Und auf einmal fing er an, sich selbst leid zu tun. Dann wurde ihm schlecht. Sehr schlecht wurde ihm. Alles war dunkel und drehte sich, und ihm war sehr elend. Er fiel auf die Erde und verdeckte die Augen, weil die Dinge nicht stillstanden. Plötzlich fing der Boden an sich zu heben, höher und immer höher, gleich würde er gegen die Wand fallen. Er öffnete die Augen, der Fußboden war wieder eben, aber alles drehte sich. Dann wurde er gefoltert. Die Welt stieg und bockte, Wasser dröhnte in seinen Ohren. Dann wußte er nichts mehr.
Sie kam müde nach Hause, durch das Unwetter lange aufgehalten. Sie sah auf ihn herunter, seufzte dann und lächelte wie eine Mutter, deren Kind etwas Verbotenes gemacht und sich gerade genügend weh getan hat, um daraus zu lernen. Sehr sanft bettete sie ihn so, daß sein Kopf an der Asche lag. Sein Arm fiel über das Erbrochene. Sie stellte die entkorkte Flasche neben ihn, damit er das Zeug roch, wenn er zu sich kam. Sie nickte vor sich hin. Es war ganz gut, geradezu ein Glück, daß es so gekommen war. Es würde ihm eine Lehre sein. Das Zimmer roch nicht sehr gut. Sie nahm etwas zu essen und eine Decke und ging zu dem Baum am Hang hinauf.

29

Das Korn reifte und wurde geerntet. Die Pfirsichsetzlinge, die er gepflanzt hatte, fingen an, die Blätter zu verlieren. Nachts fiel der erste Frost. Die Tage der Gewitter waren vorbei; jetzt kam die Zeit, wo man die Namen der Götter nennen soll.
Lachender-Knabe ritt hinter seiner Herde, er fühlte die Schärfe in der Luft und faßte seinen Bogen. Das war gutes Wetter, um in die Berge zu gehen und zu jagen. Hier unten gab es nichts als die gewöhnlichen Präriehunde, Coyoten und Kaninchen. Er fing an, ruhelos zu werden. Eines Tages begegnete er zwei Kriegern in ihrem besten und farbigsten Schmuck, einer auf einem Rotschimmel, der andere auf einem Pinto.
»*Ahalani!*«
»*Ahalani*, Großvater!«
»Wo geht ihr hin?«
»Zum Tanz nach Chilibito. Und du?«
»Ich reite nur herum. Ich habe Pferde hier.«
»Du hast ein gutes Pferd.«
»Es ist ganz gut. Ich habe es von einem Hopi. Wollen wir wettreiten?«
»Gut. Wieviel wettest du?«
»Fünf Dollar.«
»Das ist zuviel für uns. Drei.«
»Gut. Bis zu dem Baum da.«
»Abgemacht.«
Hé! Sein Pferd machte sich! Zu schade, daß er nicht den Braunen hatte. »*E–é–é–ya!* Vorwärts, mein Pferd, vorwärts, Großvater!«
Drei Pferde rasten los, drei Männer lagen über ihren Mähnen und trieben sie an. Das Pinto war an der Spitze. Lachender-Knabe drückte die Fersen ein, sein Bauch schmerzte von der Erregung des Rennens.

Sie schossen an dem Baum vorbei, das Pinto etwas voraus, und zogen lachend die Zügel an.
»Du hast gewonnen, Großvater.« Der Mann nahm sein Geld.
»Schade, daß ich meinen Braunen nicht hier gehabt habe. Er ist schneller als dieser.«
»Bring deinen Braunen zum Tanz mit. Es soll auch Rennen geben, glaube ich.«
»Was für ein Tanz?«
»Ein Nachtgesang. Windsänger ist Festleiter.«
»Ich will es überlegen.«
»Es ist nur ein Fünf-Tage-Tanz. Er ist für Zweimal-Tapfer; er hat nicht viel Geld, wird gesagt. Besser, du kommst gleich mit.«
»Was hat ihn krank gemacht?«
»Er hat die Mutter seiner Frau gesehen*. Er hat mit ihr gesprochen, wird erzählt.«
»*Ei–yei!* Wie ist das gekommen?«
»Sie lebte in der Nähe. Als seine Frau fort war, brachte sie ihm das Essen hin, wird erzählt. Er kam zu früh und sah sie. Sie verhüllte das Gesicht, aber er hat mit ihr gesprochen, wird erzählt.«
»Er hat mit ihr gesprochen! Er muß toll sein.«
»Vielleicht ist er toll. Er tut seltsame Dinge. Als der Missionar in Tsé Tlchi umsonst Bohnen austeilte, gingen viele von uns hin und hörten ihm zu. Alle sieben Tage hielt er ein Singen, und nachher gab es Bohnen, aber es war kein Tanz. Wir folgten dem Jesuspfad, bis er aufhörte, uns Bohnen zu geben. Dann ging Zweimal-Tapfer hin und stahl ihm eine Masse roten *t'ogh-lepai***, der hat mit der Religion des Missionars zu tun. Er schmeckte gut. Aber als Zweimal-Tapfer viel davon getrunken

* Eine strenge religiöse Vorschrift verbietet es dem Indianer, die Mutter seiner Frau mit Augen zu sehen oder mit ihr zu sprechen.
** Kornschnaps; im vorliegenden Falle Wein.

hatte, ließ er auch sein Pferd davon trinken, wie er das bei den Amerikanern gesehen hatte. Es machte sein Pferd verrückt, genau wie einen Menschen. Ich habe es gesehen. Es konnte nicht gerade gehen. Und nun hat er mit seiner Schwiegermutter gesprochen. So hat er schlimmes Zahnweh bekommen. Du solltest zu dem Tanz kommen.«

»*Ei!* Den Mann möchte ich sehen! Ich werde kommen, wenn ich kann.«

Er freute sich, daß die Zeit der großen Tänze wiederkam. Als er nach Haus ritt, dachte er, wie gut es sein würde, die Götter wiederzusehen und vielleicht die heilige Furcht und Erhebung zu erleben, wenn man die geweihten Pfeile verschluckte im dunklen Rund der Reisighecke*. Er liebte diese großen Volksversammlungen, die riesigen Feuer, die heiligen Dinge. Da kam es zur Berührung mit dem Göttlichen, zu hohen Gedanken, da war weiteste Gemeinschaft. Manchmal gab es Pferderennen, Hühnergreifen oder Spiel.

Lange hatte er nicht an diese Dinge gedacht, oder höchstens nur wie von ferne, von ihm selbst abgelöst. So wie das Muster einer Decke vor Tagesgrauen wohl sichtbar ist, aber keine Farbe hat, doch mit dem Tageslicht aufleuchtet in Rot und Grün und Gelb, so brauste das Gefühl seines Traumes über ihn. Es war begeisternd.

30

Nach dem Abendessen sprach er mit ihr darüber. »Es ist ein Nachtgesang drüben in Chilibito, bei Tseye Buckho. Vielleicht werden Rennen abgehalten.«

* Der Festplatz ist bei den Navajo-Festen von einer künstlichen Hecke aus Zweigen umgeben.

»Wie lange wird es dauern?«
Es gab keinen Grund auf der Welt, warum sie nicht hingehen sollten. Sie horchte in sich hinein und fand nur, daß sie sich davor fürchtete.
»Nur fünf Nächte. Es ist für Zweimal-Tapfer. Er ist nicht sehr reich, wird erzählt.«
»Wir wollen lieber nicht gehen. Laß uns auf einen großen warten.«
Sie verstand sich plötzlich, während sie das sagte. Sie war eifersüchtig auf sein Volk, auf etwas, das er mit ihnen gemeinsam hatte und das sie nicht teilen konnte.
Er sah sie fragend an, weil er einen ernsten Ton in ihrer Stimme hörte.
Sie gab keine Gründe an, aber es lag ihr viel daran, nicht zu gehen. Er sah, daß es ihr naheging.
»Vielleicht hast du recht. Wir wollen warten.«
»Ich glaube, das ist besser.«
Beide verstanden.
Aber es war doch rätselhaft. Er grübelte darüber nach, während sie dasaßen. Er wollte sie verstehen. Er sagte sich: Wenn sie will, daß ich es weiß, wird sie es mir sagen. Ich glaube, sie kennt sich selbst nicht. Ich habe mich entschlossen, es hat keinen Zweck, auf dem Weg zu zaudern, den man angefangen hat zu gehen. Ich habe sie zu meinem Leben gemacht, so soll sie auch mein Leben sein. Ich weiß nicht, warum sie das tut, aber ich weiß, was ich von ihr denke. Wenn ich nur wüßte, was sie im Sinne hat, dann könnte ich darüber nachdenken, es würde mir etwas von ihr sagen. Nun ist da so viel in ihr, was ich nicht verstehe. Aber ich weiß, was ich will, das ist genug.
Er betrachtete sie im Feuerschein, ihre schlanken Formen, ihr schmales Gesicht voll schlafendem Feuer. Der Pfad der Schönheit lag in diesem Hause. Alle Gesänge und Pferde der Welt wogen die gegenwärtige Minute nicht auf.

Das abseitige Leben schloß ihn wieder ein. Wenn die Begegnung mit Indianern, die zu einem Tanz unterwegs waren, oder irgendeine zufällige Erinnerung ihn für einen Augenblick ruhelos machten, so gab er sich doch nicht lange damit ab. Er empfand nur das gönnerhafte Gefühl, daß sein Besitz all ihrem Leben so unendlich überlegen war. Diese Leute taten ihm geradezu leid. Dann trieb er mit hoch erhobenem Kopf sein Pony zum Galopp an und dachte an Schlankes-Mädchen, an irgendeine Kleinigkeit, die er ihr sagen oder für sie tun wollte. Er war ein sehr verliebter junger Ehemann, ein junger Mann, dem nichts im Sinn lag als Liebe.

Zu Anfang des Kleinen-Schnee-Monats überraschte er sie damit, daß er einen Indianer mit nach Hause brachte. Sie war erschreckt und beunruhigt, während sie eine Extramahlzeit bereitete. Es war doch gar kein Grund da, sich zu quälen; daß etwas noch nie geschehen war, hieß ja nicht, daß es ein schlechtes Zeichen war. Unter all ihrer Selbstsicherheit lag ein Gefühl versteckt, das sie sich selber nicht zugab: daß dieses ihr Leben nur an einem Faden hing. Eigentlich war sie in ihrem tiefsten Herzen überrascht, daß alles so glatt ging. Kleine Dinge schon warfen sie um.

Langhaarig und ohne Hut verriet der Mann in seiner echten Navajotracht mit seinem schweren Schmuck auf den ersten Blick den Nordländer. Lachender-Knabe nannte ihn Vetter und fragte ihn nach Leuten und Dingen in T'o Tlakai und dem ganzen Gyendedistrikt.

Diese eifrige Stimme und die alten vertrauten Namen, das Heimatliche: Es machte ihr angst vor diesen Leuten, diesen Gesprächen. Das Leben hier war einsam. Vielleicht mußte sie, um ihn zu behalten, es aufgeben und mit ihm zu seinem Volk zurückgehen. Sie wurde sich klar, daß dieser Mann, der sie

wieder an ihr Volk binden sollte, sie eigentlich noch weiter von ihm forttrieb.
Als sie einen Augenblick allein waren, sagte er: »Warum hast du mir mein Getränk nicht gegeben? Warum hast du ihm keins angeboten?«
»Dieses Getränk ist ein Zauber, den ich allein weiß. Du mußt das mir überlassen. Es gibt Dinge, die man nicht damit tun darf, genau wie mit Gebetsstäben und heiligen Zigaretten.« Während sie sprach, bereitete sie ein starkes Glas voll. »Dieser Mann darf es weder bekommen noch davon wissen. Du darfst nicht davon sprechen, außer wenn ich es dir erlaube.«
»Gut, ich höre dich.« Er trank es herunter. Es hatte ihm gefehlt.
»Ich hatte Angst, du würdest in seinem Beisein davon sprechen.«
»Ich habe es mir gedacht. Ich dachte mir schon, daß du einen Grund hättest.«
Sie nickte.
»Er ist meines Onkels Sohn. Nicht Wundes-Gesicht in Tsé Lani, ein anderer aus T'o Tlakai. Seine Schwester ist krank. Sie wollen einen vollständigen Nachtgesang halten, ganze zehn Nächte hindurch. Sie bitten uns zu kommen, sagt er. Berg-Sänger möchte, daß ich dabei tanze, es ist ein Gesang, den ich gut kenne. Ich bin früher schon dabeigewesen, als er ihn leitete.«
Seine Stimme sagte ihr: Dieses Mal möchte ich gehen. Nun mußt du etwas für mich tun. – Sie erkannte, daß es ein Fehler wäre, sich ihm zu widersetzen.
»Also laß uns hingehen. Sicher wird es schön sein. Ich freue mich darauf, dein Land und deine Leute zu sehen, und es ist immer gut, zu solch einem großen Tanz zu gehen.« Es war eine versteckte Bitte in ihrer Stimme, aber er wußte, daß sie ihm damit ein Geschenk machte.

»Wann soll der Tanz sein?«
»Wenn der Kleine-Schnee-Mond voll wird.«
Sichtlich freute er sich sehr auf den Besuch. Für sie war es eine Probe, wieder eine Probe, und sie hatte schon genug durchgemacht. Sie übertraf sich selbst an Zärtlichkeit und Anmut, sie machte ihm sein Getränk noch stärker. Seine Antwort war Beweis eines stetig brennenden Feuers, das für Augenblicke ihre Zweifel einschläferte. In jedem Wort und jeder Bewegung schien er ihr seine Liebeskraft zu beteuern, aber trotzdem war sie innerlich unruhig.
In der Nacht vor dem Aufbruch nach T'o Tlakai saßen sie lange am Feuer. Er sprach eifrig von seiner Heimat, sie antwortete wenig. Die farbenglühenden Steinhänge und Cañons, die warmen Felsen, die blauen Massen ferner Berge...
»Wenn es dann im Tal ganz heiß wird, dringt die Sonne bis in jede Felsspalte, und alles, was du siehst, springt dir geradezu ins Gesicht, wenn du nach Osten schaust. Direkt über dem Rand der Felsen siehst du den Berg Chiz-na-Hozolchi. Er ist weit weg, er ist blau und zart. Sogar wenn der Himmel blau ist wie Türkis und hart wie eine Messerklinge, ist er zart und immer noch blauer. Das Land wird dir gefallen.«
Will er mich überreden, dort zu bleiben? Vielleicht müssen wir es am Ende doch. Ich werde alle meine Kraft brauchen.
»Schön wird das, wenn wir einreiten. Wir nehmen zwei gute Ponys. Sie werden dich um deinen Schmuck beneiden. Sie werden mich um die Satteldecke beneiden, die du mir gemacht hast.«
Und sie werden über mich Bescheid wissen, und seine Leute werden mit ihm reden.
»Es sind gute Menschen. Du wirst sie gern haben.«
Sie sind meine Feinde, schlimmer, als wenn sie Utes wären.
Als er schwieg, strich er ihr mit den Fingerspitzen über den Arm. Dann sprach er wieder und starrte dabei ins Feuer wie

einer, der etwas sieht, aber dazwischen warf er immer wieder einen fast scheu fragenden Blick auf sie.
Sie atmete auf, von ihrer Angst erlöst. Ich bin ein Narr. Ein verdammter Narr. Ich bin die Mitte, um die sich all sein Denken dreht. Er ist fest an mich gebunden. Dies und das macht ihm Freude, aber ich bin die Tür, durch die alles zu ihm kommt. Hör nur, wie er redet, sieh nur, wie er blickt. Wir können zu tausend Nachttänzen gehen, und er bleibt doch der meine. Alles Volk in der Welt kann ihn mir nicht wegnehmen. Wenn er mir je verlorenginge, wäre ich es, die ihn verloren hätte.
Sie glitt hinüber und lehnte sich an ihn, den Kopf an seiner Schulter. »Dein Land wird sehr schön sein. Ich freue mich darauf, es zu sehen. Deine Leute werden mich nicht mögen, glaube ich. Aber das kümmert mich nicht, wenn wir nur zusammen sind.«

32

Schlanken-Mädchens Vorstellung von Reisen zu Pferde war, daß man während der kühleren Morgenstunden ritt, um an einem schattigen Platz die herabstürzenden Ströme von Mittagshitze und Helle abzuwarten und den Spätnachmittag zu benutzen, um den nächsten gastlichen Hogahn zu erreichen. Doch sie wußte, daran war nicht zu denken. Ihr Mann war ein Navajo und ein Reiter; wenn er sich im Sattel zurechtsetzte, seine Schenkel den Leib des Pferdes umschlossen und er den Einen Strom durch sich und das Tier fließen fühlte, dann ging es wie ein Schwung durch sein ganzes Wesen. Wahrscheinlich hatte er die Hälfte aller wachen Stunden seines Lebens zu Pferde zugebracht; aber auch der längste Tag im Sattel konnte ihm nicht die innere Freude selbst an dem Arbeitstrott, an dem mechanischen, meilenfressenden Galopp eines guten Ponys verderben.

Daran dachte sie, als sie in der Frühe in weitem Bogen um Los Palos herumritten. Sie seufzte, als sie Hitze und Erschöpfung, Steifheit und Wundheit an wenig romantischen Stellen voraussah, was sie diesen Mann alles nicht merken lassen durfte. Er wußte nicht einmal, daß man langsam für den Sattel erzogen werden mußte; er glaubte, jeder Mensch sei dafür geboren, wenn er überhaupt darüber nachdachte. Sie zweifelte, ob etwas von dem Entzücken ihres ersten Rittes nach Los Palos über dies alles hinweghelfen würde.

Es wurde nicht so schlimm, wie sie gefürchtet hatte. Um diese späte Jahreszeit war es mittags kaum heiß. Ihr Weben und die gelegentliche Arbeit auf dem Felde hatten sie etwas abgehärtet. Der hohe Navajosattel, den er für sie gemacht hatte, mit seinem Sitz aus geflochtenem Leder, über den ein gefärbtes Ziegenfell geworfen wurde, war bequemer, als sie gedacht hatte. Die Meilen streckten sich vor ihnen, schrumpften und blieben hinter ihnen zurück. Am späten Nachmittag wurde sie müde, durstig vom Staub, schweigsam. Ihre Augen folgten diesem Mann, der vor ihr ritt, so leicht und ganz zu Hause im Sattel, der hier seiner Heimat zuritt.

Hier hatte sie nicht mehr ihren eigenen, ganz anderen Hintergrund. Das fürchtete sie seinetwegen. Jetzt war nicht mehr sie die Starke, Führende, die ihm den Weg zeigte, auf den er seine Füße setzen sollte. Nun war er es, der sie halten und führen mußte, und sie war die, die unsicher tastete. Wohl war es richtig, daß er alles für sie fühlte, daß sie die Mitte seiner Welt war, aber konnte sie dessen auch sicher sein, wenn sein eigenes Volk, seine eigenen Dinge zu ihm redeten? Sie konnte nichts tun als warten und wachsam sein, aber die ganze Zeit nagte eine kleine Maus an ihrem Herzen.

Sie verbrachten die Nacht in einem gastlichen Hogahn. Auch hier war er zu Hause und sie fremd. Sie sah seinen natürlichen Geselligkeitstrieb in diesem Abendgeplauder sich ausbreiten und merkte mit Erstaunen, daß er eine geachtete Stellung unter diesen Leuten hatte, die sie selbst merklich schief ansahen. Er war schon bekannt, und seine Ansicht über Pferde wurde achtungsvoll angehört.

Gerade diese Dinge waren es ja gewesen, die sie anfangs zu ihm gezogen hatten. Sie brauchte ihn als ein Bindeglied zwischen sich und solchen Leuten wie diesen hier. Aber jetzt brauchte sie ihn mehr, erschreckend viel mehr, ihn selbst ganz für sich allein, kein noch so kleines Teilchen durfte fehlen, und so waren sie ihre Feinde geworden.

Und doch gab es so vieles, mit dem sie sich trösten konnte. Die Meinung der Leute von ihr stieg sichtlich, als sie erfuhren, daß sie es war, die seine Satteldecke gewebt hatte. Der rote Grund mit den schwarz und weiß verflochtenen leuchtenden Streifen war ein buntes und hübsches Stück. Die Frauen untersuchten es, befühlten das Gewebe und priesen es hoch. Eine allgemeine freundschaftliche Erleichterung war deutlich zu spüren.

Wichtiger war der feine Unterschied, das besondere Benehmen ihres Gatten gegen sie selbst, verglichen mit ihrem Wirt und dessen Squaw. In diesem Haus waren der gewohnte Friede und die Freundlichkeit, die in eines Indianers Heim üblich sind, aber nichts von der zarten Ehrerbietung, dem heimlichen Feuer, das sie in Lachendem-Knaben spürte, wenn er mit ihr sprach. Sie wußte, daß sie stolz und glücklich sein konnte, aber es dauerte lange, ehe der Schlaf ihr kam, als sie in ihren Dekken um das sinkende Feuer lagen.

Der zweite Tag war wie der erste, außer daß ihre Steifheit und Wundheit merklich zunahmen. Angst saß hinter ihr im Sattel; sie sehnte sich nach ihrer alten spöttischen Sicherheit.

Sie machten selber ein Lagerfeuer, weil sie in eine Gegend gekommen waren, wo niemand wohnte. Sie war an Leib und Seele unglücklich über ihren Rastplatz ohne Dach über dem Kopf und die Aussicht auf eine kalte Nacht, nicht zufrieden mit Brot und Kaffee und etwas gedörrtem Fleisch. Nach dem Essen saßen sie schweigend da, rauchten und sahen ins Feuer. Sie fühlte etwas Feindliches in diesem Schweigen.

Endlich sagte er: »Ich werde da oben in den Felsen eine Falle legen, damit wir einen Präriehund zum Frühstück haben. Sie sind gut. Ich weiß, daß dir dieses Essen eben nicht geschmeckt hat. Du bist es besser gewohnt.«

»Es ist mir einerlei. Du brauchst nicht an mich zu denken.«

»Ich wollte, du hättest etwas von diesem Whisky mitgenommen. Seit du mich den kennen gelehrt hast, schmeckt alles flau ohne ihn. Es ist kein Salz in den Dingen. Er hat mir gestern abend gefehlt, und er fehlt mir jetzt.«

»Ich habe etwas mit. Ich wußte nicht, daß du ihn haben wolltest. Es ist genug für zwei Gläser. Du mußt ihn nur ungemischt trinken.«

»Das tut nichts. Gib mir etwas.«

Er trank sein Glas begierig leer.

»In T'o Tlakai wird es so etwas nicht geben«, sagte sie.

»Das ist ganz richtig. Es gehört da nicht hin. Er gehört zu der neuen Welt, die du für mich gemacht hast. Ich glaube nicht, daß ich wieder so leben könnte wie diese Leute hier.«

Das ist gut und schön, dachte sie bei sich, solange wir alleine sind. Du wirst den Geschmack am Trinken verlieren, wenn wir dort sind, vielleicht wirst du es ganz vergessen.

Trotzdem fühlte sie sich besser und fand, daß die Nacht schön war mit ihren Sternen. Schließlich gehörte es ja auch zu ihres Volkes ererbter Sitte, so zu kampieren. Sie lebte auf Navajoart. Ihre Decke hielt sie warm genug; sie schlief ein, sowie sie die Augen schloß.

Als sie weiter nach Norden kamen, erschreckte sie anfangs die Wüste. Sie war an den südöstlichen Teil des Navajolandes gewöhnt, an graue Abhänge, graue weitgestreckte Hochebenen und eintönig schroffe ferne Berge. Und seit sie das fruchtbare Kalifornien, die Betriebsamkeit und das Behagen der Orte kennengelernt hatte, wo die zivilisierte Menschheit sich zusammendrängt und die Landschaft vermenschlicht, hatte sie nie mehr ein tieferes Gefühl für die leere Einöde und die feindlichen Mächte ihres Schweigens fassen können. Nun waren sie zwischen warme goldfarbene Felsen gelangt, die von Rot, Purpurbraun und durchsichtigen Schatten getönt waren, in ein zerrissenes Land, das mit dem Wandel der Sonne sich wandelte, enge Cañons, mächtige Mesas, gelber Sand und ferne blaue Berge.
Sie ritten einen Engpaß entlang, kaum hundert Ellen breit, dessen doppelt so hohe Wände aussahen, als wären sie eben erst auseinandergeborsten und könnten sich ebenso plötzlich wieder schließen. Krüppeleichen säumten unten im Grunde einen rasch fließenden Strom. Die Stelle lag tief im Schatten. Wenn man aufblickte, sah man prachtvolle dunkle Fichten oben am Rande und an abschüssigen Senkungen. Dort oben färbte sich der rötliche Fels, von der Sonne getroffen, düster orange und braun, mit Flecken von Gold und einem goldenen Saum da, wo er in den wolkenlosen Himmel ragte.
Die Hufe ihrer Pferde machten nur ein leichtes Geräusch im Sande. An einer Felswand angeklebt lag ein Dorf des längst ausgestorbenen alten Volkes, kleine viereckige Steinhäuser ganz hoch oben mit den schwarzen Löchern der Türeingänge, die wie Augen den Cañon bewachten. Lachender-Knabe zeigte auf die Ruinen.
»*Yota Kien*«, sagte er, »da oben wohnen welche vom göttlichen Volk, wird erzählt. Dahin kamen die zwei Brüder, als sie Sprechenden-Gott suchten, wird erzählt.«

Sie machten halt, um zu rasten und die Pferde zu tränken. Sie sah sich um und empfand die Stille, die den Ort erfüllte. Sie hatte ein Gefühl von Ruhe und von Weitwerden. Nie hatte sie gewußt, daß man sich dem Erhabenen so nahe fühlen konnte.

Eines Nachmittags brachte er sie auf einen hohen Ausblick, einen Vorsprung des Dzhil Clizhini. Es war ein ermüdendes Klimmen und Klettern gewesen, zum Teil nur zu Fuß möglich, aber erleichtert durch die zunehmende Vegetation, Krüppelkiefern und Rottannen. Zuletzt trabten sie auf ebenem Boden und folgten einem gewundenen Pfad unter Fichten. Dann kam ein kurzes Stück felsigen Bodens, holprige Blöcke, Eichen, unter deren Ästen man hindurchkriechen mußte, eine abschüssige kleine Schlucht zur Linken, aus der es feucht heraufdampfte. Bäume schlossen sie ein.

Plötzlich hielt er an und winkte sie neben sich. Sie folgte ihm und drängte sich durch das Gestrüpp, das den Pfad verengte. Dicht vor den Hufen ihrer Pferde fiel die Klippe etwa vierzehnhundert Fuß senkrecht ab, und da, gerade unter ihnen, lag das ganze Nordland. Es glühte rot in der tiefen Spätsonne; jäh abstürzende schmale Cañons mit Schattenbändern, breite Täler, niedere, purpurn überflammte Hügel und wie tiefe Löcher in der Welt die schweren Schatten, die die steil aufschießenden Mesas warfen. Der große schwarze vulkanische Gebirgsblock von Agathla stand wie eine finstere Ungestalt mitten in all der Farbe. Weit und weiter streckte es sich, verworren, endlos: die wilden Formen der Monuments, die Lehmhügel von Utah und, fern hinter allem, verschwimmende blaue Berggestalten, zarter als der Himmel. Sie lehnte sich im Sattel zurück.

»Kommt man hierher, schlägt es einen vor den Kopf, und wenn man noch so oft hier gewesen ist. Warte und schaue. Nach und nach wirst du ganz weit werden, bis du alles in dich hereinnehmen kannst. Dann kann nichts mehr dich zornig oder traurig machen.«

Sie saßen schweigend, schauten und nahmen auf. Er saß ab, legte auf einen Steinhaufen einen neuen Stein, kauerte sich hin und blickte ins Weite. Etwas machte Schlankem-Mädchen die Kehle eng. Sie hätte weinen mögen.

Der Pfad führte vorn an der Klippe beängstigend steil bergab, ein Probestück für die zuverlässigen Ponys. Unten war schon alles tiefer Schatten. Ihre Pferde trugen sie vorsichtig aus dem Sonnenschein ins Abenddunkel hinab.

Auch du hast deinen Zauber, deine Medizin, Lachender-Knabe, und ich glaube, sie ist stärker als meine. Deswegen brauche ich dich. Eines Tages wird unser beider Zauber eines werden; eines Tages wirst du mich für immer hierher bringen. Du wirst mich herbringen – wenn er mir dich nicht schon vorher nimmt!

33

Endlich erreichten sie T'o Tlakai, als sie einen kahlen Felsabhang in ein breites Tal hinunterritten, das von nicht allzu hohen Felswänden umschlossen war. Hier und da an deren Fuß wuchs Gebüsch von Krüppeleichen, Pfirsichbäume, und wo Wasser unter den Felsen hervorrieselte, waren die Stoppeln sommerlicher Maisfelder zu erkennen. Die nördliche Felswand entlang zog sich ein langer Felsenkamm, über dem höhere Felsen aufstiegen. Längs des Kamms erhoben sich mächtige Ruinen des alten Volkes, und am einen Ende, wo eine Quelle sein mußte, schimmerte ein Streifen Gras in grellem Grün. Schlanke Pappeln bezeichneten unten in der Mitte des Tales den Wasserlauf. Alles andere war fahl und farblos – Sandhügel, Sand, Felsen, Salbeisträucher, ein paar Schafe. Fast in der Mitte lagen fünf Hogahns, zwei viereckige aus Zweigen, die jetzt im Winter verlassen standen, und drei halbrunde aus Lehm. Der Rohbau der Medizinhütte für den Tanz war schon aufgeschlagen. Ziemlich viele Pferde waren um die Niederlassung angepflöckt.

Es sah nicht nach viel aus, dennoch schien es ihr drohend, feindlich. Sie sehnte sich nach einem Zeichen von Leben; es wäre ihr eine Erleichterung gewesen, wenn Menschen herausgestürzt wären, als sie oben über den Felsen erschienen, wenn Lärm und zorniges Geschrei sie empfangen hätte, irgend etwas. Die Häuser lagen noch über eine Meile entfernt. Würden die Leute klug oder stumpfsinnig sein, feindselig, freundschaftlich oder gleichgültig? Waren sie ihr als Gegner gewachsen, oder konnte sie sie besiegen? Die stillen Häuser bannten sie geradezu. Sie allein gegen alle diese, gegen alles hier, diese Felsen, diese kümmerlichen Bäume, diese fernen Berge, die niederen Büsche. Sie hatte gegen Schlimmeres zu kämpfen gehabt, aber dies bedeutete so viel für sie. Die Pferde schienen zu kriechen. Vor ihr sang Lachender-Knabe halblaut ein Lied:

»Empor steigt der Hügel der Dämmerung,
Empor steigt der Hügel des Edelsteins,
Empor steigt der Hügel des weißen Korns,
Dieses Volkes Felder, meine Felder,
Nun steigen sie vor mir empor in Schönheit...«

Während der Begrüßung schaute Lachender-Knabe sich um. Da er völlig überzeugt war, daß es seiner Frau gelingen müsse, diese Menschen zu gewinnen, benahm er sich, als ob auch nicht die entfernteste Möglichkeit gespannter Beziehungen vorhanden sei, doch insgeheim teilte er seine Familie in Freunde und Gegner ein. Wundes-Gesicht, der in seiner Ecke kauerte wie ein schläfriger Adler, war gegen ihn. Scheckiges-Pferd, der jüngere Mutterbruder, wartete ab, und vorerst wollte er sichtlich freundlich sein. Scheckiges-Pferd würde dem nachlaufen, der am besten zu reden verstand, und wenn es nachher schlecht ausging, würde er es milde bedauern. Seine Mutter war gegen ihn, aber auch sie wartete ab, erklärte sich nicht offen und hielt ihr Urteil noch zurück. Seine Schwestern nahmen keine Partei, hießen die Fremde willkommen und taten ihr Bestes, es ihr heimisch zu machen, weil sie seine Frau war. Bogen-Sohn, sein Bruder, und Braunes-Pferd, sein Schwager, dachten augenscheinlich beide, daß er sich zum Narren habe halten lassen, und verhielten sich feindlich. Aber Braunes-Pferd zählte nicht; er gehörte nicht zur Sippe, und das Tabu, das einem Manne verbietet, die Mutter seiner Frau zu sehen, hielt ihn meist dem Familienkreis fern.

Scheinbar ohne auf sie zu achten, beobachtete er aus den Augenwinkeln mit Genugtuung, wie Schlankes-Mädchen immer genau das Richtige sagte und tat und sich als eine Frau zeigte, wie sie sein soll.

Jetzt stieg Spaßender-Squaw-Sohn vor dem Hogahn aus dem Sattel und stand neben ihm, Sorge und Erwartung im Gesicht. Es war deutlich zu erkennen, daß ihm allein daran gelegen war, keine Entfremdung zwischen ihnen aufkommen, keine Kluft zwischen ihrer beider Leben entstehen zu lassen. Ihre

Freundschaft hielt stand. Sie umarmten sich, balgten sich freundschaftlich und redeten laut miteinander.
Seinen Vater sah er zuletzt und mit größter Sorge an. Zwei-Bogen hielt sich zurück; seine Stellung in dieser Angelegenheit war die schwierigste. Der lange Unterricht in der Kunst des Silberschmiedens, im Fährtensuchen und Bogenschießen, gemeinsame Jagdzüge und gemeinsame Arbeit hatten sie einander sehr nahe gebracht. Sie waren Vater und Sohn, und sie waren enge Freunde. Lachender-Knabe bewunderte den alten Krieger und eiferte ihm nach, und er konnte ihm vertrauen. Zwei-Bogen fand in ihm etwas von sich selbst wieder, das in dem jungen Krieger neue Frucht trug. Und doch waren seine Rechte in dieser Sache nur die der Freundschaft. Bei des Sohnes eigenen Sippenverwandten, bei seiner Mutter und ihren Brüdern lag die Entscheidung. Er konnte nur die Zeit abwarten, wo er seinen rein persönlichen Einfluß in die Waagschale werfen konnte. Jetzt sagte er nichts. Sein Sohn fand Freundschaft und Wärme bei ihm, aber ob er auch Zustimmung finden würde, das wußte er nicht.

35

Lachender-Knabe hatte halbwegs gefürchtet, daß er vielleicht wie Freund-der-Adler oder Im-Berg-Erwachsen finden würde, daß sein eigenes Volk ihm schmutzig erschien oder schlecht roch, wenn er zu ihm zurückkehrte. Heimlich und fast beschämt empfand er das neue Leben, das er jetzt lebte, zwar nicht ganz so erhaben über das des gewöhnlichen Erdenvolkes wie des Adlers Horst in Himmelshöhen oder die Türkis- und Perlmutterwohnungen der Göttlichen, aber doch als etwas Besonderes, gleich dem Zauberland am Ende des Greisenalterstromes*. Fast angstvoll hatte er auf den ersten Eindruck gewartet, aber nun fand er die alte Heimat beglückend so, wie er sie sich vorgestellt hatte. Alles war wie früher; es war wie ein Wunder. Was einst lieb und vertraut gewesen, war es auch heute noch, nur daß nichts selbstverständlich war, sondern auch die geringste Einzelheit ihm mit neuem Glanz entgegenleuchtete.

Immer wieder freute er sich über alltägliche belanglose Dinge – einen Schatten auf einer Felswand, das Wiegen einer Pappel, die abendliche Heimkehr der Schafe, ihre einfältig ernsten Gesichter rings um den Hogahn. Warum sollte sich auch alles verändert haben? Der Mensch macht sich nicht klar, daß nur er selbst sich verändert hat, oder er erkennt es nur teilweise und glaubt, daß die Welt um ihn sich verwandelt habe. Ein heimatliches Gericht will nicht mehr schmecken; eine altgewohnte Redensart hat keinen Klang mehr. Um so größer die Überraschung, wenn Auge und Ohr die alten, unverändert vertrauten Eindrücke erkennen. So war ihm die wundervolle Stetigkeit der Dinge, die Unfehlbarkeit, mit der alle Erwartungen sich erfüllten, ein Beweis für die Vollkommenheit der Weltordnung. Es war herrlich, den Faden des Gesprächs da wieder aufzunehmen, wo er einst fallen gelassen worden war, die bekannten Gegenstände beiläufig und bis ins Kleinste durchzusprechen, als ob sie noch in sein Leben eingewoben seien, nur mit der leichten Überlegenheit des Menschen, der weit herumgekommen ist und viel von der Welt gesehen hat.

Seine Familie hatte sicherlich mehr fremdartiges Wesen an ihm erwartet. Jetzt waren sie verblüfft, einige enttäuscht und andere erfreut, wie unauffällig und ganz auf Navajoart Lachen-

* Der San Juan-Fluß. Auf ihm fährt der mythische Held Natinesthani, in einem Baumstamm eingeschlossen, zum Zauberland.

der-Knabe und seine Frau sich benahmen. Ihre Decken sprachen für sie mit vielen Zungen und ebenso die soliden Zeichen ihres Wohlstandes, alles von heimischer Art, nichts absonderlich oder amerikanisch: gutes ehrliches Silber, Türkise, Korallen, Kostbarkeiten – und schöne indianische Ponys.

Er beobachtete Schlankes-Mädchen, wie sie die Läden hinter ihren Augen geschlossen hielt und korrekt, sicher, selbstbeherrscht stets das Richtige tat. Immer wieder freute er sich an ihr, aber zugleich empfand er wie schon manchmal eine leise Furcht vor dieser überlegenen Selbstbeherrschung. Langsam zwang sie die andern, sie als zu ihrem Volk gehörig anzuerkennen. Und sowohl sein starkes Gefühl für das Geheimnis ihrer persönlichen Beziehungen wie auch sein Sinn für das Außergewöhnliche trieben ihn dazu, eine Rolle zu spielen, sich sehr natürlich zu geben, weder durch Blick noch Gebärde zu verraten, daß sie beide aus einem Zauberland kamen.

Da er sie gut kannte, sah er wohl, daß sie innerlich angespannt und heimlich wachsam war. Aber er ahnte nicht, daß diese Spannung, diese schmerzhafte Wachsamkeit vor allem ihm selber galten.

Als er mit seinem Vater allein war, zeigte er ihm das silberbeschlagene Zaumzeug und einiges von seinen andern Schmuckstücken. Zwei-Bogen besah das Sattelzeug genau und befühlte die Oberfläche mit den Fingerspitzen.

»Ich habe dich nichts mehr zu lehren. Das ist gut gemacht.« Er zeigte auf den Backenriemen. »Ich wäre nicht darauf gekommen, dieses Muster so zu verwenden.«

Nach einem solchen Lob von Zwei-Bogen fiel es ihm schwer, eine ruhige bescheidene Miene zu wahren.

Spaßender-Squaw-Sohn kam am Spätnachmittag zurück. Sie schlenderten zusammen davon, einer den Arm um die Schultern des andern, bis sie unter dem Eichengestrüpp hinter den

Pfirsichbäumen Rast machten. Sie redeten über dies und das, unbestimmt, schwiegen dazwischen lange, spielten mit Zweigen und Kieseln, ließen den Sand durch die Finger rinnen, beschäftigten ihre Hände. Endlich sah Lachender-Knabe seinen Freund an und sagte: »Mit den Leuten hier kann ich nicht reden. Manche von ihnen sind starrköpfig, manche wollen nicht begreifen. Ich glaube nicht, daß du weißt, wovon ich rede, aber du verstehst mich. Ich möchte, daß du es weißt.
Ich bin im Baumstamm den Greisenalterstrom heruntergefahren, mit Wetterleuchten und Regenbogen und sanftem Regen und den Göttern zur Rechten und zur Linken, die mich führten. Über Blitzschlangen, Sonnenstrahlen und Regenbogen haben die Adler mich in den Himmel emporgetragen. Mit Rotem-Gott bin ich durch den engen Felsenspalt gelangt, ich habe das Land der Schmetterlinge, der Bergschafe und der Göttlichen gesehen*. Ich meine diese Frau. Das klingt wie unsinniges Geschwätz. Es ist nicht unsinnig. Ich sage das nicht, weil ich verliebt bin. Ich meine nicht nur, was ich fühle, wenn ich bei ihr bin, was in meinem Blut geschieht, wenn sie mich anrührt. Das kenne ich. Ich habe darüber nachgedacht. Es ist mehr, es ist das Ganze. Alles, was da drüben geschieht. Es ist vielerlei, aber du müßtest selber mit uns leben, um es zu sehen.
Ich weiß wohl, was mein Oheim sagt. Es ist nicht wahr. Wir verstellen uns hier nicht, wir verbergen uns nur. Wir tragen Masken, damit sie unsere wirklichen Gesichter nicht sehen. Du hast ihre Decken gesehen und mein Silber. Die sind wirklich. Die sind ein Stück davon.«
Spaßender-Squaw-Sohn antwortete: »Ich habe die Decken und das Silber gesehen. Sie singen. Ich bin glücklich über dich.«

* Bilder und Gleichnisse aus indianischen Mythen.

Lachender-Knabe fühlte sich besser nach dieser Aussprache. Es lag ihm daran, daß sein Freund alles wußte; und es ihm zu erzählen, verringerte ihm nicht – wie bei den andern – die Kostbarkeit dessen, was er beschrieb. Als er zu den Hogahns zurückging, fühlte er sich besser fähig, seine Rolle zu spielen.

Er empfand die Abendmahlzeit als höchst behaglich, während er das Gespräch und Gehaben seiner Familie beobachtete. Er spürte an ihnen eine wachsende Unsicherheit. Was mochte der alte Mann ihnen vorausgesagt haben? Ein Wort, das sein Bruder gegen den jüngeren Oheim fallen ließ, gab ihm den Schlüssel dazu und erfüllte sein Herz mit Freude. Er paßte die Gelegenheit ab, seiner Frau zuzuflüstern: »Weißt du, was mein Oheim gesagt hat? Sie glaubten, daß du dich schlecht benehmen würdest. Sie warteten darauf, daß du wie die Amerikaner wärest und ihnen Stoff zum Klatschen gäbest.«

Er lehnte sich auf die Schaffelle zurück und lachte in sich hinein. Der Schatten eines Lächelns zuckte um die Mundwinkel der Frau.

36

Schlankes-Mädchen beobachtete die Zeremonien mit Interesse und empfand verstärkt die gemischten Gefühle, die alles um sie herum in ihr erweckte. Es konnte eine Waffe sein, die sie zerstörte, gerade weil es Höhepunkt und sichtbarer Ausdruck von so vielem in ihres Volkes Leben war, das ihr wichtig war. Sie hatte den heimlichen Verdacht, daß die Familie sich nur die großen Kosten eines vollständigen Nachtgesangs aufgebürdet hatte um der Wirkung willen, die eine solche Feierlichkeit auf das verirrte Mitglied haben könnte.

Es war manchmal lächerlich und manchmal wunderbar schön.

Die maskierten Tänzer waren grotesk, aber es gab Augenblikke, wo ihre unförmigen Köpfe und bemalten Körper, ihre rhythmisch leidenschaftlichen Bewegungen im Feuerschein großartig und furchterregend wurden. Die langen und immer wiederkehrenden Gebete klangen oft monoton, zu einer dumpfen schweren Musik gesungen, aber mitten darin sprangen Blitze von Poesie auf. Ihre amerikanische Erziehung hatte ihr zwar das Gefühl für die rasche runde Bildhaftigkeit eines einzelnen Wortes getrübt, das es den Hörern überläßt, das gemeinte Bild zu beschwören. Aber manchmal gelang es ihr, es zu erfassen.

»An den roten Felsen wächst der grüne Mais,
Herrlich wächst er...«

Sie sah es vor sich und darin den knappen Inbegriff alles dessen, was der Indianer beim Mais empfindet, wobei es ihm genügt, nur dieses Gefühl zu wecken.
Sie versuchte sich einzureden, daß alle diese Dinge ihr heimatlich und nah vertraut wären, aber sie entdeckte, daß sie nur beobachten konnte. Sie war eine Fremde. Sie konnte den Geist ihres Volkes zu verstehen suchen, aber nicht mit ihm eins werden. Eine Tür, einst vor ihr zugeschlagen, blieb ihr verschlossen; und manchmal, wenn sie hier unter den Zuschauern stand, im Herzen des Navajolandes, quoll eine hoffnungslose Sehnsucht nach dem für ewig verlorenen Land und Volk ihrer fernen Kindheit in ihr auf.
Als sie ein ganz kleines Mädchen war, hatte sie in Angst und Ehrfurcht vor dem Anblick dieser selben Götter gezittert, die in den Kreis des Volkes traten. Draußen im Dunkel hörte man ihre fernen Rufe, näher und immer näher, bis sie beim vierten Ruf in den Feuerschein traten. Sie tanzten und sangen dort, fremd und erhaben; dann verschwanden sie wieder und kehr-

ten in ihre Heimat an den heiligen Orten zurück. Jetzt waren sie für ihre Augen nichts als Indianer, die sie kannte, auf eine ziemlich alberne Art aufgeputzt. Wie so viele unreligiöse Menschen verfiel sie immer wieder auf die Idee, daß diese Gläubigen sich stellten, als hielten sie das offensichtlich Törichte für wahr. Viele der erwachsenen Zuschauer waren durch die Nachtgesangweihen gegangen. Alle wußten, daß die Götter nur Männer in Masken waren. Wie konnten sie sich so ehrfürchtig gebärden? Was war ihres frommen Gatten Begeisterung, seine Frömmigkeit, als er selbst die bemalte, mit Zweigen und Federn verzierte lederne Topfhelmmaske aufsetzte und tat, als ob er Sprechender-Gott sei?

Sie dachte an die Abendmahlsfeier in der Schule, als sie Christin war. Sie hatte gewußt, daß der Wein aus dem Weinberg eines Italieners kam und das Brot nichts als Brot war. Sie kannte den Prediger als einen freundlichen Mann, der unter dem Pantoffel seiner Frau stand. Und doch hatte sie geglaubt, daß Christi Blut in dem Wein erschien oder etwas Ähnliches und hatte sich erhoben gefühlt, als sie daran teilnahm.

Ein Klamath-Mädchen hatte bitterlich geweint vor ihrer ersten Kommunion. Es kam heraus, daß sie fürchtete, schwanger zu werden, wenn sie Christus äße. In einer Legende ihres eigenen Stammes hatte ein Gott eine Frau auf diese Weise schwanger gemacht. Der Prediger hatte viel Geduld mit ihr gehabt, und nachher hatten die andern Mädchen sie aufgezogen.

Die gleichgültige Art, mit der der Prediger die Abendmahlskanne behandelte, entsetzte sie anfangs, aber wenn er den Kelch hob, leuchtete sein Gesicht. Er wußte, daß es der Wein des Italieners und nur er selber war, aber er verstellte sich nicht.

Diese Navajos waren ebenso. Als vernünftig konnte sie es nicht ansehen, aber sie verstand es. Und wie würde es auf Lachenden-Knaben wirken?

Tagsüber befaßte sie sich mit der Frauenarbeit, die geheiligten Speisen für die Festmahle zu bereiten. Freilich verstand sie wenig von der alten Art zu kochen, aber ihre Schwägerinnen lehrten sie es. Sie waren bereit, sie gern zu haben. Ihr schlechter Ruf war nur unklar zu ihnen gedrungen, und sie fingen schon an, nicht daran zu glauben und sie anzusehen als ein Wesen aus einer größeren Welt, die zwar gefährlich war, aber doch von höherer Art. Jetzt fanden sie sie unwissend in diesen Dingen, bescheiden und lernbegierig. Sie war also genau so, wie ihre geringe Erfahrung es von zurückgekehrten Schulmädchen erwartete, die im Grunde zu bemitleiden waren. Es war ihnen eine Freude, sie als ihren Schützling zu behandeln und diese Frau aus der großen Welt draußen unter ihre Fittiche zu nehmen. Sie antwortete mit warmer Dankbarkeit, die keine Schauspielerei war; es geschah ihr nicht oft, daß Frauen irgendwelcher Rasse sie ohne Zurückhaltung freundlich behandelten.

Ihres Mannes Mutter, das sah sie klar, erfüllte ihr gegenüber nur gewissenhaft die religiöse Vorschrift, daß jeder gegen jeden freundlich zu sein hatte während der Tage des Tanzes. Diese Atmosphäre des *hozoji* erfüllte das ganze Lager mit einer Heiterkeit, die vor Lächerlichkeit bewahrt wurde durch die tiefe Frömmigkeit, die dahinter stand. Noch war die Zeit der Prüfung nicht gekommen. Schlankes-Mädchen hatte Ursache, glücklich zu sein, fügte sich in die allgemeine Stimmung und fand einen gewissen realen Sinn in dem ewig wiederholten »Pfad der Schönheit«, »Schreiten in Schönheit« der Zeremonien.

Mit einer Art Gefühlsüberschwang spielte sie sich selbst vor, an ihres Volkes Religion zu glauben, und fing sogar an, eine Art Wahrheit in ihren Grundlehren zu finden; aber als sie versuchte, ihre Aufnahmebereitschaft auch auf die äußeren Formen zu erstrecken, merkte sie, daß ihr Sinn für das Komische es ihr zu einer Posse machte. Indes brachte sie diese Leute auf ihre Seite; einige waren schon ihre Freunde. Ihre Feinde wurden abgewehrt und überstimmt. Das Anfangsgefecht wenigstens hatte sie gewonnen. Sie bewegte sich mehr und mehr im Strom des Navajolebens. Sie hatte tatsächlich Ursache, glücklich zu sein. Mochte die Religion ihr sinnlos scheinen – und wahrscheinlich würde das auch in Zukunft so bleiben –, der ihr zugrunde liegende Sinn wurde Wirklichkeit.

37

Die Männer, die am Tanz teilnahmen, hielten sich ganz für sich. Mehrere Tage lang sprach sie nicht mit ihrem Mann. Am Nachmittag des fünften Tages sah sie ihn zu einem sonnenwarmen Felsen gehen, um etwas zu schlafen; sie ging ihm nach und setzte sich neben ihn. Sie träumte, während sie in sein Gesicht sah. Sie liebte ihn so sehr. Es war eine Liebe, die sich selbst genug war, und noch so vieles darüber hinaus. Schließlich war er doch, wie sie gehofft hatte, für sie der Weg der Heimkehr zu allem Guten des Navajovolkes, allem Guten des Lebens. Sie konnte ihn nicht verlieren. Was würde geschehen, wenn der Tanz vorbei war, wenn es Zeit war fortzureiten, wenn Wundes-Gesicht mit dem herauskam, was er dachte? Sie hing von diesem Mann, ihrem Mann, ab; sie konnte ihn nicht verlieren!

Sie rauchte und wartete. Endlich wachte er auf. Sie streckte den Arm aus und strich mit den Fingern seinen Handrücken entlang.

»Das darfst du nicht tun.«

»Warum nicht?«

»Ich denke an die heiligen Dinge. Ich muß mein Gemüt allein auf sie sammeln. Du hättest nicht herkommen sollen.«
»Ist es schlecht, an mich zu denken? Sind deine Gedanken über mich nicht – *hozoji*?« Sie lächelte.
Er blieb ernst. »Sie sind *hozoji*, aber sie sind nicht alles. Wenn ich an das Ganze denke, denke ich an dich mit. Ich sage Dank für dich. Aber ich darf nicht an dich denken und alles andere vergessen. Geh jetzt.«
»Ich verstehe.«
Sie ging leise fort. Zwei Stimmen redeten in ihr. Die eine sagte, daß dies der Anfang der Zerstörung sei, die andere, daß es gar nichts bedeute. Ja, daß es sogar ein gutes Zeichen sei, wenn ihre Gegenwart ihn störte. Doch über beiden Gedanken stand das Gefühl, daß sie nie seiner sicher sein könne, wenn sie ihm nicht alles war, und ihr Stolz wehrte sich gegen jede Unterordnung.
Und noch war die Zeremonie erst halb vorüber. Was würde der Schluß bringen? Sie beobachtete die wechselnden Riten. Die neunte Nacht verging und der zehnte Tag. Sie wunderte sich über die Ausdauer der Männer; wohl machten sie Ruhepausen, aber es gab auch Nachtwachen und für Berg-Sänger endlose Vorbereitungen. Er schien nie müde zu werden; eher sah es aus, als schöpfe er Kraft und Ruhe aus seinem Gesang. Das kranke Mädchen dauerte sie, das still in Decken gewickelt im Medizinhogahn lag, der Ruhe und der frischen Luft bedürftig.
Während dieses letzten Tages kamen viele auswärtige Gäste, bis zwei- oder dreihundert im Tal lagerten. Schafe wurden geschlachtet, Tee und Kaffee in Mengen gekocht. Schlankes-Mädchen war dankbar, bei den Vorbereitungen helfen zu können. Die zehnte Nacht mit der Feier des Ahnherrn der Götter war der Höhepunkt.
Es war ein schönes Schauspiel, die vielen tanzenden Gestalten

im Feuerschein, ihre seltsamen Masken und die düsteren Erdfarben, Blau, Rot, Weiß, Gelb, Schwarz – ein breites weißes Zickzack über einer schwarzen Brust, ein rotes Ornament auf blauem Grund, weiß umrandet, im Halblicht der Flamme aufschimmernd. Nie waren die Tänzer leidenschaftlicher, der Gesang inbrünstiger. Dramatische Wirkung lag im Erscheinen des Götterahnen. Sie war gefesselt, erregt. Hier war ihr Volk, das mit den ewigen Mächten Berührung suchte durch Stimme, Kraft, Rhythmus, Farbe, Gestaltung – durch alles, was sie zu geben hatten. Und sie schufen etwas Starkes, Barbarisches, Ausdrucksvolles und doch Schönes.

»In Schönheit ist es vollendet,
In Schönheit ist es vollendet,
In Schönheit ist es vollendet,
In Schönheit ist es vollendet!«

38

Am nächsten Tag waren alle erschöpft und verschlafen. In der Morgendämmerung ritten die meisten Gäste fort. Nach der Abendmahlzeit sah Schlankes-Mädchen ihres Gatten Mutter und deren Brüder zu einem der verlassenen Sommerhogahns gehen. Er selbst rauchte seine Zigarette zu Ende und folgte ihnen dann. Wundes-Gesicht kam zurück und sprach mit Zwei-Bogen, der mit ihm ging. Berg-Sänger kam geritten, saß ab und schloß sich ihnen an.

Also durfte sie nicht für sich selbst kämpfen. Keiner von den andern am Feuer hatte aufgemerkt oder auch nur mit einem Blick zu ihr hingesehen. Sie erinnerte sich undeutlich, daß es sich für ein Mädchen gehörte, wenn ihr Heiratskontrakt besprochen wurde, sich weit vom Hause zu entfernen. Sie nahm an, daß eine solche Sitte sie decken würde. Es mußte sein. Sie glitt hinaus in die Dunkelheit und paßte auf, ob ihr Fortgehen irgendwelche Beachtung hervorrief. Dann ging sie schnell von den Hogahns fort, am Korral vorbei, wo sie absichtlich einen Hirtenhund zum Bellen brachte.

Sie machte einen Bogen, um an den Sommerhogahn zu gelangen; sie war sehr vorsichtig, weil sie an die leisen Füße und das scharfe Ohr ihres Volkes dachte, und fühlte sich schwerfällig dabei und an allen Gliedern gelähmt wie durch unsichtbare Beobachter. Sie hockte sich in den Schatten der Rückwand, zog ihre Decke der Wärme halber fest um sich und betete, daß ihre Zähne nicht klappern möchten. Dabei war sie sich deutlich der Schönheit der Nacht bewußt, ihrer Sternklarheit und scharfen Kälte, des Geruchs von Salbei und Sand, des leisen Blätterraschelns am Hogahn.

Sie waren dabei, ein Feuer anzuzünden. Als es brannte, setzten sie sich dicht herum, so daß sie zwischen den Blättern durchspähend sie als düstere gedrängte Masse sah, in der sie hier und da ein dämmerig auftauchendes Gesicht erkannte. Berg-Sänger saß am Ehrenplatz, den Rücken ihr zugekehrt. Zu seiner Linken saß Ging-herum, ihres Mannes Mutter, zu seiner Rechten Scheckiges-Pferd; daneben saß Wundes-Gesicht, Lachendem-Knaben gegenüber, und Zwei-Bogen saß etwas abseits nahe dem Eingang. Sie wünschte, sie könnte dabei sein, um ihre Künste zu gebrauchen und an dem kommenden Konflikt teilzuhaben. Es war unrecht. Sie hätte Berg-Sängers Gesicht sehen mögen. Sein Einfluß würde jetzt sehr verstärkt sein, weil er eben die Gesänge geleitet und ihr Mann ihm als Gehilfe zur Seite gestanden hatte. Er war der Führer der Tahtchini-Sippe in diesem Bezirk; seine hohe Stellung zeigte sich in seinem Ehrenplatz in diesem Kreis von Leuten, mit denen er nur entfernt verwandt war. Scheckiges-Pferd war nicht von Belang. Ging-herum haßte sie persönlich und fürchtete sie. Wundes-Gesicht war ihr feindlich gesinnt aus allgemeinen, aber gewichtigen Gründen. Wie Zwei-Bogen sich stellte, wußte sie nicht. Er hatte eine Art des Verstehens, die ihn zu ihrem Freund oder ihrem gefährlichsten Feind machen konnte. Aber er war nur als geachteter Außenseiter hier.

Das Feuer begann Wärme auszustrahlen, Tabak machte die Runde. Ein paar Minuten redete keiner. Dann sagte Berg-Sänger: »Wir denken über meinen jüngeren Bruder hier nach. Wir denken darüber nach, was er tun sollte. Wir sind hierhergekommen, mit ihm darüber zu reden.«

Sie rauchten weiter. Sie waren düstere Schattenklumpen in ihren Decken mit kaum erkennbaren Gesichtern. Wundes-Gesicht spuckte einen Krümel Tabak aus. »Neffe, wir glauben nicht, daß es gut ist, was du tust. Wir haben lange unter uns darüber geredet. Wir wissen von dieser Frau, daß sie...«

Lachender-Knabe hob den Kopf. »Du hast diese Dinge schon einmal gesagt, Oheim, und ich habe gehört. Sag sie nicht noch einmal. Wenn du es tust, wird nichts weiter geredet werden. Sage dir, daß ich sie gehört habe und weiß, was ich darüber denke. Sie wurden in Navajo-Töters Hogahn gesprochen. Ich habe sie gehört. Also genug davon.«

Sie redeten, starrten auf das Glühen ihrer Zigaretten oder strichen mit der rechten Hand über die Finger der Linken, als ob sie die Worte damit herausholen wollten, oder berührten jede Fingerspitze einzeln mit dem Blick auf den Händen, so daß die gleichmäßigen Stimmen ganz gelöst schienen. Die Menschen wirkten wie Mittel zum Lautwerden von Gedanken, die hinter ihnen im Nirgendwo entstanden waren.

»Vielleicht irrst du dich, doch ich will tun, wie du sagst. Aber du rufst Unheil auf dich herab, du bereitest dir Schlimmes. Du gehörst zu deinem Stamm, sein Leben ist für dich das rechte.

Das kommt dir alles schön und gut vor, jetzt, da die Liebe dir Augen und Ohren und Nase versperrt hat, aber eines Tages wirst du um dich sehen und nur Dinge finden, die nicht dir gehören, Salzwasser zum Trinken. Du wirst nach deinem Eigenen verlangen und wirst es nicht finden können, sage ich. Das ist alles ganz gut, daß du den jüngeren Leuten mit deiner Kleidung und deinem Silber und deinem Gebaren etwas vormachst, wir aber sehen, daß du die ganze Zeit für dich allein bleibst. Du bist nichts als ein Schein von ihrem Feuer, etwas, das sie gemacht hat. Sicher, sie hat das Richtige getan und geredet, die da. Sie weiß von oben und unten und vorn und hinten zu reden, aber sie redet nicht geradeaus, sage ich.«

»Wir leben wie andere Leute auch.«

»Schon euer Anfang war wie bei Amerikanern. Ihr habt untereinander darüber geredet, ihr habt es Auge in Auge beschlossen. Ihr habt ohne Scham gehandelt. Daran ist sie schuld. Seid ihr verheiratet?«

»Ja.«

»Wer hat gesungen? Hast du ihn angesehen? Nein, denke ich. Vielleicht hast du ihn mit deinen Augen angesehen, damit du nicht über ihn gefallen bist im Vorbeigehen; hat dein Geist ihn gesehen? Nein, denke ich. Wenn du jetzt über ihn nachdenkst, wirst du ihn vielleicht sehen. Du wirst sehen, was von einem Manne übrigbleibt, wenn er unsere Wege verläßt, wenn er in Mokassins auf der Straße der Amerikaner geht. Du hast andere Leute gesehen, die da unten wohnen. Manche von ihnen sind reich, aber ihr Herz ist leer. Du hast gesehen, daß kein Glück und keine Schönheit in ihren Herzen wohnt, weil sie den Pfad der Schönheit verloren haben. Nun haben sie nichts, um ihr Herz zu füllen, als Whisky.«

Schlankes-Mädchen zuckte zusammen.

»Diese Leute können keinen Tanz halten und können nichts Gutes tun. Wünsche lieber nicht, daß Gelber-Sänger einen

Nachtgesang über dich hält, es könnte dir kein *hozoji* bringen.
Du sagst, ihr lebt wie unser Volk. Warum lebt ihr dann für euch? Will sie nicht bei deinem Volk leben, diese Frau?
Ich habe geredet.«
Lachender-Knabe machte eine Geste, als wollte er etwas beiseite fegen. Sein Oheim warf mit zorniger Bewegung sein Zigarettenende ins Feuer.
Ging-herum beugte sich nun vor.
»Was mein Bruder sagt, ist gut, aber was er gesagt hat, ist nicht alles. Ich habe gesehen, wie du umhergehst. Dieses Tal T'o Tlakai redet zu dir mit Zungen, denke ich. Wenn du nach dem Chiz-na-Hozolchi hinübersiehst, hörst du ein Singen, denke ich. Du redest, soviel du nur kannst, mit deinen Verwandten, deine Zunge liebt es, die alten Namen auszusprechen. Dir liegt mehr daran, von unseren Schafen und unseren Wasserstellen – deinen Wasserstellen – zu reden als uns. Du gehörst zu uns, und wir brauchen dich. Wir wollen dein Bestes. Wenn du fortgehst, spüren wir, daß du weg bist. Diese Frau hält dich von uns fern. Warum tut sie das? Wenn sie dein Bestes will, und wir wollen dein Bestes, warum fürchtet sie sich vor uns? Vielleicht tut sie das, weil sie dich zu etwas anderem machen will. Vielleicht, weil du klar sehen würdest, wenn du unter uns lebtest. – Sie hat keine Eltern, keine Verwandten, unter denen sie ihren Hogahn bauen kann. Es sind viele aus der Bitahni-Sippe hier; mag sie hierherkommen. Kommt und lebt unter uns, eurem eigenen Volk. Vielleicht sehen wir dann, wenn sie nicht schlecht ist, daß wir ihr unrecht getan haben, vielleicht lernen wir dann, sie zu lieben, mein Kind.«
Schlau, schlau, du Hündin!
Lachender-Knabe hob wieder die Hand, um zu sprechen.
Wundes-Gesicht kam ihm zuvor. »Du bist jung, du willst nicht hören.« Seine Stimme klang ruhig, aber er war zornig. Span-

nung hing in der Luft. Das war gut. Wenn sie zornig wurden, verloren sie immer.

»Du willst nicht hören, was wir sagen.«

Berg-Sänger unterbrach ihn. »Sein Vater lehrte ihn zu jagen, zu reiten, zu tanzen und Silber zu schmieden. Sein Vater kennt ihn besser als wir alle, denke ich. Großvater, was hast du zu sagen?«

Das war wichtiger als alles Bisherige!

Zwei-Bogen sprach langsam. »Wir haben sein Silber gesehen, ihre Decken. Wir haben ihn tanzen sehen. Wir wissen, wie er jetzt ist. Wir wissen, daß es gut mit ihm steht.

Ein Mann macht eine Sache gut, weil er sie in sich fühlt. Führt er nur eines anderen Entwurf aus, so merkt man das. Soll er eines anderen Entwurf machen, muß er ihn erst in sich selbst fühlen. Du kannst nicht einem Mann die Pistole auf die Brust setzen und sagen: Mach Wetterleuchten und Wolken und Fährten darunter, und mach es gut.

Mein Sohn macht einen Entwurf für sein Leben. Er mag ihn uns sagen, und wenn er nicht gut ist, können wir es ihm vielleicht zeigen.«

»Du hast gut gesprochen, Großvater.«

»Ja, du hast gut gesprochen.« Das war Scheckiges-Pferds einziger Beitrag.

Sie rührten sich alles etwas und sahen Lachenden-Knaben an. Er sprach ohne Zögern, wählte aber seine Worte sorgfältig.

»Ich habe nicht gesprochen, weil ich glaubte, daß eure Ansicht feststände. Nun will ich zu euch reden. Ich habe gehört, was mir mein Oheim damals sagte. Ich habe Gelben-Sänger und die andern da unten gesehen. Ich habe über das alles nachgedacht. Ich bin nicht losgestürmt wie ein wildes Pferd. Alles war neu, und ich habe es gesehen und nachgedacht.

Ich lebe mit dieser Frau nun seit vielen Monden. Ich sage euch, daß diese schlimmen Dinge nicht wahr sind. Hört mich an.

Es ist wahr, daß unser Leben anders ist, aber wir folgen nicht der Spur der Amerikaner. Glaubt das nicht von uns. Sie ist anders. Sie tut alles, was wir tun, mehr als die meisten Mädchen aus den Schulen; aber sie ist anders. Ihr habt unser Silber, unsere Decken gesehen; wenn ihr zu uns kommt, werdet ihr sehen, daß alles andere ebenso ist. Es ist schön. Es ist der Pfad der Schönheit. Ihr müßt mir das einfach glauben, es ist etwas, was ich mir nie vorgestellt habe, wir haben hier nichts, was mit diesem Leben zu vergleichen wäre. Wir tun nur gute Dinge. Alles Gute, was ich je gemacht habe, alles zusammen könnte mich nicht so glücklich machen wie sie und ihre Art.
Seht mich an. Ich bin älter geworden. Ich weiß, was ich sage. Mein Herz ist fest. Ich möchte nicht, daß ihr zornig auf mich seid; ich möchte nicht, daß ihr betrübt um mich seid. Ich will nicht, daß ihr mir sagt, ich soll nicht zurückkommen. Vielleicht könnt ihr mir nicht glauben. Aber ich bitte euch zu warten. Mehr ist nicht zu sagen. Ich weiß. Ich habe gesprochen.«

39

Ihr Triumph war echt und glühend, aber jetzt war nicht die Zeit, darin zu schwelgen. Sie ging in den Kreis um das Feuer zurück, als ob sie von ihrem Warteplatz abseits die Beratenden eben habe zurückkommen sehen. Es war Zeit, schlafen zu gehen; sie suchte ihren Platz auf den Schaffellen im Hogahn. Es war stickig und warm da drinnen; nur ein schwacher Luftzug drang unter der Decke durch, mit der die Tür verhängt war, und zog zum Rauchloch hinaus. So also fühlt er. Ganz mein. Ich kann alles tun. Ja, Wundes-Gesicht! Wenn ich aber seiner so sicher bin, warum sollen wir nicht hier leben? Es ist gefährlich hier. Wie seltsam ist das: Gerade wenn ich ganz

sicher bin, daß ich tun kann, was ich will, gebe ich es auf. Wir haben in zehn Monaten fast tausend Dollar verdient, eingerechnet die Pferde, die er jetzt hat. Alles geht glänzend. George frißt mir aus der Hand.
Sie wurde schläfrig und malte sich Bilder aus. Es gab da eine Geschichte, an die sie sich undeutlich erinnerte: Wie Nayeinezgani das Hungervolk nicht tötete. Ein Symbol: Ihr Töter-feindlicher-Götter konnte das auch nicht. Sie selbst würde mit ihnen fertig werden. Ich habe mehr gesehen als du und all ihr Leute hier, ich weiß mehr. Ich werde dich den Pfad entlang führen.
Ich, Schlankes-Mädchen, Kam-mit-Krieg!

40

Sie ritten in fröhlicher Gesellschaft von T'o Tlakai davon – Braunes-Pferd und Bogen-Sohn, Großer-Krieger und seine Frau und ein halbes Dutzend andere, Männer und Frauen, die nach T'o Tlikahn, Tsébitai und Seinsaidesah zurückkehrten. Es war schneidend kalt geworden, die Ponys trabten flott. Sie spielten und ritten um die Wette, prahlten mit ihrem Schmuck, ihren besten Kleidern, ihrer Reitkunst – alles junge Leute. Braunes-Pferd rauchte einen dürren Zweig und hauchte Atemwolken aus.
»Seht meinen neuen Zauber! Ich nehme diesen Zweig, und er ist eine brennende Zigarette!«
»*Ei–yei*, Großvater; sieh zu, ob du deinen Rauch schlucken kannst!«
Sie kamen an den Fuß des Hügels, wo der Weg zur Gomulli T'o-Handelsstation führte.

Ein Mann sagte: »Laßt uns etwas Zwieback und eingemachte Früchte kaufen.«
»Es ist zu kalt. Aber Kaffee wäre gut, meine ich.«
»Vielleicht gibt uns Gelber-Schnauzbart welchen«, sagte Lachender-Knabe, »warum ist er nicht zu dem Tanz gekommen?«
»Gelber-Schnauzbart ist nicht mehr da, er ist nach Chiezb'utso gegangen. Der Mann, der jetzt hier ist, heißt Spitznase.«
»Wie ist er?«
»Er taugt nicht viel. Wenn wir ihm Sachen verpfänden, verkauft er sie, ehe wir sie wiederkaufen können. Er ist klein. Sein Inneres ist klein.«
»Er versucht schlau zu sein, aber er bringt nichts fertig. Sein Wort ist nicht gut.«
»Er denkt, wir sind Dummköpfe. Er soll sich an seiner eigenen Nase zupfen.«
Lachender-Knabe unterbrach den Chor der Berichte. »Wartet einen Augenblick.«
Er ritt zu Spaßender-Squaw-Sohn hinüber und flüsterte mit ihm. Sein Freund lächelte.
»Ich denke über den Kaffee nach. Ich bringe es fertig, daß er uns allen umsonst Kaffee gibt. Wer will wetten?«
»Ich nicht«, sagte Braunes-Pferd, »ich kenne dich!«
Bogen-Sohn flüsterte Schlankem-Mädchen zu: »So ist er. So sind sie, diese beiden, wenn sie zusammenstecken. Sie haben ihre Namen nicht umsonst.«
»Ich wette zwei Cent. Bloß um zu wetten«, sagte Großer-Krieger.
Ein Fremder setzte fünfzig Cent. Lachender-Knabe gab jedem von beiden seinen Gegeneinsatz.
»Jetzt geht ihr alle zur Handelsstation. Geht hinein. Kauft nichts, gar nichts. Keiner von euch kennt mich. Wenn jemand drinnen ist, sagt ihm, daß er mich nicht kennen soll. Aber ihr

alle kennt meinen Großvater hier. Du, kleine Schwester«, er sah seine Frau an, »bleib hier.«
Sie ritten fort, während er seinem Freund Weisung gab. Dann erklärte er ihr alles und nahm ihren silberbeschlagenen Zaum. Nach einer langsam gerauchten Zigarette sagte er: »Wenn der Schatten diesen Stock erreicht, wird es Zeit sein. Ich gehe.«
Die Gomulli T'o-Handelsstation war auf einer flachen kahlen Anhöhe von Sand und Fels erbaut, einer ebenen Fläche, die nach Westen anstieg und östlich wieder abfiel. Ein Korral mit sechs Fuß hohem Bretterzaun war da und das L-förmige Lagerhaus aus Lehm und Stein mit einem Wellblechdach. Ringsumher kein Fleckchen Grün, nichts Farbiges, nur Sand und Fels, ein paar alte Blechdosen, verwitterte Lumpen von einem blauen Hemd. Nichts, was erfreulich gewesen wäre. Sommers dörrte die brennende Sonne die kahlen Wände, im Winter fegte der scharfe Wind darüber hin. Es lag da wie hingeworfen, ein elendes Ding von Menschenhänden, sinnlos in der majestätischen Öde. Jenseits des Hügels waren rostbraune Klippen, kahle Felsen in düsterem Orange, gelber Sand, der sich weit hinstreckte und purpurbraun mit den blauen Wolkengebirgen der Ferne verschwamm. Das hier gehörte nicht dazu, es war armselig und wesenlos.
Außer den Ponys seiner eigenen Gruppe sah Lachender-Knabe noch zwei andere am Korral angebunden. Er band seines mit einem lockeren Knoten fest, da das Tier sanft war und noch nicht gelernt hatte, sich loszumachen. Er schlang die Zügel um den Sattelknopf, schlenderte zur Tür des Hauses, schleifte dabei den Zaum achtlos hinter sich her und setzte seinen kürzlich erworbenen Hut zurecht. Es war ein steifrandiger Filz, der ihm gut zu Gesicht stand, mit glattem Kopf, auf Indianerart unter dem Kinn festgebunden. Er schob ihn verwegen schief.
Der Laden war ein viereckiger Raum mit einer Theke an drei

Seiten entlang, an der vierten waren die Tür und ein kleines Fenster. Eine andere Tür an der Rückseite führte in den übrigen Teil des Hauses. Jetzt stank die Luft im Zimmer nach Tabakrauch und der Hitze eines eisernen Ofens. Die Indianer drückten sich am Ladentisch herum, stützten die Ellbogen darauf, schwatzten und starrten die Waren auf den Regalen an. Er erkannte die Besitzer der beiden Ponys – Stinkt-wie-ein-Mexikaner, ein alter Halunke mit bis zu den Ohren kurzgeschnittenem Haar, der an der Eisenbahn gearbeitet hatte, und Land-Zahn, der Polizeimann von T'ies Napornss.
Er stand in der Tür.
Bogen-Sohn sah ihn gleichgültig an.
»Wohin, he?«
»Nach T'o Tlakai zum Tanz.«
»Der Tanz ist vorbei. Wir kommen von dort.«
*»Schiendi!«**
»Woher, he?« fragte Großer-Krieger.
»Chiziai.«
»Das ist weit.«
»Ja. Und du, wo lebst du?«
»T'ies Napornss.«
Er ging zum unteren Ende des Zimmers, wo der Händler saß, die Füße auf dem Ladentisch, und teilnahmslos kaute. Der Mann war fast kahl, mit hängendem Pfeffer-und-Salz-Schnurrbart und stumpfem engstirnigen Gesicht. Er sah geizig und dumm aus, aber nicht schlecht. Als verkrachter Farmer hatte er die armselige Handelsstation unbesehen gekauft und war herausgekommen, um aus den unwissenden Indianern möglichst rasch viel Geld herauszuholen. Irgendwie klappte die Sache nicht. Sie hielten ihn zum Narren und ärgerten ihn, bis er sich heftig Mühe gab, sie übers Ohr zu hauen, und das klappte

* Teufel

ebensowenig. Er verstand weder ihre Kauflust anzulocken noch ihre Schlauheit zu überlisten. Es war immer das gleiche. Seit er heute morgen den Laden aufgemacht hatte, waren zwei Männer dagewesen, die für einen Nickel eingekauft hatten, und nun wollte von diesen auch keiner etwas kaufen. Bloß schwatzen wollten sie.

Lachender-Knabe räkelte sich an der Theke und klapperte mit einem Silberstück gegen seine Zähne. Sein Gesicht war ausdruckslos, während er die Reihen der Konservenbüchsen studierte. Diese Rolle lag ihm. Er dachte flüchtig daran, daß er vor sechs Monaten zuletzt in einem Laden gewesen war. Zu dumm, daß Gelber-Schnauzbart weg war. Gelber-Schnauzbart hätte ihn willkommen geheißen, ihm wahrscheinlich etwas Zuckerwerk gegeben.

»Was für Zuckerzeug hast du?« Er sprach in der Kindersprache der Navajo, die sie den Amerikanern gegenüber gebrauchten.

»Runde weiche, harte klare und braunen Zucker.«

Der Mann verstand nicht einmal die Kaufmannssprache. Er war etwas schwerhörig, das hinderte ihn am Lernen.

»Was kosten die runden weichen?«

»Zwei für einen gelben.«

Lachender-Knabe besah sein Kleingeld nachdenklich und legte ein Zehncentstück auf den Ladentisch. »Gib mir für einen blauen.«

Der Händler rollte dem Kunden vier Gummidrops hin. »Gib mir das Geld.« Er streckte die Hand aus.

Lachender-Knabe hielt das Geldstück fest. »Hast du keine Zuckerstangen?«

»Nein.«

»Diese mag ich nicht.« Er steckte sein Geld in die Tasche zurück. »Gib mir zu rauchen.« Spitznase sah ihn einen Augenblick an, als ob er ihn fressen wollte. Aber Schlausein war

die Hauptsache. Er schob eine halbleere Tüte Tabak und etwas Papier über den Tisch.
»Zündholz, Schwager.«
»Hast ja welche.« Er zeigte auf des Indianers Tasche.
»Ich möchte aber diese.«
»Meinetwegen geh zur Hölle!« Spitznase fluchte englisch in dem törichten Glauben, nicht verstanden zu werden.
»Juthla hago ni«, sagte Lachender-Knabe sanft vor sich hin, halb als ob er es sich selber übersetzte, halb als ob er es dem andern zurückwarf. Auf Navajo ist die Beleidigung ernsthaft. Es wurde gelacht.
Er räkelte sich über den Ladentisch, zündete sich seine Zigarette an und tat kritisch ein paar Züge.
»Ich möchte den Sattel da kaufen. Zeig ihn mir.«
»Ich hole ihn herunter, wenn du ihn wirklich willst.«
Er hing an einem Dachsparren zwischen andern Sätteln, Reitpeitschen, Zügeln, Töpfen, Decken, Stricken, seidenen Tüchern und Äxten.
»Laß sehen. Mein Sattel ist schäbig. Ich brauche einen neuen. Und die Decke da möchte ich, und vier rote Packungen Tabak, die Sorte mit dem Mann im langen schwarzen Rock darauf.«
»Kannst du das alles bezahlen?«
»Ich gebe das als Pfand.«
Er ließ den Zaum auf den Tisch klirren. Stinkt-wie-ein Mexikaner schob sich näher.
»Ich möchte das Tuch da.« Er deutete nach einem seidenen. »Und ein Messer zum Zuklappen.«
Der Händler stand scheinbar widerstrebend auf. Die Art, wie der Mann sich zum Kauf entschlossen hatte, war typisch. Er wog den Zaum in der Hand. Neunzig bis hundert Dollar. Die Sache ging gut. Wenn er das Ding bekam gegen Ware für dreißig Dollar...

»Wo lebst du?«
»Chiziai.«
»Wo ist das?«
»Da unten.«
Indianer schoben sich heran, um das Silber zu befühlen. Spitznase wandte sich an den Polizisten, der etwas englisch sprach.
»Wo ist Chiziai?«
»Los Palos. Er kommt von da unten, ich weiß es.« Er wußte nicht recht, was da im Gange war, aber er wollte das Spiel nicht verderben.
»Los Palos, hm? Kenne ich.«
»Ich bin zum Tanz heraufgekommen, jetzt gehe ich zurück. Im Jungen-Adler-Mond komme ich wieder und hole meinen Zaum.«
Das klang gut. Fünf, sechs Monate – wahrscheinlich würde er es vergessen, wahrscheinlich würde er nicht kommen.
»Sagt er die Wahrheit?« Der Händler fragte alle.
Bogen-Sohn hielt den Zaum hoch. »Die Arbeit machen sie da unten. Nicht wie die Arbeit hier bei uns, nicht wie mein Vater arbeitet«, log er. Braunes-Pferd und Großer-Krieger stimmten zu. Spitznase kannte sie und Zwei-Bogen gut. Er glaubte ihnen.
»Gut, ich nehme den Zaum.« Er streckte die Hand aus.
»Warte einen Augenblick. Bring die Ware her.«
Er häufte sie eifrig auf. »Einundvierzig Dollar und ein Blauer.«
»Wieso?«
»Sattel siebenundzwanzig, Decke zehn, macht siebenunddreißig; Tabak sechs Blaue. Tuch zwei Dollar. Messer zwölf Cent. Einundvierzig Dollar und ein Blauer. Sagen wir einundvierzig Dollar.«
Lachender-Knabe zog den Handel hartnäckig hin, bis er drau-

ßen singen hörte. Der Händler war auf fünfunddreißig heruntergegangen.
»Gut, ich nehme sie.«
Er stand auf, um den Zaum herüberzuschieben. Spitznase hatte schon die Finger auf dem schweren Silber. Spaßender-Squaw-Sohn und Schlankes-Mädchen kamen zusammen herein.
»Ahalani!«
»Ahalani, schichai!«
Die beiden Männer kamen aufeinander zu, Lachender-Knabe den Zaum noch in der Hand. Dem Händler blieben die Hände leer. Sie umarmten sich, rangen miteinander, spielten eine lange Freundschaftspantomime.
»Es ist gut, dich zu sehen, mein Freund!«
»Sehr gut, dich zu sehen!«
»Hozhoni!«
»Aigisi hozhoni!«
»Ich wollte zum Tanz, aber ich komme zu spät, wie ich höre. Was weißt du Neues?«
»Ich habe gerade geheiratet. Das ist meine Frau, sie kommt aus Maito.«
»Gut.«
Spitznase glaubte, daß er doch Fortschritte im Sprechen gemacht hätte, denn er verstand fast alles, was sie sagten. Gewöhnlich konnte er nicht folgen, wenn sie unter sich redeten, sie mischten alles so durcheinander. Er hatte keine Ahnung, daß sie gerade seinetwegen die Kindersprache gebrauchten, und ebensowenig kam ihm der Gedanke, daß es ungewöhnlich sei, wenn ein Mann seine junge Frau in seine Niederlassung mitnahm, statt zu der ihren mitzugehen.
Spaßender-Squaw-Sohn schüttelte seinen andern Freunden die Hand, als ob er eben von einer Reise gekommen wäre.
»Ich habe gerade unsern Hogahn fertig gebaut, drüben bei

T'ies Napornss. Nachher wollen wir das Hausgebet halten. Jetzt müßt ihr alle mitkommen, wir feiern ein Fest hinterher. Du mußt kommen, mein Freund, komm mit!«

Er nickte Großem-Krieger zu, der mit ein paar andern auf die Tür zusteuerte.

»Aber ich mache hier einen Handel. Den muß ich erst abschließen.«

»Du kannst mit dem Händler in T'ies Napornss einen besseren Handel machen. Er ist ein guter Mann.«

Spitznase fluchte innerlich. Ihm lag an dem Zaum, und ihm lag an der Kundschaft dieses jungen Paares. Spaßende-Squaw war wohlhabend, sie würde ihrem Sohn viele Schafe mitgeben.

»Das ist ein guter Handel, den ich dir anbiete. Bleib hier und schließ ab.«

»Ich will lieber mit meinem Freund auf sein Fest gehen. Alle diese Leute hier gehen hin.«

»Ja«, rief Zwei-Bogen von der Tür her, »es ist Zeit zum Essen.«

»Warum kauft ihr nicht das Essen hier und feiert hier?«

»Ich habe Essen zu Hause, Kaffee und Fleisch und Brot. Weshalb sollen wir hier Essen kaufen?« fragte Spaßender-Squaw-Sohn.

Der Händler machte einen raschen Überschlag und kam auf ein und ein viertel Dollar.

»Ich will euch Kaffee und Zwieback geben und gezuckerte Pflaumen. Was sagt ihr dazu?«

»*Ei–yei!* Dann bleiben wir!«

»Er ist ein guter Mann, mit dem sich handeln läßt!« sagte Lachender-Knabe feierlich.

Spitznase rief durch die Hintertür: »Macht drei Quart Kaffee, schnell, und etwas Zucker hinein. Bringt zehn Tassen mit!« Er stellte vier Dosen Pflaumen hin. »Nun gib den Zaum her.«

»Ich könnte vielleicht noch etwas mehr dafür kriegen, einen

Strick, finde ich. Du bist ein guter Mann, mit dem gut handeln ist.« Er legte den Zaum auf den Ladentisch, hielt aber den Riemen fest.
Der Händler kletterte auf den Ladentisch und zerrte einen Strick herunter. »Der da ist gut.«
»Nein, ich will Roßhaar.«
»Kein Roßhaar da.«
»Lederstrick dann.«
Er mußte unter dem Ladentisch nach den Lederstricken suchen, wie die Indianer sie machen. Lachender-Knabe besah sie eingehend.
Der Kaffee kam. Die Indianer schlangen Essen und Trinken hinunter und kippten die Büchsen, um den Fruchtsaft zu lekken.
Lachender-Knabe sagte, als er den letzten Bissen drunten hatte: »Ich glaube nicht, daß ich die Sachen da gebrauchen kann.«
»Hm?«
Er zog an dem Riemen, daß es aussah, als ob der Zaum von selber vom Ladentisch herunterspazierte.
»He, halt!«
Er wandte sich zur Tür. »Ein andermal vielleicht.«
»He, gottverdammt!«
Alle Indianer drängten hinaus, der Händler hinter ihnen her. Lachender-Knabe war schon im Galopp davon, seine Frau und Spaßender-Squaw-Sohn dicht hinterher. Die übrigen folgten juchzend und schwangen ihre Peitschen und Stricke. Spitznase stand allein im Sand.
»He!«
Drinnen im Laden raffte Stinkt-wie-ein-Mexikaner rasch etwas Tabak und ein Tuch zusammen. Er glitt aus der Tür und verschwand um die Hausecke.
»Verdammte rote Teufel!«

Die Indianer ritten schnell, schon klang ihr Singen fern. Es war kalt. Er steckte die Hände in die Taschen und starrte hinter ihnen her.
»Verdammter roter Sohn einer Hündin!«

41

Am Morgen des dritten Tages ihrer Heimreise, nicht weit von Kientiel, fing es an zu schneien. Wo der Boden feucht war, war er schon seit der vorigen Nacht gefroren, und sie waren unter drohendem Himmel rasch geritten, da sie noch einen guten Tagesritt vor sich hatten. Der Sturm brach brausend über sie herein wie heulende Wolfsrudel. Ein Gebirgswind fegte die trockenen Flocken vor sich her und biß ihre Ohren und Gesichter; es gab keine Sonne, sie konnten nicht weiter als ein paar Fuß sehen. Sie zogen die Decken über den Kopf und ließen sich von dem Wind in ihrem Rücken treiben.
Der Indianer nimmt das Wetter hin und erträgt es ohne die seelische Empörung oder Ungeduld des Europäers. Bequemlichkeit und das gute Leben hatten das in Lachendem-Knaben etwas gewandelt, er empfand das Ungemach ungewohnt scharf und erbittert und den Schneesturm eisiger, als er war. Schlankes-Mädchen fühlte sich einfach elend. Sie sprachen nichts, trotteten nur weiter und peitschten ihre Pferde.
Die Zeit verging, und der Wind ließ nach, so daß der Schnee um die Hufe ihrer Ponys liegenblieb, obgleich die Flocken weiter fielen. Lachender-Knabe war in Gedanken mit dem Weg beschäftigt, aber seine Frau verglich diesen Ritt mit damals, als sie diesen Weg zum erstenmal zusammen geritten waren. Das erste Mal ein Backofen und jetzt eine Eishöhle, dachte sie; und dennoch fange ich an, ihn zu lieben.

Felsen ragten vor ihnen auf, blaudämmernd hinter den Schneeflocken, die im Zickzack hochflogen, ehe sie den Fels berührten. Der Schnee fing an zu treiben.
»Das sind nicht die richtigen Felsen«, sagte er, »der Wind muß sich gedreht haben. Das habe ich schon gefürchtet.«
»Was sollen wir dann tun?«
»Ich glaube, das ist Inaiye Cletso'i; wir reiten weiter nach links.«
»Warum nicht hier Rast machen?«
»Wir müssen Feuerholz finden. Hier schlafen wir vielleicht ein und wachen nicht wieder auf. Komm, kleine Schwester. Vielleicht finden wir einen Hogahn.«
Sie ritten weiter, er ganz beschäftigt, sie elend, da sie nichts tun konnte als ihm folgen. Manchmal wirbelte der Schnee dicht um sie, manchmal stach eine Flocke sie ins Gesicht wie feiner weißer Staub. Ihre schweren Decken hingen durchnäßt und dünn wie Baumwolle über ihren Schultern.
»Da ist ein Hogahn.«
Sie trieb ihr Pferd an.
»*Hogay-gahn*, schlecht! Reite schnell vorbei.«
»Was soll das heißen?«
»Siehst du nicht, daß er verlassen ist? Siehst du nicht das Loch an der Nordseite? Es ist jemand darin gestorben. Komm weiter.«
Sie seufzte zornig, knirschte mit den Zähnen, fluchte halblaut und lenkte ihr Pferd beiseite. Nichts auf der Welt würde einen Navajo bewegen, hier haltzumachen, er würde nicht einmal das trockene Holzwerk als Feuerholz verwenden, und wenn er sein Leben damit rettete. Nun, das gehörte eben zu dem übrigen.
»Jetzt kommen wir irgendwohin«, rief er ihr zu.
»Wieso?«
»Ich rieche Rauch. Da, siehst du!«

Es war eine gut gebaute Hütte neben einem Korral. Rauch stieg aus dem Loch im Dach. Die runde Wölbung aus verschmiertem Lehm und rohen Balken kam ihnen geradezu schön vor. Lachender-Knabe rief an der Tür, ein Mann mittleren Alters kroch heraus.
»Wo wollt ihr hin?«
»Nach Chiziai.«
»Ihr seid von der Spur abgekommen. Es ist weit.«
»Dieser Schnee hat uns irregeführt.«
»Woher?«
»T'o Tlakai.«
»Wo ist das?«
»Zwischen Seinsaidesah und Agathla.«
»*Ei–yei!* Ihr kommt von weit. Da drüben in dem Cañon ist eine Box. Da ist Dach und Futter. Bring die Pferde dahin, Großvater. Laß die Sättel hier, ich hole sie herein. Komm herein, Großmutter.«
Sie verloren keine Zeit bei den Pferden und krochen zufrieden in den rauchenden, schlechtriechenden warmen Hogahn. Drinnen waren der Mann, zwei Frauen, vier Kinder zwischen acht und fünfzehn Jahren und zwei Hunde. Der Raum war ein Kreis von ungefähr zwölf Fuß Durchmesser, die übliche Größe. Mit den Menschen, dem Feuer in der Mitte, Sätteln, Kochgeräten, einem Webrahmen und Decken war er gänzlich vollgestopft.
»Ihr lebt in T'o Tlakai?«
»Nein, in Chiziai. Meine Eltern leben da. Es war ein Nachtgesang, deswegen ritten wir hin. Es war ein richtiger Zehntagegesang. Berg-Sänger hat ihn geleitet.«
»Schön.«
»Ja.«
Die ältere Frau bot ihnen einen Topf mit gekochtem Hammelfleisch und Mais an, dazu ein Stück des üblichen zähen Wei-

zenbrotes. Lachender-Knabe schoß es durch den Kopf, daß er seit seiner Ankunft in Tsé Lani noch keine Mahlzeit so genossen hatte, aber eigentlich fand er das töricht. Das Essen, an das er früher gewöhnt war!

42

Der Sturm hielt sie die nächsten Tage gefangen. Lachender-Knabe war in Unruhe, wieder nach Hause zu kommen; der Zwang der Zeremonien und der Nachfeier war vorbei. Er wollte Schlankes-Mädchen in Ruhe ganz für sich haben und das gewohnte Leben wieder genießen. So war er ungeduldig und fand viel zu mäkeln.

Es war lange her, seit er in einem Winterhogahn mit seinen eng zusammengepackten Dingen, Menschen und Gerüchen eingesperrt gewesen war. Ihr Haus in Los Palos war immer durchlüftet. In T'o Tlakai war es noch warm genug gewesen, tagsüber die Tür ohne Decke offenzulassen, und er hatte die meiste Zeit im Medizinhogahn mit seinen Reisigwänden zugebracht. Hier fand er es zu dumpfig und war befangen durch die Sorge, was sie wohl darüber dachte.

Was hier gegessen wurde, gekochtes Hammelfleisch und zähes Brot, zähes Brot und gekochtes Hammelfleisch, etwas Mais und Brei, Kaffee mit zuwenig Zucker, Tee so schwarz wie Kaffee, hatte nichts von der Schmackhaftigkeit der alten Festgerichte. Er ging nur nach dem Aufstehen hinaus, wenn alle sich im Schnee rollten (es war ihm nie eingefallen, seiner Frau von dieser Sitte zu berichten, aber sie machte sie mit ohne ein Wort), und dann wieder für eine halbe Stunde, um nach seinen Ponys zu sehen. Die dumpfe Luft bedrückte ihn, nach dem schweren Frühmahl fühlte er sich belastet und hatte kaum mehr Appetit.

Dann waren da die Läuse. Seine Frau hatte ihn davon befreit und ihm seinen Glauben ausgetrieben, daß sie ein Geschenk des Alten-Paars in der Unterwelt seien, das den Menschen Schlaf schenkte. Er hatte das als eines ihrer kleinen Zaubermittel angesehen. In T'o Tlakai hatte er keine neuen bekommen, aber in diesem gedrängt vollen Raum fielen sie über ihn her. Er war nicht mehr daran gewöhnt, gebissen zu werden, und kratzte sich viel.

Sein Wirt fragte ihn treuherzig: »Du hast viele Läuse, Großvater?«

Er schluckte die Antwort noch rechtzeitig hinunter und sagte nur: »Nein, aber gestern sind sie halb erfroren. Nun sind sie wieder aufgewacht und sind hungrig.«

Schlankes-Mädchen warf ihm einen beifälligen und mitleidigen Blick zu und machte eine kleine Geste, als ob sie sich selbst wütend kratzte. Er lächelte.

Der Nachmittag und Abend waren besser, denn sein Wirt erzählte seinen Kindern den zweiten Teil der Geschichte vom Aufstieg der Menschen, den Teil von den Zwillingsgöttern, dem Töter-feindlicher-Götter und seinem Bruder, Kind-der-Wasser*, den Lachender-Knabe besonders liebte. Er merkte, daß Schlankes-Mädchen aufmerksam zuhörte. Eines Tages würde er das auch seinen Kindern erzählen. Es schien ihm recht lange zu währen, bis sie welche bekamen, aber er wußte ja auch nicht viel von diesen Dingen. Das war Frauensache; schließlich waren es ihre Kinder. Sie würde es zur rechten Zeit einrichten, nach ihrer Weisheit. Er war schläfrig und wie eingewiegt von der Erzählung dieser vertrauten seltsamen Abenteuer, dem Tor der zukrachenden Felsen, dem Pfad über kochendem Sand, von Riesenadler, Riesenelch und Großem-Gott, Blitzpfeilen und Wolkendecken. Nach der Abendmahl-

* Hauptgestalten der Navajo-Mythologie, Helden und Kulturheroen.

zeit betäubte ihn die dumpfe Luft, die Augen fielen ihm fast zu, während er dem Schluß der Geschichte zu folgen suchte.
Die Schneeflocken trieben durch das Rauchloch und fielen mit leisem Zischen ins Feuer. Die ruhige Stimme redete weiter und erzählte den Schluß.
»Töter-feindlicher-Götter kam zu dem Hungervolk, wird erzählt...« Aber das war nicht sein Traum, in dieser Stimme war nichts Unheilverkündendes. Schlankes-Mädchen hatte das Hungervolk erschlagen. Er lächelte und lauschte, in Schlaftrunkenheit eingewiegt, spürte nur undeutlich, wie eine Laus ihn biß, und tröstete sich mit dem Gedanken, daß morgen alles besser würde, daß sie morgen wieder zu Hause waren. Diese armen Leute, sie konnten das nicht wissen. Er öffnete halb die Augen, sah seines Weibes nachdenklich zartes Gesicht und sagte, wie es schlaftrunkene Leute leicht tun, viel lauter als er selbst wußte: *»Hasché Lto'i!«*
»Was war das, Großvater?« fragte der Mann.
»Nichts.«
»Ich dachte, du sagtest etwas von der Jagdgöttin.«
»Nein, ich sagte: *›Haschké jei itei‹*, die Götter sind stark.«
»*Unh!* Das ist gut gesprochen.«
Schlankes-Mädchen dachte nach. *Hasché Lto'i* war eine der wenigen wirklichen Götterfrauen, aber sie hatte nichts mit der Geschichte vom Aufstieg des Menschen zu tun. Er hatte sein Verplappern klug verdeckt, ihr Mann. Er war kein Kind. Sie beide würden weit kommen unter ihrer Führung.
Das Geschichtenerzählen war zu Ende, auch die Schneeflokken fielen nicht mehr durch das Rauchloch. Das zusammengescharrte Feuer glühte kaum mehr und wurde zu düsterer Röte.

43

Sie ritten die fünfzehn Meilen bis nach Hause in einem einzigen Galopp, bei klarer leuchtender Morgenluft und frischem Schnee. Sie waren beide glücklich, aus dem vollgestopften Hogahn erlöst und ihrem Ziel nahe zu sein. Obgleich Schlankes-Mädchen nicht viel Ausdauer hatte, ritt sie doch gut, und während jetzt ihre Ponys in der Kälte dahinjagten, machten sie Kunststücke zu Pferde, wie es indianische Männer und Frauen selten miteinander tun. Sie gellten beide und warfen die Arme hoch, sie stahl seinen Hut und warf ihn auf die Erde, daß er ihn im Galopp wieder aufgreifen sollte; er schwang sich unter dem Hals seines Ponys durch und schoß einen Pfeil weit ihrem Ritt voraus. Ehe sie ihr Heim erreicht hatten, fühlten sie sich von seiner Vertrautheit schon erfaßt und waren sich bewußt, daß sie nun wieder in ihr eigenes Leben zurückkehrten wie in einen umhegten Raum.

Er bewunderte von neuem den Ofen, der nicht rauchte, seinen Zug, der die Flamme rasch ins Brennen brachte, die Hitze, die er ausstrahlte. Sie bereitete die Mahlzeit, während er die Pferde versorgte. Das Haus wurde warm, aber die Luft blieb rein, die Adobe-Wände und der Fußboden waren sauber, und nun spürten sie mit lebhaftem Appetit den Geruch der guten Dinge, die kochten. Sie saß abseits vom Feuer, während die Töpfe dampften und brodelten. Er kniete neben ihr, küßte sie – für ihn vielleicht mehr als alles andere ein Akt, der symbolisch war für ihr besonderes Leben –, und sie lächelten einander in tiefer Freude zu. Einen Augenblick hing sie weich in seinen Armen, dann schob sie ihn mit einem liebevollen Scheltwort von sich und lief zu einem Topf zurück, der überkochte. Er lehnte sich in die Schaffelle zurück und sah ihr zu. Häuslichkeit, sein Weib, sein Heim, Vollkommenheit.

Der Webrahmen hing nahe an der Tür; an der andern Seite lag

der Amboß. Der Raum war erfüllt von glücklicher Erregung, Genügen, Vollendung. Wäre irgendein frommgesinnter Navajo hier eingetreten, der für die ewig wiederholte Lehre des *hozoji* Feingefühl genug hatte, um sie auch ohne Worte zu empfinden, er hätte gespürt, daß er hier in Wahrheit in »das Haus der Glückseligkeit« eingetreten war.

44

Der Winter verging so schnell wie der Sommer, ja schneller noch, denn Schlankes-Mädchen war, da sie sich ihrer selbst sicherer fühlte, zu einem geselligen Leben bereit. Sie gingen zu verschiedenen Tänzen und wurden näher mit den südlichen Navajos bekannt, die sie völlig als zugehörig anzusehen begannen. Da sie durch Übung mehr und mehr gelernt hatte, sich äußerlich nicht von ihnen zu unterscheiden, gelang es ihr jetzt, eine der ihren zu sein ohne den peinlichen Anschein von Zurückhaltung und Anstrengung. Sie sah, wie Lachender-Knabe sie langsam wirklich zu ihrem eigenen Volk zurückbrachte. Aus Klugheit erklärte sie sich bereit zu der Nachtgesangweihe, der Geißelung mit Yuccablättern, der Vorführung der Masken, und entdeckte nachher, über ihre eigene Naivität erstaunt, daß das eine Quelle reiner Freude und Befriedigung für sie war. Da sie selbst empfand, daß etwas von dem wahren Gehalt ihr für immer verloren war, umgab sie sich soviel wie möglich mit den Äußerlichkeiten des Navajovolkes.
Freilich gab es Hindernisse und Störungen; ein Doppelleben trägt schwer genug an seiner eigenen Last, und eine Vergangenheit bleibt eine Vergangenheit, vor allem wenn sie sich am gleichen Ort abgespielt hat wie die Gegenwart. Roter-Mann, der Feind von Tsé Lani, schlau und hartnäckig, machte viele

dieser Tänze auch mit. Schlankes-Mädchen hatte ihm nie mehr gewährt als Hoffnungen, und selbst diese, das fühlte er, mehr weil er ihren Zwecken diente als aus andern Gründen. Sie hatte ihn ausgenützt. Nun gehörte sie diesem Tölpel, der ihn gedemütigt hatte und der augenscheinlich nicht ahnte, was eigentlich dahintersteckte. Roter-Mann war zu sehr Indianer, um eine Niederlage nachzutragen, aber in diesem Falle hinderte sie ihn doch, sich den Spaß zu machen, Lachenden-Knaben darüber aufzuklären, was er von seiner Frau wußte. Außerdem hatte er die unbehagliche Ahnung, daß eine solche Aufklärung für ihn selbst höchst gefährlich werden könnte.
So nahm er eine Haltung lächelnder Andeutungen an, »ich könnte, wenn ich wollte«, die gerade so recht geeignet war, Unheil anzurichten. Lachender-Knabe erinnerte sich an den Tanz in Tsé Lani und fühlte sich beunruhigt. Während er Roten-Mann beobachtete, ging ihm langsam auf, daß seine Frau, so ungewöhnlich sie war, doch denselben Gesetzen unterworfen war wie andere Menschen, und es schien ihm ziemlich sicher, daß er nicht der erste Mann war, der ihr nahestand. Manche Dinge schoben sich plötzlich auf eine neue Art zusammen und nahmen ungeheuerliche Gestalt an. Er wurde sehr still und dachte nach.
Schlankes-Mädchen bemerkte es schnell, sie wußte nicht, was er dachte, aber sie fühlte die Nähe der Gefahr. Bei jenem Tanz schien sie nicht darauf zu achten, gab sich wie immer und behandelte Roten-Mann mit kühler Freundlichkeit. Zu Hause brachte sie das Gespräch auf ihn, erzählte Lachendem-Knaben, daß er sie einmal habe heiraten wollen und beschrieb mit völliger Wahrheit eine häßliche Szene, die sie mit ihm in Tsé Lani gehabt hatte. Ihr Gatte hörte zu und ließ sich beglückt überzeugen.
Ihre Vergangenheit war Vergangenheit, dachte er; er wußte genug von ihr, um sicher zu sein, daß sie mehr als unglücklich

gewesen war. Da war viel Leid, viel Schlimmes, von dem sie nie sprach. Vielleicht würde sie es ihm irgendwann einmal sagen. Jedenfalls glaubte er, was sie sagte, und selbst wenn die Sache anders gelegen hätte, so war das alles doch jetzt tot.
Als er dem Mann das nächste Mal begegnete, faßte er ihn schärfer ins Auge und erriet die Kleinheit seiner Seele. Einmal, als sie beide Pferde zur Wasserstelle brachten, ritt er zu ihm, seitwärts auf dem sattellosen Pony sitzend, die eine Hand auf dessen Mähne, die andere auf der Flanke – gerade die richtige Art und Weise für ein sorgloses Geplauder. Roter-Mann begrüßte ihn gleichgültig.
»Großvater, wir wollen nicht um die Dinge herumgehen, wir wollen uns nichts vormachen«, sagte Lachender-Knabe. »Du hast nichts gesagt, aber du hast zuviel gesagt. Tu nicht, als ob du nicht weißt, was ich meine. Wenn dir soviel an dem liegt, was du tust, daß du darum kämpfen willst, dann mach so weiter. Wenn nicht, hör auf. Ich sage nicht, mach es etwas weniger oder anders, sondern ich sage: Mach ein Ende damit. Das ist, was ich sagen will. Ich habe geredet.«
Roter-Mann sah ihn scharf an; es war ihm sichtlich tödlicher Ernst. Ebensogut hätte er gleich handeln können, anstatt zu reden – diese Männer von da oben sind sich ja noch nicht klar über die Macht der Polizei und der Gesetze. Hätte er handeln wollen, so wäre unter Navajos die vernünftigste und selbstverständlichste Art die aus dem Hinterhalt gewesen. Roter-Mann fühlte, daß er knapp davongekommen war. Er war sich klar, daß ihm soviel nicht an dem gelegen war, was er tat. Die Zeit würde dem Burschen schon Unglück genug bringen.
»Ich habe gehört, Großvater.«

45

Die gelegentlichen Abwesenheiten von drei Tagen bis zu einer Woche und darüber brachten Schlankes-Mädchen in Schwierigkeiten und störten ihre Verabredungen mit ihrem Amerikaner. Seine Fahrten in die Stadt wurden »in Geschäften« gemacht, die häufig nur an den Haaren herbeigezogen waren, um ihn vor sich selbst zu entschuldigen, daß er sie dabei traf. Bei jeder Begegnung wurde das nächste Stelldichein verabredet, oder er hinterließ ein Briefchen in dem kleinen Haus, das sie in bestimmten Zwischenräumen aufsuchte. Nun geschah es öfter – was früher nie vorkam –, daß er ihr Kommen an einem bestimmten Tag verlangte und erfahren mußte, daß es unmöglich war. Und je mehr die Liebe zu ihrem Gatten sie ausfüllte, um so stärker wuchs in ihm eine Ahnung der Wahrheit und trieb ihn in quälende Eifersucht. Dieser Gatte, den er früher für ein Märchen gehalten hatte, schien in diesen letzten paar Monaten sehr anspruchsvoll geworden zu sein. In Augenblikken, wo er gegen sich selbst ehrlich war, wand er sich unter dem bitteren Gedanken, daß er von einer Squaw zu ihrem eigenen Vorteil und dem irgendeines lumpigen, wahrscheinlich betrunkenen Indianers ausgenützt wurde.

Er ritt nach Los Palos durch den Schmutz, naß vom Frühlingsregen, um dort nichts als einen Wisch auf dem Tisch zu finden:

Lieber George! Mein Mann will mich zu einem Tanz mithaben, ich komme übermorgen nachmittag, bitte nicht böse sein; in Liebe, Lilian.

Der arme Narr fluchte, betrank sich und wartete weiter.

Das war ein sehr vergnügter Tanz gewesen. Sie waren einen Teil des Heimwegs mit ebensovielen guten Bekannten geritten wie damals von Tsé Lani zur Handelsstation. Der Geschmack davon lag ihr noch auf der Zunge, als sie ihr New Yorker Kleid anzog und sich auf den Weg nach Los Palos machte. Lachender-Knabe hatte ein-, zweimal bei ihrer Heimkehr jenen Blick triumphierenden Hasses auf ihrem Gesicht erspäht. Er wäre erstaunt gewesen, hätte er sie jetzt sehen können.

Sie sah zurück nach ihrem Haus, dem Korral und den noch blattlosen jungen Pfirsichbäumen und rief sich innerlich den Tanz, ihr Volk und ihn selber zurück. Ihr Gesicht wurde weich, fast sehnsüchtig. Dann wandte sie sich der Stadt zu und straffte die Schultern. Einen Augenblick lächelte sie, ein Lächeln wie auf dem Kriegspfad, ihr Gesicht wurde hart. Sie zog die Oberlippe hoch und zeigte ihre kleinen ebenmäßigen weißen Zähne. Dann wurde ihr Ausdruck leer, ihr schmales Gesicht nahm den passiven Zug an, der den Blick wieder und wieder anzog und die grübelnde Frage weckte, welche tiefen und starken Gedanken sich hinter dieser lieblichen Maske verbergen mochten.

Er war schon vor ihr im Hause. Vor der Tür richtete sie sich noch einmal auf, dann löschte sie alles in sich aus und wurde eine hübsche glückliche junge Frau, der nichts das Herz bedrückte. Er stand auf, als sie eintrat. Er gab weder ihr Lächeln zurück noch versuchte er sie zu berühren; das hieß, daß es eine Szene geben würde. Gut, nur zu!

»Hör, Lilian, dies wird mir zu bunt. Ich komme, dich zu treffen – wir hatten den Tag ausgemacht, nicht wahr –, und du bist auf und davon zu irgendeinem Tanz. Das geht nicht so weiter. Ich verlange wahrhaftig nicht zuviel von dir, aber du mußt den Tag einhalten, verstehst du? Bring mich nicht auf den Verdacht...«

Sie haßte Szenen, laute Stimmen, Aufregungen, Vorwürfe. Gott verdamm diesen Mann! *Juthla hago hode schonh*. Sie saß still und starrte ihn mit großen gekränkten Augen und hängenden Mundwinkeln an.

»Das denkst du also von mir! Du denkst, ich vergesse alles.

Warum denkst du so was, he? Ich gehe nicht gern weg. Ich gehe, weil ich muß, verstehst du? Mein Mann denkt sich sonst was Schlimmes. Er ist gemein zu mir, der Mann. Aber das weißt du ja.«

»Das Schlimme ist, daß ich nichts weiß. Ich grübele über dich nach. Ich frage mich, ob du es wirklich versuchst oder bloß tust, was dir am bequemsten ist. Ich habe Rücksichten zu nehmen, das weißt du!«

Der Mann war wirklich eifersüchtig, er war unglücklich, sie hatte ihn ganz in der Hand. Sie brauchte nicht viel zu sagen, nur ihn reden zu lassen. Nachdem er das alles von der Seele hatte, blieb die Tatsache, daß er sie liebte, und darauf allein kam es an.

Er zog sie an sich, sie saß auf seinen Knien, die Hände auf seinen Schultern. Er bog ihren Kopf zurück und sah ihr in die Augen. Sie waren tief, tief und verschwimmend. Ein Blick war darin, der ihn zittern machte, ein Blick, der wahr sein mußte. Und jetzt war etwas von echter Wahrhaftigkeit in ihrer Stimme, ihren Gebärden und in dem Ungestüm ihres Kusses.

Sie schauspielerte nicht mehr, sie brauchte nicht zu heucheln. Es war nicht mehr Falschheit in ihr als in einem Pfeil, der vom Bogen fliegt. Sie haßte ihn. Auf ihn sammelten sich alle ihre Gefühle gegen die Amerikaner im allgemeinen, alles was sie gelitten hatte. In ihm rächte sie sich an ihnen allen. Ihre Küsse waren Waffen, ihre Zärtlichkeiten Schläge in der Hitze der Schlacht. Sie rächte sich, und sie verschaffte sich die Mittel zu ihrem vollkommenen Leben.

Durch diese Stunden des Glücks an sie gekettet, konnte er sich nicht losreißen. In diesen Tagen gab er ihr mehr Geld als je zuvor, mehr als er verantworten konnte, und versuchte, sie damit an sich zu binden; innerlich wußte er, daß das kein Weg war, die Wahrheit zu erfahren, aber es verlangte ihn glühend, wenn sie ihn schon belog, so gut belogen zu werden, daß er überzeugt wurde. Er machte Versuche, sie zu bilden, da er empfand, was für eine ungewöhnliche Frau sie war. Er redete ihr zu, Bücher zu lesen, aber ihr Widerwille dagegen war tief und aufrichtig; er wollte sie zu einer gebildeten Amerikanerin machen. Er hätte sie am liebsten auf eine Stufe gehoben, die es ihm möglich machte, seine Selbstachtung zu bewahren, wenn er sie heiratete.

Sie fürchtete immer, daß er sie darum bitten würde, aber so weit hatte er sich noch nicht verloren. Sie hielt ihn in Spannung, maß ihm Glück und Qualen sorgfältig zu, nahm seine immer größeren Geschenke an und verkürzte sich damit innerlich die Wartezeit. Aber all das machte ihren Weg nicht einfacher.

Sie war umringt von Gefahren und Verwirrung, aber sie überwand eine nach der andern und verwandelte sie in Vorteile, indem sie ihre Feinde mit deren eigenen Waffen schlug. Sie wußte sich die Männer zu ziehen und zu zähmen, und durch ihre Kunst, sie zu lenken, lenkte sie das eigene Geschick. In Gedanken kostete sie schon im voraus das Glück des erreichten Zieles, sie fühlte in sich Macht, Macht, Macht, und so war sie ihrem eigenen Ermessen nach glücklich.

Ihre Webereien fanden jetzt den rückhaltlosen Beifall ihres Mannes und wurden zu ihrer Überraschung und Befriedigung eine neue Einnahmequelle. Die Handelsstation von Los Palos vermittelte ihr gelegentlich Aufträge von Touristen oder Kunden aus dem Osten. Wenn sie sich dazu verstanden hätte, die völlig unindianischen Darstellungen wirklicher Gegenstände zu weben, die so viele Touristen verlangten, hätte sie soviel Arbeit haben können, wie sie nur bewältigen konnte, und das zu Phantasiepreisen; aber sie weigerte sich, irgend etwas zu tun oder Farben zu verwenden, die nicht rein Navajo waren, und sie bestärkte ihren Mann in seinem natürlichen Widerstreben, formlose Reihen von Swastikas, Donnervögeln und andern

Kuriositäten in sein Silber zu stanzen. Sie nahm das wichtig wie alle Navajoangelegenheiten. Aus gleicher Quelle kam ihr Verlangen, vertraut von allem zu sprechen, was ihnen vertraut war, an jeder Phase ihres Lebens teilzunehmen, vollständig Navajoart anzunehmen. Wenn sie erst reich waren und im Norden lebten, dachte sie, dann wollte sie ihren Einfluß aufbieten, um alle ererbte Art zu bewahren; sie wollte all ihre Macht anwenden, um Christentum, kurzes Haar, Schuhe, fertige Kleidung und das Einschleichen amerikanischer Redeweise zu bekämpfen. Ihren Mann hatte sie schon belustigt durch ihre Hartnäckigkeit, Kaffee mit seinem alten umständlichen Namen »Kleines-gespaltenes-Rundes« zu nennen statt *Coghwé*, wie es sich eingebürgert hatte.
Der Ruf ihres Mannes breitete sich aus. Der Harvey-Agent hatte ihr sogar ein verlockendes Angebot gemacht, wenn sie beide nach Grand Cañon kommen wollten. Zum Frühlingsanfang, zur Pflanzzeit, brachten sie Schmiede und Webrahmen wieder ins Freie. Wenn sie bei Sonnenuntergang das Werkzeug beiseite legten oder müde und in Frieden von der Arbeit in der guten Erde heimkamen, sangen sie zusammen.
Jetzt war auch die Zeit, wo die Ponys anfingen fett zu werden und die Wildnis eine Masse von Blüten war. Etwas Schönes, das Schlankes-Mädchen in ihrer Schulzeit gelernt hatte, fiel ihr jetzt wieder ein; sie brachte große Sträuße mit nach Hause, Blutwurz, Feuergras, Kaktusblüten und hundert andere, und stellte sie in Blechdosen im Hause auf. Lachender-Knabe wunderte sich anfangs darüber, aber bald begriff er es, und es machte ihm Freude, sie zu ordnen; er hatte ein sicheres Gefühl für die Verteilung der Farbmassen, aber wenig Interesse für die Blüten an sich.
In die Wildnis kam Bewegung. Der Pferdehandel setzte wieder ein. Die ersten Maisspitzen brachen aus der Erde, die Pfirsichbäume bekamen Blätter, einer brachte sogar schon eine

Blüte hervor. Die Tage flossen dahin. Das Leben war ruhig, wolkenlos, gleichmäßig; auch nicht der kleinste Teil war darin, den man sich anders hätte wünschen mögen.

46

Jedes jungverheiratete Paar hat auch in der glücklichsten Ehe eine kritische Zeit der Spannung durchzumachen, und diese beiden waren keine Ausnahme. Trotz aller Tänze war der Winter eine Zeit der Eingeschlossenheit; eine Reihe von Tagen zu Hause war eine harte Probe für die Gemeinschaft. Schlankes-Mädchen ging bisweilen in die Stadt, Lachender-Knabe machte sich dann und wann auf den Weg, nach der Herde zu sehen. Aber zusammen kamen sie nur durch diese acht oder neun Festlichkeiten aus der häuslichen Atmosphäre heraus. Sie versuchten etwas sehr Schwieriges. Sie hätten nicht nur gelegentlich Außenseiter sprechen müssen, wenn sie getrennt waren, oder neue Gesichter sehen, die anziehend wurden durch die bloße Tatsache, daß sie das ewige Gleichmaß unterbrachen, sondern sie hätten auch die Gegenwart eines Dritten gebraucht, wenn sie zusammen waren, damit ihre Einsamkeit ihren Wert behielt und ihre Zweisamkeit sich an dem Erleben der Fremdheit dieser andern erneuerte.

Ein so gleichmäßiges, einander so nah vertrautes Leben macht die Menschen ungewöhnlich feinfühlig für ihre gegenseitigen Stimmungen; manchmal sogar, wenn sie einander lieben, krankhaft empfindlich. Er hat mir auf diese Frage nicht geantwortet, vielleicht findet er sie dumm. Sie hat mir diese Tasse Kaffee so unfreundlich gereicht; vielleicht habe ich sie irgendwie beleidigt.

Sie waren bisher erstaunlich gut damit fertiggeworden und

immer noch sehr verliebt. Aber Schlankes-Mädchen, die ihren Gatten mit heimlicher Aufmerksamkeit beobachtete, empfand eine Veränderung in ihm, die sie beunruhigte. Da sie sich ihrer selbst weniger sicher fühlte, war sie übervorsichtig und verriet mehr denn je das Vorhandensein von etwas Unausgesprochenem, das nun einmal unvermeidlich zu ihrem Doppelleben gehörte. Jeder vermehrte die Unruhe des andern; es war ein Kreis, der sich schloß.

Er verstand nicht, in sich selbst zu lesen. Der schmelzende Schnee machte das Weideland frisch, das Gras wuchs hoch. Er sammelte seine verstreuten Pferde, trieb sie auf neue Weideplätze und sah sie fett werden. Seine Pfirsichbäume wuchsen, sein Mais stand schon hoch. Das alles waren gute Dinge, und er freute sich an jedem, wie er sich an jeder Einzelheit seines Tages freute, dem weiten Ritt und dem Webrahmen vor der Tür des Hauses, den Reden seines Weibes, dem Klang seines Hammers. Jedes einzelne Ding war gut, und doch war das Ganze leer und ohne Würze.

Lachender-Knabe wußte wohl, daß die Menschen einander satt bekommen und daß jedes Paar eine Zeit des Einlebens durchmacht. Er wußte, daß in vielen Haushalten die erste Frau, wenn der Mann ernstlich ruhelos wurde, ihm eine zweite verschaffte, um das Haus zu erhalten. Aber darum ging es hier nicht. Er war von jeher gewöhnt, den Dingen gerade ins Gesicht zu sehen und ihre Folgen durchzudenken, aber jetzt wohnten viele Gedanken zuunterst in seinem Kopf, die ihm selber verborgen waren und aus denen Unruhe wie eine Krankheit in sein ganzes Wesen sickerte.

Er war sich nicht bewußt, daß er seine Frau kritisch beobachtete, fast wie einen Gegner. Ein- oder zweimal ertappte er sich zu seiner eigenen Überraschung dabei, daß er wegen einer Kleinigkeit ihr gegenüber gereizt wurde; ein- oder zweimal, wenn er nicht bei ihr war, steigerte er sich in ein ganz unvernünftiges Gefühl des Beleidigtseins. Dann ärgerte er sich wieder über sich selbst. An sich war dieser Vorgang natürlich genug; da ihn irgend etwas an ihr tief verstimmte, das er sich selber nicht eingestand, suchte dies Gefühl sich seinen Ausweg und erfand Ursachen für den Ärger, die er gelten lassen konnte.

Sie hatte immer eine solche Zeit der Schwierigkeiten und des Einlebens vorausgesehen und war bereit, damit fertig zu werden, aber jetzt wußte sie nicht, was sie tun sollte. Sie hielt sich für gewitzt, sie glaubte, daß sie alles über die Männer wisse und alles über sich selbst. Sie glaubte, daß sie bis zur letzten Wahrheit durchgedrungen sei. Aber sie wußte nur wenig vom Leben, nicht alles von sich selbst, und von den Männern gab es eine Hälfte, die sie durch und durch kannte, und eine andere, die sie eben erst anfing zu entdecken. Sie fragte sich, ob wohl die Zeit endlich gekommen sei, ihren Amerikaner fallenzulassen und nach Norden zu gehen. Aber es war ein schlechtes Jahr für sie; Wolle und damit auch die Schafe, die sie würden kaufen müssen, waren im Preis gestiegen, während Pferde, Decken und Silberarbeiten niedrig im Preis standen. Es kamen ungewöhnlich wenig Touristen. Und die waren ihre einzige sichere Einnahmequelle.

Dann kam ihr ein verhängnisvoller Gedanke. Sie lernte an sich selbst und an ihrem Gatten, wieviel mehr die Liebe ist, als ihr niederster Begriff umfaßt. Vieles durchdachte sie für sich allein – vor allem wenn sie webte – wie ein Philosoph. Und da ihr klar wurde, wieviel es bedarf, um die Liebe ihrer selbst wert zu machen, war die bloße Tatsache, daß ihr Mann und sie ineinander verliebt waren, ihr nicht mehr genug. Sie überlegte, ob sie wirklich gewußt hatte, was sie tat, als sie sich verliebte, während sie doch glaubte, frei zu wählen. Und sie fragte sich zweifelnd, ob das Leben mit diesem Mann, der manchmal schweigsam und seltsam, manchmal töricht, manchmal aufreizend war, nicht in seinem wilden Heimatland unglücklich werden müßte.

In Wirklichkeit glaubte sie nicht an ihre eigenen Zweifel; es war nur eine reine Verstandesüberlegung. Aber der bestimmende Grundsatz ihres Lebens war seit so vielen Jahren der Entschluß gewesen, kühl auf ein vorbestimmtes festes Ziel hinzuarbeiten. Hätte sie in ihrer kalifornischen Schule von Napoleon gehört, sie würde ihn bewundert haben, und sie hätte sich vielleicht doch von ihm warnen lassen. Als sie jetzt auf ihre vergangenen Triumphe zurücksah, beschloß sie zu warten, bis sie ganz sicher war. Nur ein paar Monate noch, höchstens ein Jahr, dann hatte George an Schafen eine Masse Geld verdient. Und das würde ihr gerade recht kommen.

47

Als der Sommer kam, wurde Lachender-Knabe ruhelos und gequält. Er grübelte, ob er wohl einen Gott beleidigt habe. Er nahm ein Schwitzbad, sang und fastete. Es wurde dadurch nicht anders.

Eines Morgens, als er fortritt, um drei Ponys zum Verkauf zusammenzutreiben, faßte er einen Entschluß. Schlankes-Mädchen schien zerstreut; er hatte bemerkt, daß sie ihn sonderbar ansah und unruhig schien. Sie war in letzter Zeit öfter so gewesen, aber was sollte er dazu sagen? Es war nur ein Eindruck. Er wurde mürrisch und fuhr sie an. Ihre gekränkte Überraschung machte ihn unglücklich. Als er zu Pferde stieg, dachte er: Ich muß wirklich zu einem Medizinmann gehen.

Kein Zweifel, er hatte unbewußt irgendein Unrecht getan, den Pfad der Schönheit verlassen. Böse Mächte lauerten ihm auf,

er war nicht mehr gegen schlimme Gedanken gefeit. In amerikanische Redeweise übersetzt, war er überzeugt, daß er krank sein müsse.
Es war reiner Zufall, daß er Gelbem-Sänger begegnete, der mit einem Bündel auf der Schulter den Pfad daherkam. Lachender-Knabe überlegte, ob er ihn befragen solle, entschied aber: nicht diesen häßlichen Mann.
»*Ahalani*, Großvater!« rief der Medizinmann. »Warte einen Augenblick!«
»*Ahalani*, Großvater, ich warte.«
Der alte Halunke hielt sich aufrecht und marschierte frisch darauf los; man sah, daß er groß gewachsen war. Lachender-Knabe roch Whisky.
»Ich sehe, daß du Medizin brauchst, kleiner Bruder.«
»*Unh!* Warum glaubst du das?«
Gelber-Sänger hörte den überraschten Grunzlaut und folgte dieser Spur. »Ich träumte diese Nacht, daß du bei dem Tanz neulich in Buckho Dotklisch die Gebetszigaretten falsch behandelt hast. Sie fielen in den Sand. Nun haben sie dir ein Spinngewebe in den Kopf gesetzt.«
»Du hast recht. Es geht mir nicht gut.«
Er nickte weise. »Deswegen bin ich gegangen und habe das Mittel für dich besorgt. Ich bin bereit, dir zu helfen. Du bist ein guter junger Mann. Es soll mir eine Freude sein, dich wieder gesund zu machen.« Er strömte geradezu Wohlwollen aus.
Offenbar hatte dieser Mann mehr Macht, als er ihm zutraute.
»Wieviel brauchst du dafür?«
»Zwanzig Dollar.«
Lachender-Knabe überlegte. Es war kein sehr hoher Preis. Er zählte sechs Dollar in Münzen ab und löste drei Platten von seinem Silbergürtel. »Da, in Wirklichkeit ist das mehr wert.«

Der alte Mann befingerte das Metall. »Also gut.«
»Was muß ich tun?«
»Du mußt an einen einsamen Platz gehen, du mußt dein Haar waschen. Dann bete zu den Göttern, deren Zigaretten du mißachtet hast. Dann nimm dies Mittel.«
Aus dem Bündel nahm er eine Flasche mit roter Flüssigkeit und betrachtete sie einen Augenblick; das Wohlwollen siegte, er nahm noch eine zweite heraus und gab sie ihm.
»Was ist das?«
»Eine besondere Art Whisky. Er ist sehr heilig. Die Amerikaner trinken ihn. Er ist so gut, daß sie zu verhindern suchen, daß irgend jemand sonst ihn bekommt.«
»Wie soll ich ihn nehmen?«
»Wenn du gebetet hast, fang an, ihn zu trinken. Nach und nach wirst du fühlen, daß dein Geist in Ordnung kommt, dein Herz wird groß werden. Dann wirst du schlafen. Wenn du aufwachst, wirst du dich schlecht fühlen, aber wenn du dann wieder etwas trinkst, wird dir wohl werden. Eine Flasche sollte genug sein. Versteck die andere, bis etwas dir sagt, daß du sie nötig hast.«
»Ich verstehe.«
»Ich werde den Pfad nach Buckho Dotklisch gehen und da einen Zauber machen, der verhindert, daß dir weiter Schlimmes durch diese Zigaretten geschieht. Sprich zu niemandem darüber, vor allem zu keiner Frau. Es ist sehr heilig und geheim; wenn du davon sprichst, wird es dir schaden. Es wird machen, daß du ins Feuer springst.«
»Ich verstehe.«
»Wenn du mehr brauchst, laß es mich wissen. Kann sein, daß ich dir noch mehr verschaffen kann.«
Lachender-Knabe ritt zu seinem gewohnten Lagerplatz bei Natahnetinn und beging feierlich die vorgeschriebenen Zeremonien. Dann probierte er das Getränk. Es war anders als der

weiße Whisky, nicht gerade schlecht, aber doch schlimm genug. Elender Fusel, wenn es hochkam, ein Dollar die Flasche. Aber das wußte er nicht.
Nach den ersten paar Schluck ging es leichter, aber er fühlte sich nicht glücklich davon. Während er betrunken wurde, sehnte er sich immer heftiger nach seinem eigenen Land und nach einer Befreiung von dem fortwährenden Bewußtsein fremder Dinge um sich herum. Als es dunkel wurde, hörte er auf zu trinken und ging auf und ab. Anfangs sang er, dann wurde er stumm.
Alkohol, in Einsamkeit getrunken, hat manchmal eine eigentümliche Wirkung. In einer Art Größenwahn fühlt sich der Mann als Mittelpunkt des Universums und wird zugleich rücksichtslos ehrlich gegen sich selbst. Alle geheimen, vergessenen, unterdrückten Gedanken kriechen aus ihrem Versteck in seiner Seele, und er muß sich ihnen stellen. So war es Lachendem-Knaben jetzt zumute.
Ich bin nicht glücklich in dem Haus in Chiziai. Das Leben ist zu einsam, zu fremd. Nie kommt jemand. Nur bei den Tänzen sehen wir Menschen. Diese amerikanische Stadt, was ist damit los? Wer ist diese Missionarsfrau? Der Ausdruck in ihrem Gesicht, wenn sie wiederkommt! Ich verstehe das nicht. Etwas ist da nicht richtig, immer Heimlichkeiten. Immer versteckt sie etwas. Wir wollen nach Norden, nach Norden, nach T'o Tlakai. O meine Mutter!
Als ich ihr das Weben erklärte, als wir damals zusammen ritten, da brauchte sie mich, da war ich auch stark. Da waren wir beide am glücklichsten. Sie ist stärker. Sie ist es, die mich führt.
Ich fürchte mich, mit ihr zu reden.
Er blieb stehen und ballte die Fäuste. Warum? Ich habe Angst, sie zu verlieren. Verliere ich mich selbst? Oh, ich weiß nicht, ich weiß nicht. Dies Leben, das sie geführt hat, diese Klugheit

in ihr! Was ist früher geschehen? Wer war der Mann, und was weiß Roter-Mann? Wenn ich sie fragte, vielleicht würde sie nein sagen. Sie führt ihr eigenes Leben. Ich verliere mich selbst. Und ich komme nicht von ihr los, Kam-mit-Krieg, Kam-mit-Krieg. O nein, ich kann nicht los von ihr. Sie würde sagen: »Nein«, und ich müßte sagen: »Gut«, und dann wäre ich tot.

Wie lange wird es dauern, bis wir so reich sind, wie sie es haben will? Weshalb will sie nicht Schafe halten? Alle Frauen tun das. Ich weiß es nicht. Dieses amerikanische Leben, das sie geführt hat, sie will davon nicht lassen. Unser Leben ist nicht gut genug für sie.

Soviel Geld will sie haben! Ein Jahr, noch ein Jahr, wer weiß? So lange, lange! Wann werden wir Kinder bekommen? Wir hätten längst Kinder haben müssen. Ich will Kinder haben. Ich will nach Hause. Was geschieht mit mir? Ich verliere mich selbst. Sie hält die Zügel, und ich bin ein Pferd, das geführt wird. Zwei, drei Jahre noch wie dieses, und Singt-vor-Speeren, der ein Krieger war, wird nicht mehr da sein, bloß noch ein Stück Mann, das eine Frau anbetet. Nichts sonst von ihm übrig, bloß Glut. Eine Sehne ohne Bogen. Zu nichts mehr nütze, als daß eine Frau etwas damit festbindet.

Ich brauche noch etwas Medizin.

Ein neuer kräftiger Schluck riß ihn in zusammenhanglose Pläne, Wunder zu verrichten. Nach drei oder vier weiteren Schlucken fiel er in Schlaf.

Als er spät aufwachte, die Sonne schon hoch über dem Kopf, war ihm ziemlich schlimm zumute. Er ging zu dem Arroyo hinunter und plätscherte in dem seichten lauwarmen Wasser. So schlecht wie vorher war ihm nicht, aber immer noch schlecht genug.

»Wenn du aufwachst, wirst du dich schlecht fühlen, aber wenn du dann wieder etwas trinkst, wird dir wohl werden.«

Er wollte es versuchen. Von dem Geruch des Getränks wurde ihm übel. Er goß etwas in eine Tasse, kehrte zum Arroyo zurück und verdünnte es mit Wasser. Dann schüttete er es mit einem gewaltsamen Schluck hinunter. Er fühlte sich wirklich besser. Vielleicht sollte er noch etwas mehr trinken. Er griff nach der Flasche und hielt dann ein.

Nein. Die letzte Nacht fiel ihm ein, und die war schrecklich gewesen. Er stellte die Flasche hin und starrte in die Asche seines Feuers.

»Kaffee«, sagte er laut.

Er trank noch eine Menge Wasser, als er seinen Topf füllte. Die Hitze des Feuers war ihm unangenehm; er fing wieder an, sich schlecht zu fühlen, und hatte Durst. Er machte sich einen starken Kaffee.

Das war alles wahr gewesen, was er diese Nacht gedacht hatte, nur unvollständig und übertrieben. Er hatte Heimweh, er fürchtete, sie zu verlieren, aber was wäre das für ein Mann, der nicht ein paar Jahre warten könnte, aus einem so vernünftigen Grunde! Sie war weise, sie hatte recht, und er war sicher, daß sie ihn liebte. Also was noch?

Der Whisky, ja, dieser Zauber. Er trieb die Wolken aus dem Kopf, aber er machte alles verkehrt und verdreht.

Er nahm den Kaffee vom Feuer. Er war stark. Ohne auf den Zucker zu warten, versuchte er ihn zu trinken und verbrannte sich die Zunge.

Das war kein Zauber. Es war etwas wie Stechapfelkraut. Dessen Einfluß hatte er an sich selbst erlebt, aber es war nichts Heiliges dabei. Er erinnerte sich ganz deutlich, wie er diese Zigaretten in eine Felsspalte gelegt hatte. Er hatte nichts dabei falsch gemacht. Dieser alte Coyote hatte auf gut Glück richtig geraten und dann Lügen aufgetischt, um Geld herauszuschlagen, das war alles.

Er sah Gelben-Sänger und seine Frau deutlich vor sich, wie er

ihnen zuerst begegnet war, beide zwar nüchtern, aber gierig nach der Flasche greifend; er sah noch andere Vogelscheuchen von Indianern, denen er in diesem amerikanischen Land begegnet war. Sie standen vor ihm, und hinter ihnen sah er undeutlich die große drohende Wolke des amerikanischen Systems, ein Etwas, für das er weder Namen noch Bild hatte.
Das war auch etwas, worin Schlankes-Mädchen recht gehabt hatte, dieses Getränk. Sie verstand damit umzugehen. Sie kannte das Geheimnis, zu verhindern, daß das amerikanische Wissen Unheil anrichtete; sie wandte es nur zu gutem Zweck an.
Er stellte seine Tasse Kaffee hin, nahm einen Stein und zerschlug entschlossen die Flasche. Die Flüssigkeit lief in die glühenden Kohlen, entzündete sich, und einen Augenblick brannte der feuchte Sand mit blauer Flamme. Das erschreckte ihn. So etwas zu trinken! Er warf die Scherben, an denen noch ein paar Tropfen hingen, ins Feuer und sah zu, wie das blaue Licht über ihnen aufflackerte.
Er trank eine zweite Tasse Kaffee mit Zucker und grub dann die andere Flasche aus ihrem Versteck. Sie hatte Geld gekostet, viel Geld. Nun, er hatte seinen Geldeswert bekommen. Von nun an konnte er denken ohne die Hilfe blauer Flammen. Er goß die Flasche über dem Feuer aus, und die Flüssigkeit löschte das Feuer. *Eh!* Das war sonderbares Zeug.
Er konnte jetzt nicht die Pferde einfangen. Er streckte sich im Schatten der Felsen aus. Er sehnte sich nach Schlaf, und seine Glieder waren schlaff wie nach einem heftigen Ringkampf. Der Himmel war zu blau, er brannte ihm in den Augen. Das Kreisen eines fernen Bussards hoch über ihm machte ihm Kopfschmerzen. Er warf sich herum, heftete den Blick auf eine Felsritze und starrte hinein, schläfrig und doch unfähig, die Augen zu schließen.
Gelber-Sänger und alle seinesgleichen waren schlecht. Sie wa-

ren wie ein übler Gestank. Ein Gestank kam von einem Leichnam. Daß diese Leute so waren, war die Schuld der Amerikaner. Die Stadt Los Palos in der brennenden Sonne lag still und wie tot neben bewässerten Feldern. Was war es nur? Etwas in der Luft, etwas, das die Welt krank machte. Wo sie waren, da war kein Platz für das Erdvolk. Sie hatten Schlankem-Mädchen Schlimmes angetan. Das konnte man merken, aber sie schien sich darüber erhoben zu haben. Aber sie waren auch für sie schlecht. Es ging über seinen Verstand.

Er rauchte, und zuletzt schlief er ein, unruhig durch die Mittagshitze, ab und zu durch die Fliegen aufgeweckt; dann dämmerte er wieder vor sich hin und versank in Schlaf. Spätabends ging er an eine Stelle, wo ein Wasserfall im Arroyo ein sprühendes Tropfenbad machte. Das Wasser erfrischte ihn; er hatte wieder Hunger und fühlte sich besser.

Was er diese Nacht gedacht hatte, war wohl wahr gewesen, aber unvernünftig; und all das über die Amerikaner kam ihm nur in den Kopf, weil er sich elend fühlte. Er hatte immer Amerikaner gekannt, Händler zum Beispiel, sie waren gar nicht so übel, eben Leute von einem fremden Stamm. Er streckte sich, aß, rauchte und wunderte sich über sein Verlangen, schon wieder zu schlafen. Das würde fein sein, reich nach T'o Tlakai zurückzukehren, sehr reich, mit ihr, und sich dann irgendwo in der Nähe niederzulassen und Kinder zu haben. Sie brauchten Kinder. Und inzwischen machten sie ihren Weg zusammen. Oh, herrlich!

48

Am andern Morgen fühlte er sich besser. Die Betrunkenheit und der Ausbruch seiner Erregung hatten ihn innerlich reingefegt. Er fühlte, daß er etwas Schlechtes zerstört hatte, als er das Getränk weggoß. Die Feinde in seinem Kopf waren wirklich nur Spinnweben gewesen, und jetzt waren sie weg.

Er fing die drei Pferde ein, die er haben wollte, schöne Tiere. Dieses Jahr verkauften sich nur die besten, und auch die zu niedrigem Preis. Er ritt zufrieden nach Hause, ruhig und entschlossen, sich künftig fester in der Hand zu haben.

Seine Frau wartete vor der Tür.

»Ich wußte nicht, daß du so lange fortbleiben wolltest; ich bin einsam gewesen ohne dich. Bring deinen Sattel herein, während ich Essen mache. Ich bin froh, daß du wieder da bist.«

»Ich bin immer froh, wenn ich wieder da bin.«

»Solange du das fühlst, bin ich glücklich.«

Warum sollte er sich über diese Frau Gedanken machen? Warum sich überhaupt um irgendwas Gedanken machen, solange er diese Frau hatte? Er schlug das Pony über die Flanke, um es in den Korral zu jagen. Er betrachtete sein wachsendes Maisfeld; und als er den kleinen Lehmdamm seines Bewässerungsgrabens durchstach, fühlte er die Abendkühle durch seine Adern rinnen, wie das klare Wasser sich durch die Kanäle ausbreitete. Lehmhänge waren nicht so schön wie bunte Felsen, es war zuviel Sand in dem Adobe hier, aber schön war es doch. Das Feuer brannte vor seinem Haus, er hörte Wasser fließen und im Korral gelegentlich ein Pferd stampfen.

Schlankes-Mädchen brachte die Flasche und eine Orange heraus.

»Mach mir das Getränk nicht, kleine Schwester, ich brauche es nicht. Ich will versuchen, es nicht mehr zu trinken.«

Sie hütete sich, ihn anzusehen. Sie war beunruhigt.
»Gut.«
Was war das? Wahrscheinlich nichts. Wenn man auf schmalem Grat über dem Abgrund geht, dann bleibt einem beim belanglosen Fall eines Steins für einen Augenblick das Herz stehen.
Sie beobachtete ihn, während sie aßen. Sie fing an, mit ihm ernsthaft über das Leben zu sprechen, das sie zusammen schaffen wollten, von dem Glück, das auf sie wartete.
Er sagte zu sich: Es erschreckte sie, daß ich das Getränk nicht wollte, es war an dem Blick zu merken, mit dem sie mich ansah. Sie hat Angst um mich. Daran bin ich schuld, weil ich das gesagt habe. Nun will sie mir sagen, wie sie wirklich ist. Sie sagt die Wahrheit, ich weiß es. Ich habe ihr unrecht getan.
Sie sah die letzten verdunkelnden Wolken vor ihm. Der Abend war vollkommen, so vollkommen, daß er selbst, nun seine Zweifel zerstreut waren, ihr beinahe alles gesagt hätte, was er getan und gedacht hatte; aber er ließ es dann doch. Es war der letzte Abend seiner Art für lange Zeit.
Wie ein Zauberer der alten Zeit, der durch Aussprechen des verbotenen Namens Geister erweckt, die er nicht wieder vertreiben kann, so hatte Lachender-Knabe Gedanken Gestalt gegeben, die nicht wieder vergessen werden konnten. Zum Unglück für ihn selbst war er kein Tor und aufrichtig gegen sich selber. Liebe wohnte in diesem Haus und manchmal auch Glück, aber wenn ein fromm gesinnter Navajo hier eingetreten wäre, hätte er gefühlt, daß die Luft leer war.

49

Schlankes-Mädchen webte weiter trotz des geringen Absatzes, weil sie Befreiung und Zuflucht in ihrer Kunst fand. Und wenn sie beide so nebeneinander arbeiteten, stellten sie wenigstens äußerlich die Harmonie wieder her, die verschwunden war.
Er befreite sich die Seele dadurch, daß er das halb starre, halb biegsame Metall formte. Das ist eine Sache der Geduld, von dem Klumpen oder der Münze bis zum Stab, vom Stab bis zum Armreif. Dieses kostbarste und schönste aller Metalle ist am leichtesten zu bearbeiten. Es ist eine Gabe der Götter. Langsam, langsam, unter vielen leichten Hammerschlägen wird der Stab länger, flacher, dünner; er wird geschlagen und wächst in seine vorbestimmte Form hinein.
In diesen Tagen bin ich ungeduldig, mir fehlt die Ruhe zum Fertigmachen. Man muß von vornherein wissen, was man will, von den vier mexikanischen Münzen bis zum feinvollendeten Schmuckstück; man muß sehen, wie es werden soll, und nicht hinter dem zurückbleiben, was man gesehen hat.
Wenn ein Fußbreit Decke gewoben ist, wird sie oben am Rahmen heruntergelassen, der fertige Teil wird unten aufgerollt und ist nicht mehr zu sehen. Das ist wie die Zeit. Hier das kleine Stück, das zu sehen ist, an dem ich webe, das ist die Gegenwart. Die Vergangenheit ist aufgerollt und weg. Über mir ist die leere Kette. Weben ist wie mit einem scheuen Pferd umgehen; ich führe den blauen Faden vorsichtig zu dem grünen hinüber, damit er nicht reißt. Ich hasse es, wenn der Faden reißt. Der Knoten beim Anknüpfen ist immer zu sehen, bleibt ein Makel. Aber dann schlage ich den Faden mit dem Kamm und Webeschwert fest, fest herunter; das Gewebe schließt sich, und wieder ein Stück mehr ist Vergangenheit.
Er hämmerte den flachen Silberstreifen zur Rundung. Dieser

Armreif wird genau das, was ich mir vorstellte. Es muß einer seinen Entwurf im Kopfe haben, ehe er anfängt. Als dieser Streifen noch vier Münzen war, wußte ich schon, daß da Linien von jedem Ende zur Mitte führen sollten, mit Wolkenmustern am Abschluß und dem Stein da, wo die Linien sich treffen. Woher weiß ich das? Nicht jeder kann das; was ist mit mir? Die Mexikaner sind faul, aber ihr Geld ist reines weiches Silber; in den amerikanischen Münzen ist etwas, das sie hart macht, sie sind schwer zu bearbeiten. Diese Amerikaner!
Ihre Finger waren geschickt, und sie zog an der Kette wie ein Harfenspieler. Ich bin nicht ganz sicher, ob dieses Muster mir gefällt, aber nun ist es zu spät, es zu ändern. Nein, es ist doch ein gutes Muster. Soll ich alles wieder auflösen, was ich gemacht habe, wo es so langsam vorwärtsgeht? Wenn die Decke angefangen ist, dann ist es zu spät zum Ändern. Ein Mann, der immer wieder zum Ausgangspunkt zurückkehrt, um einen neuen Weg zu suchen, wird nie weit kommen. Ich wollte, ich könnte nur meinen Entwurf ausdenken und ihn in einer amerikanischen Fabrik weben lassen. Nein, doch nicht. Weil ich mit meiner Arbeit Mühe gehabt habe, liebe ich sie ja!
Der Türkis ist das Wichtigste an diesem Armreif. Als ich ihn sah, wußte ich, wie er gefaßt werden müßte. Aber jetzt kann ich nicht gut denken, ich bin nicht ich selbst. Ich habe keinen eigenen Entwurf, ich verstehe die Art meines Steines nicht. Ich hämmere ein Stück Silber, und ich kann nicht aufhören zu hämmern, jeder Tag ist ein neuer Schlag, und doch weiß ich nicht, was daraus werden soll. Zuletzt ist es vielleicht nur ein plattgeschlagenes Stück Metall. Ich kenne meinen Entwurf nicht mehr.
Diese Decke ist wie alles andere. Ich bin jetzt immer unsicher. Alles ist wie die Decke. Soll ich sie auflösen, wenn ich so lange dazu gebraucht habe? Der Entwurf steht fest, eine Decke mit

abgebrochenem Muster wäre lächerlich, ein Fehlschlag. Das einzige, was man tun kann, ist durchhalten, mit Geduld und mit Kraft. – Mein Entwurf steht fest.

50

Gegen Ende des Sommers fing Lachender-Knabe an, mehr Zeit als notwendig mit den Pferden zu verbringen. Manchmal sehnte er sich nach Gesellschaft, und wenn er sie fand, wurde er zutraulich und gesprächig; zu andern Zeiten hielt er sich sehr abgeschlossen. Niemand, der ihm dann zum erstenmal begegnete, würde ihn Lachender-Knabe genannt haben. In der Gegend war er als »Pferdehändler« bekannt, und kürzlich hatte ein Indianer ihm im Scherz den Namen der legendären Gestalt »Kehrt-den-Rücken« angehängt, der allem Anschein nach haften bleiben wollte. Halb und halb war es ihm recht, oft von Zuhause fort zu sein, weil er dann auf die Freude der Heimkehr hoffen konnte. Wenn sie auf ihn wartete, wenn sie nicht in der Stadt gewesen war, wenn er müde vom langen Ritt und mit sich selbst in Frieden war, dann konnte der alte Zauber sie wieder beide umfangen. Wenn sie aber gerade von ihrer Arbeit zurückkam oder erst nach ihm heimkehrte, dann war es eine Enttäuschung. Ein- oder zweimal zankten sie sich; sie hatte eine erstaunlich scharfe und kluge Zunge. Die Streitigkeiten endeten in Versöhnung und einer Leidenschaft, die sie beide erschöpfte und keinem von ihnen Frieden brachte.
Eines Tages, als der Herbst schon der Mittagssonne die Kraft nahm, saß er auf einem kleinen Hügel und sonnte sich, rauchend, das Pony neben sich. Er war zufrieden und fühlte sich einigermaßen wohl, so daß es ihn nicht störte, als er einen

Menschen kommen sah. Es war ihm ganz nach Unterhaltung zumute.
Der trottende Punkt kam näher. Noch war er undeutlich, aber die Bewegung der Schultern zeigte, daß es ein Indianer war. Ja, und augenscheinlich ein Navajo mit einem flammend roten Stirnband. Lachender-Knabe setzte sich. Er kannte diesen Fuchs mit der Blesse, er kannte diesen Schwung der Peitschenhand. Er war überrascht, gespannt und begeistert. Was führte seinen Freund hierher, so weit von zu Hause? Er sprang auf die Füße. Spaßender-Squaw-Sohn fiel vom Galopp in Trab, in Schritt und hielt neben ihm.
»*Ei–yei*, mein Freund!« Lachender-Knabe ergriff seine Hand. »Es ist gut, dich zu sehen.«
»Mein Freund!« Er lächelte, aber er stieg langsam vom Pferd, und seine Augen waren traurig. »Ich freue mich, dich zu treffen.«
»Setz dich. Eine Zigarette?«
»Ja.«
»Wohin willst du?«
»Nur so herumreiten.«
»Was gibt es Neues in T'o Tlakai?«
»Alles gut. Deinen Leuten geht es gut. Deine Schwester, die mit Braunem-Pferd verheiratet ist, hat einen Sohn. Die andere hat gerade Gelben-Fuß geheiratet.«
»Gut.«
»Es ist viel Regen gewesen, und die Händler zahlen dreißig, vierzig Cent für Wolle.«
»Gut.«
»Und du? Erzähle.«
»Alles ist gut. Unsere Arbeit wird gekauft. Das Korn stand gut in diesem Jahr. Alles ist gut.«
Sie rauchten.
»Es ist gut, dich zu sehen.«

Spaßender-Squaw-Sohn antwortete nicht. Lachender-Knabe betrachtete ihn. Er war zu still.
»Was bringt dich so weit her?«
»Nichts. Ich reite so herum.«
»Du kommst doch in unsern Hogahn?«
»Ja.«
Sie rauchten ihre Zigaretten zu Ende und sahen ins Leere. Eine behagliche Nachmittagsstille war um sie, die das Gespräch schleppend machte, Geruch von warmem Sand, Ruhe. Nach etwa fünf Minuten sagte Lachender-Knabe: »Du könntest mir wirklich deine wahren Gedanken sagen. Es ist um dich wie eine Wolke. Das, woran du die ganze Zeit denkst, wenn du von etwas anderem sprichst. Dich schmerzt etwas. Was dich schmerzt, den ich meinen Freund nenne, das schmerzt auch mich.«
»Du hast recht. Gib mir Tabak.«
Er rollte sich noch eine Zigarette und rauchte sie zu Ende, ehe er anfing zu sprechen.
»Erinnerst du dich noch an den Streich, den wir Spitznase in Gomulli T'o spielten? Glaubst du, daß wir da ohne Absicht Böses getan haben? Haben wir etwas Schlimmes angerichtet?«
»Wie kommst du darauf?«
»Ich sagte, ich hätte mir eine Frau aus Maito mitgebracht. Das hat mich darauf gebracht. Vor einer Weile bin ich in Maito gewesen.« Er betrachtete seine Fingerspitzen. Jetzt stockte er.
»Wir wollten eine Kuh gegen ein paar Schafe eintauschen. Dein Bruder und Weiße-Ziege und ich waren losgeritten. Wir sahen einen Pah-Ute eine Kuh treiben, die er den Mormonen gestohlen hatte, und nahmen sie ihm weg. Da oben ist keine Viehweide, aber wir hörten von einem Mann in Maito, der eine Herde hatte. So trieben wir sie hinunter. Er heißt Salz-

Wasser. Die Kuh war recht mager. Wir blieben drei Nächte und handelten darum.
Ich sah seine Tochter. Am Abend des ersten Tages wußte ich, daß ich nur für sie geboren war, daß sie es war, worauf ich immer gewartet hatte. Ich war ganz aus einem Stück, alles in mir wollte nur dies Eine. Ich weiß nicht, wie ich es sagen soll.«
»Ich weiß.«
»Ja, du weißt. Deshalb bin ich hier. Ich weiß jetzt, warum auch ein guter Mann manchmal mit anderer Leute Frauen zu tun hat. Ich habe viel über mich selber gelernt.
Ich will nicht versuchen zu sagen, wie sie aussah. Was nützt das auch? Sie war nicht klein wie deine Frau; sie war stark. Ihre Augen und ihr Mund waren schön, und man konnte die Schönheit in ihr an ihren Augen und an ihrem Mund sehen.
Wir blieben drei Nächte dort, drei Nächte und zwei Tage sah ich sie und hörte ihr zu. Ich glaube, sie fühlte das gleiche wie ich; wir sprachen nicht miteinander, kaum ein Wort. Als wir wegritten, sah sie mich an.
Zu Hause wartete ich ein paar Tage. Ich war sehr glücklich; ich wußte nicht, daß es solch ein Glück gibt. Dann ritt ich nach Maito zurück. Ich wollte sie wiedersehen, um sicher zu sein, und wollte ihren Stamm erfahren, ehe ich meine Mutter bat, um sie zu fragen. Ich wollte nicht, daß irgend jemand dagegen redete, was ja möglich war, da sie nicht in unserer Nähe lebte.
Ich kann nicht so gute Lieder machen wie du, aber ich machte doch ein ganz schönes. Ich sang den ganzen Weg. Ich ritt im Galopp auf ihren Hogahn zu und sang den Wildkatzgesang. Sie kam heraus und mir entgegen. Ich galoppierte auf sie los und zügelte dann knapp vor ihr das Pferd, mit aller Kunst. Sie stand neben meinem Pferd und legte ihm die Hand auf den Hals.

›Du mußt fortgehen, du darfst mich nicht wiedersehen. Ich darf dich nicht sehen‹, sagte sie.
Ich fragte: ›Warum?‹
Sie sagte: ›Was ist deine Sippe?‹
Ich sagte ihr: ›Ich bin ein Eschlini.‹
Sie ließ den Kopf hängen, dann sah sie wieder auf. Ihr Gesicht war ruhig, aber in ihren Augen war Traurigkeit. ›Ich bin auch eine Eschlini‹, sagte sie.
Wir gaben uns die Hand, und ich ritt weg.«
Spaßender-Squaw-Sohn legte den Kopf auf die Knie. Lachenden-Knaben würgte es in der Kehle, aber seltsamerweise war ihm wohler zumute als seit langer Zeit. Er wurde aus sich selbst herausgerissen; das war es, was er brauchte.
»Ich konnte nicht nach Hause. Ich ritt nach der T'o Atinda Haska-Mesa und ging hinauf auf die Spitze. Einen Tag und zwei Nächte blieb ich oben. Ich aß nicht. Weshalb auch? Anfangs konnte ich nicht einmal denken. Ich war zuerst einfach wild. Ich konnte nichts tun als mich an das Glück erinnern, das nun zu nichts geworden war. Ich wollte sie fragen, ob sie trotzdem mit mir gehen wollte. Ich hatte Angst vor mir selbst. Bin ich ein Tier? Wollte ich mit meiner Schwester schlafen? Ich wußte nicht, was ich tun sollte. Warum konnte sie nicht eine Tahtchini sein oder eine Lucau oder eine Eskhontsoni? Aber sie hatte keine Schuld. Und konnte ich meiner Mutter fluchen, weil sie nicht eine Bitahni oder eine T'o Dotsoni oder eine Nahkai war?
Dann brachte ich mich etwas zur Ruhe. Ich konnte sie nicht bekommen. Ich fand mich darein. Ich nahm es auf mich. Aber ich liebte sie noch. Ich tue es auch jetzt noch. Ich denke noch an das Glück damals. Das ist sehr schlecht, es ist schrecklich. Mein Herz muß schlecht sein. Ich fürchte mich. Vielleicht muß ich mich töten. Warum auch nicht?
Ich kam her, um dich zu sprechen. Ich mochte nicht nach

Hause zu meinen Leuten gehen. Vielleicht kannst du mir helfen. Das ist alles.«

Lachender-Knabe starrte auf die Erde. Er war entsetzt, und sein Herz krampfte sich zusammen. Er hatte sich nie vorgestellt, daß so etwas geschehen könnte. Wäre es ihm von einem unbekannten Mann erzählt worden, so hätte er sicher von vornherein gedacht, es müsse um den nicht gut stehen. Es war ein Unglück, wie nur ein zorniger Gott es senden konnte. Es war, wie man in den Legenden hört: »Er wurde von Wahnsinn erfaßt und liebte eine Frau seiner eigenen Sippe.« Aber sein Freund war gut, durch und durch gut. Er wußte, was er litt. Er dachte an seine eigenen Gefühle in jenen ersten Tagen nach dem Tanz.

Er dachte angestrengt nach. Eine gute halbe Stunde saßen sie, ehe er anfing zu sprechen.

»Du mußt dich nicht töten. Du brauchst dich nicht zu schämen, nicht zu denken, daß du gesündigt hast oder daß dein Herz schlecht ist. Nein, du hast gezeigt, daß es gut ist, denke ich. Es wäre schlecht, wenn du dabei bliebest, daß du sie heiraten wolltest, aber was dir geschehen ist, das ist nicht etwas, das du selbst tust. Es ist, als ob du von einem Pfeil getroffen wärest.

Ich bin mit meiner Frau fortgegangen, ohne nach ihrer Sippe zu fragen. Wir sprachen geradewegs miteinander, ohne Scham, als wir sahen, daß nichts anderes zu machen war.

Es ist nicht deine Schuld, daß du getroffen bist. Stell dir vor, du hättest eine Woche gehungert und ein Amerikaner machte sich den Spaß, wie die das ja gern tun, und böte dir Fisch zu essen an. Wenn du ihn äßest, das wäre schlecht, aber wenn dein Bauch danach schrie, obwohl du ihn nicht annimmst, wärest du dann zu verdammen? Nein. Du hättest etwas Gutes getan, denke ich. Und du hast jetzt auch etwas Gutes getan, etwas sehr Schweres. Ich denke sehr gut von dir.«

Spaßender-Squaw-Sohn sah ihn forschend an und sah, daß er meinte, was er sagte.
»Ich glaube, du hast recht. Du hast mich von einer tiefen Wunde geheilt. Ich danke dir.«
»Laß uns nach Hause reiten. Ein paar von meinen Pferden sind in dem kleinen Cañon, wir wollen eins einfangen und deines freilassen. Es sieht mager aus. Hier ist Weide genug, es wird nicht weglaufen.« Sie fingen frische Pferde ein, und Spaßender-Squaw-Sohn war erstaunt über das hohe Gras, das stellenweise über einen Fuß hoch in Büscheln wuchs. Es gab solches Gras auch in Dennihuitso und in Kiet Siel Buckho, aber nicht um diese Jahreszeit.
Sie trabten nach Chiziai und redeten wenig.
»Da oben nennen sie dich jetzt nicht mehr bei deinem alten Namen«, sagte Spaßender-Squaw-Sohn und zögerte. Selbst als naher Freund redet man mit einem Manne nicht leicht über seinen Namen.
»Es wundert mich nicht.«
»Sie nennen dich ›Ging-fort‹. Dein Oheim nennt dich ›Blinde-Augen‹.«
»*Unh!* Das kann ich mir denken. Nun, ich bin ein anderer geworden, es ist richtig, daß auch mein Name anders wird.«
Spaßender-Squaw-Sohn zog an seinem Zügelstrick, um einen verfilzten Knoten zu lösen. Dann, während er ihn wieder aufrollte: »Aber du fehlst ihnen. Du wirst immer willkommen sein.«
»Einmal werden wir zurückkommen.«
»Ihr wohnt dicht am Eisernen Weg?«
»Drüben auf der andern Seite.«
»*Ei–yei!* Ein guter Platz.«
»Du wirst sehen, ein feiner Platz, nur können wir unsere Pferde nicht frei laufen lassen, weil es amerikanisches Land ist.«

»Aber ihr seid auch nahe den Zuñis?«
»Einen scharfen Tagesritt weit nach drüben. Ich handle mit ihnen – Pferde gegen Türkise.«
»Habt ihr Kinder?«
»Noch nicht. Wir haben einen Plan. Wir verdienen viel Geld jetzt, wir arbeiten, soviel wir können. Du würdest nicht glauben, wie rasch wir verdienen. In einem Jahr oder in zwei gehen wir nach T'o Tlakai zurück; dann haben wir vielleicht fünfzig-, vielleicht sechzighundert Dollar, in Geld und Silber und Pferden, denke ich.«
»Ei–yei!«
»Wir werden sehr reich sein. Wenn wir damit anfangen, werden wir unser Leben lang reich sein. Dann werden wir Kinder haben, wir werden ein schönes Leben führen. Sie hat es sich ausgedacht. Sie hält das Geld in Ordnung, sie handelt mit den Amerikanern. Sie ist großartig.«
»Du mußt sehr glücklich sein.«
»Das bin ich.« Er glaubte es selbst.

51

Lachender-Knabe zeigte seinem Freund die Stadt von weitem, das bewässerte Land, die Eisenbahn. Das Glück wollte, daß gerade ein Zug vorbeikam. Spaßender-Squaw-Sohn saß auf seinem bockenden, ausschlagenden Pferd, den Kopf über die Schulter zurückgewandt, seine Augen hingen starr an dem Wunder. Seine Gegenwart veränderte alles. Lachender-Knabe führte ihn durch den engen Hohlweg zwischen den Lehmhängen zu seinem Adobe-Haus, dem Korral, den Gräben und kleinen Hügelbeeten des Sommerfeldes, den jungen Pfirsichbäumen. Spaßender-Squaw-Sohn bewunderte alles,

und ein heimlicher Schmerz stach ihn, daß nicht auch er sein Haus und seine Felder hatte und seine Frau, die am Feuer auf ihn wartete.
Schlankes-Mädchen kam an die Tür. Die Herbstnächte waren schon so kalt, daß im Hause gekocht werden mußte. Sie begrüßte den Besuch gastlich, wie es sich gehört, und sah, daß ihr Mann zwar ernst schien, aber in Frieden mit sich selbst. Sobald sie allein waren, erklärte ihr Lachender-Knabe die Sachlage und beobachtete sie ängstlich. Sie nickte.
»Der arme Mann, er tut mir leid. Wir müssen ihm helfen. Er wird seine Liebe überwinden, denke ich. Er hat sich schon damit abgefunden. Nur das andere macht ihm Sorge, denke ich.« Ihr Mann dachte einen Augenblick nach und stimmte zu.
»Ich weiß, was wir tun müssen: mit ihm von allen Dingen sprechen, die ihr zusammen getan habt, von allem, was ihn an den guten Geschmack des Lebens in seinem Mund erinnert. Versuche nicht, ihn lachen zu machen, versuche nicht, ihn zu trösten. Wir werden ihm Neues zeigen. Ich werde ihm etwas von deinem Getränk geben, ich werde von den Amerikanern erzählen. Jetzt hat er die ganze Zeit nur das eine im Sinn, wir müssen ihn davon abbringen. Verstehst du?«
»Ja, das ist sehr gut.«
Wirklich, seine Frau war großartig, so weise, so verständig. Als er hörte, daß sein Freund zurückkam, küßte er sie schnell.
Der Abend war glücklich, so harmonisch, daß mitten darin Spaßender-Squaw-Sohn sich entschuldigte, zum Korral hinausging und an dem Hals des ersten Pferdes, das er zu fassen bekam, weinte. Bei einem Pferd, das warm und seidig ist, läßt sich gut weinen, wenn es stillsteht. Die Tränen flossen reichlich. Er hatte bisher nicht weinen können.
Er blieb drei Wochen, ritt mit Lachendem-Knaben herum, sah ihm beim Schmieden zu, ging an den Schienenstrang, um die

Züge vorbeifahren zu sehen. Ganze Stunden dachte er nicht an Salz-Wassers Tochter, bis sie eine seltsame traurige Erinnerung wurde. Viel dachte er über seine Wirte nach.
Der Gedanke mit dem Neuen war gut gewesen, und sie hatten vieles zu bieten, von der Eisenbahn und dem Cocktail mit seinem Geschmack und seiner überraschenden Wirkung bis zu Schlanken-Mädchens Erzählungen von den Amerikanern. Abends berichtete sie von ihren Sitten, von Kalifornien und von andern Völkern, ähnlich wie die Amerikaner, von denen sie gehört hatte, jenseits des großen Wassers, wobei sie die erstaunlichsten Dinge glaubwürdig zu machen verstand. Sie verglichen ihre Kenntnisse mit den eigenen Erfahrungen in der Reservation und redeten über die Arbeiten der Amerikaner, über das Gute und Schlechte, das sie den Navajos gebracht hatten. Sie redeten von dem Zug gegen Stumpfe-Nase und erzählten Geschichten von alten Zeiten und von Soldaten. Das führte zu den einstigen Kriegen mit den Utes und den Steinhausleuten, und sie stritten sich, ob sie unter dem jetzigen erzwungenen Frieden gewonnen oder verloren hätten. Lachender-Knabe und Schlankes-Mädchen waren sehr vergnügt.
Es war schon kalt genug, um die Decke über die Schulter zu schlagen, als Spaßender-Squaw-Sohn und Lachender-Knabe eines Tages zur Weide hinausritten und sein Pferd einfingen. Lachender-Knabe war traurig, daß sein Freund fortging. Sie saßen auf und gaben sich die Hände.
»Ich werde im Norden auf euch warten.«
»Wir werden kommen. Aber ich hoffe, du besuchst uns hier noch einmal.«
»Ich hoffe, ihr kommt noch eher zu uns. Ich habe in eurem Hause gelebt, ich habe euch gesehen. Ihr seid beide glücklich, denke ich, ihr liebt euch. Aber ihr fürchtet euch. Die ganze Zeit, während ihr glücklich seid, wartet ihr auf etwas hinter

eurem Rücken, denke ich. Ich verstehe das nicht. Aber das ist es, was ich gesehen habe. Euer Leben sieht aus wie das Leben unseres Volkes; seltsam ist nur, daß sie in die Stadt geht. Aber es ist nicht nur sie allein, ihr seid es beide, die anders leben als wir. Ich weiß nicht, was es ist, aber ihr tragt Mokassins, die euch nicht passen. Je eher ihr zu deinem Volk zurückgeht, je besser, denke ich. Ich werde auf euch warten. Ihr habt mir das Leben wiedergegeben.«

»Es wird ein guter Tag sein, wenn wir uns wieder begegnen.«

Er bedauerte, daß sein Freund fortritt; er war ihnen so gute Gesellschaft gewesen. Vorher hatten sie zu einsam gelebt; durch ihn war das besser geworden. Jetzt drängte es Lachenden-Knaben, zu seiner Frau zu kommen und mit ihr über den Gast zu sprechen. Er ritt eilig heimwärts.

52

Der Anfang des Kleinen-Schnee-Monds war wieder herangekommen, die Jahreszeit, in der die Pferde auf der Suche nach Weide oft davonwandern. Lachender-Knabe wachte über seine Herde und war kaum überrascht, als er an einem Tag mit scharfem Wind, der die Spuren verwehte, entdeckte, daß sein dreijähriger Hengst fehlte. Er mußte schon seit einer Weile fort sein; in den benachbarten Distrikten war er nicht zu finden, und bald verlor sich seine Spur vollständig. So kehrte Lachender-Knabe nach Hause zurück und bereitete sich auf eine Abwesenheit von etwa einer Woche vor, um zu suchen; denn das Tier war wertvoll.

Schlankes-Mädchen besorgte für ihn Schokolade und andere Leckereien. Das Wetter war nicht mehr warm, er wußte noch nicht, wo er Rast machen würde, und sie fühlte, daß ihm Beschwerliches bevorstand. Aber wie er sagte, konnte man so ein gutes Pony nicht nach Belieben in einer Gegend herumstreifen lassen, die voller Kenner und Liebhaber von Pferdefleisch war.

Vier Tage lang war er erfolglos. Am fünften fand er nach Andeutungen eines Hopi-Postläufers die Fährte nördlich von Winslow wieder. Am nächsten Morgen entdeckte er es, kaum fünfzehn Meilen von Los Palos.

Es hatte keine Lust, zur Herde zurückzukehren. Als es ihn zuerst erblickte, wanderte es grasend weiter, und als es ihn vorsichtig näher kommen sah, fiel es in Trab und hielt den ganzen Morgen, den Schritt dem seinen anpassend, etwa eine Viertelmeile Entfernung. Er versuchte es nach links zu treiben, aber es schien seine Absicht zu erraten, nahm den Vorteil eines Hügels wahr, der den geraden Weg abschnitt, brach scharf nach rechts aus und galoppierte blindlings eine Meile in Richtung der Eisenbahn. Es war nie verschreckt, nie zu eilig, und verbrauchte nur soviel Kräfte wie nötig.

Während der Verfolgung bewunderte Lachender-Knabe das Tier. Der Fuchshengst stand gerade in voller Kraft, mit glänzenden runden Flanken, kräftigen Muskelsträngen am Ansatz von Hals und Brust, spielenden Lichtern und Schatten am Widerrist, gebogenem Nacken, spitzen kleinen Araberohren, knochigem Kopf und mit Augen und Nüstern, aus denen Charakter und Klugheit sprachen. Es war eins dieser seltenen Ponys, in denen ein Stück Geschichte des Landes zu lesen ist: ein Nachfahre der leichthufigen schmalköpfigen arabischen Pferde der spanischen Konquistadoren.

Der Mittag war heiß, sandiger Staub flog in Wolken auf der Spur. Lachender-Knabe kaute im Reiten Schokolade und Rosinen und dachte daran, wie die Männer auf dem Kriegszug ihm das gleiche zur Erfrischung geboten hatten. Ja, dieses

Mädchen, eine ganze Kriegerrotte wog sie auf. Der Hengst scheute vor den Eisenbahnschienen, besann sich und setzte dann mit einem nervösen Sprung darüber hinweg.
Lachender-Knabe glaubte nun, daß er ihn hätte; die schmutzige Vorstadt auf der seinem Hogahn entgegengesetzten Seite lag vor ihnen. Er ritt vorsichtig näher. Es handelte sich jetzt darum, das Tier in eine Ecke zu drängen, so daß er absitzen konnte, denn Navajos gebrauchen das Lasso nicht im Sattel.
Jetzt fing der Hengst an zu jagen, die Sache wurde schwierig – er brach nach rechts aus, Lachender-Knabe peitschte sein Pony vorwärts, holte ihn ein, dann nach links, und die Häuser schnitten wieder den Weg ab. Eine verzweifelte Jagd, um die Rückkehr auf der alten Spur zu vereiteln; Hengst und Reiter rasten zwischen zwei Häusern, zur Bewunderung eines alten mexikanischen Weibes und zum lärmenden Schreck eines Köters.
Das Pony war jetzt etwas ferner, und Lachender-Knabe verlangsamte den Schritt. Es trabte an einem Adobe-Haus vorbei, das allein unter zwei Pappeln stand, und fing dicht dahinter in einer kleinen Senkung an zu grasen. Lachender-Knabe ritt vorsichtig heran und benutzte das Haus als Deckung. Er überlegte, daß er dahinter absitzen und das Tier in der Ecke zwischen zwei Drahtzäunen fassen könnte. Das Pony ging schon in die Falle, da es den Draht nicht bemerkte.
Er ritt im Schritt dicht an der Lehmmauer, die die Sonnenhitze mit stickig lehmigem Geruch zurückwarf. Als er am Fenster vorbeikam, sah er hinein und riß sein Pferd so plötzlich zurück, daß es stieg, während sein Herz einen Augenblick stillstand und sein ganzer Körper wie betäubt war. Eine verzweifelte helle Stimme schrie drinnen auf.
»*Scha hast'ien, scha hast'ien codji!* – Mein Mann, mein Mann!«
Und eine Männerstimme sagte: »Mein Gott!«
Ehe er etwas denken konnte, riß er das Pferd herum und jagte

wie wahnsinnig nach der Türseite. Als er um die Ecke kam, stürzte ein Amerikaner heraus ohne Hut, sah Mann und Pferd auf sich los kommen, sprang beiseite und stand einen Augenblick wie erstarrt. Des Indianers Hände spannten den Bogen, ohne daß er es wußte. Der Mann lief nach der Stadt, fast von selber sprang der Pfeil auf die Sehne, bewegten sich Arme und Hände, zogen an, schossen los, aber das aufgeregte Pony wollte nicht stehen, und das Geschoß ging weit nach rechts. Ein zweites war in der Luft, ehe das erste fiel, aber es streifte den Mann nur über der Schulter dicht am Ohr und schreckte ihn zu einem wilden Satz und erneutem Hetzlauf auf. Etwas Lächerliches lag darin, und das machte Lachenden-Knaben ruhig. Er brachte das Pferd zum Stehen und schoß gelassen. Der Pfeil traf gerade unter der Schulter, der Amerikaner fiel vornüber, überschlug sich fast, riß sich hoch und raste mit letzter Anstrengung um die Ecke. Ruhig wartete Lachender-Knabe vor dem Hause. Später würden schreckliche Gefühle und Gedanken kommen, aber jetzt wußte er, was er zu tun hatte. Sein Gesicht schien ohne Alter; es war kaum das Gesicht eines einzelnen, eher das einer Rasse.

Schlankes-Mädchen stand in der Tür, hübsch, in amerikanischen Kleidern.

»Komm hierher, kleine Schwester.«

Die Stimme war gelassen und unpersönlich.

Sie kam langsam. Zum erstenmal, seit er sie kannte, sah er, daß ihre Selbstsicherheit nur Oberfläche war. Ihr Blick ging starr geradeaus, als ob ein Scheinwerfer vor ihr herging, der ihr die Hölle zeigte. Sie stand neben seinem Sattel.

»Hast du ihn getötet?«

»Nein, ich traf ihn in die Schulter.«

Das war der vierte Pfeil. Es war in Ordnung, daß solche Dinge zu vieren geschahen wie auch alle heiligen Dinge. Die Götter waren darin.

»Du aber hast uns beide getötet, denke ich.«
Sie antwortete nicht. Er sah ihr in die Augen, dann schaute er weg; nicht aus Scham, sondern nur, weil zuviel aus ihnen sprach. Noch durfte er sich nichts klarmachen. Er mußte den Kopf oben behalten. Er dachte, wie schön sie war, und fühlte, wieviel er verlor.
»Du verstehst, was ich tue?«
Wieder antwortete sie nicht.
Er legte den vierten Pfeil bedächtig auf, zog die Sehne an, schoß ab. Das Schwirren der Sehne echote ins Weite. Bei dem Laut wurde er sich der Verzweiflung bewußt, die sich in ihm aufstaute wie Hochwasser hinter zu schwachem Damm, dicht davor, durchzubrechen und alles mitzureißen. Als er die Sehne losließ, sah er ihre offene rechte Hand quer vor dem Bogen, den linken Arm erhoben. Nun stand sie da mit starrem Lächeln, die Augen wieder sie selbst. Ihre rechte Hand war noch vor dem Bogen erhoben in wunderlich steifer Gebärde. An den Fingerspitzen war Blut. Der Pfeil steckte, fast bis zu den Federn durchgestoßen, in ihrem linken Unterarm.
Er sah sie wie aus weiter Ferne. Das alles war schrecklich, etwas Unmögliches war geschehen. Sie hielt den Arm steif erhoben, ihre Lippen waren wie gefroren in diesem starren Lächeln. In einem Augenblick würde sie sprechen. Das Gefühl der Wirklichkeit kam über ihn. Er hob die Zügel und ritt langsam um die Hausecke.
Der Hengst beobachtete ihn ängstlich. »Geh deines Weges, kleiner Bruder.« Er sah das Tier an, während er vorbeiritt, dann sah er auf die Ohren seines Reitpferdes hinunter. »Ihr werdet gezäumt und geritten, aber ihr seid besser daran als ich. Die Welt wäre gut, wenn wir alle Wallache wären, meine ich.«

53

Das Pony trug ihn ungelenkt langsam zu seinem Haus. Er brachte es weg und machte einen weiten Bogen von der andern Seite bis zu dem Hügel unter dem Baum. Das Haus, das Mais-Stoppelfeld, die fünf aufstrebenden Pfirsichbäumchen, der Korral, alles ihm lieb und teuer, lagen wie ein unbegreiflicher Gegensatz unter den langgestreckten friedlichen Nachmittagsschatten. Wie der Anblick des vertrauten Körpers eines eben Gestorbenen oder seiner kleinen Besitztümer, der Gegenstände, die eben hingelegt scheinen, um wie immer zur Hand genommen zu werden, so wirkte der Anblick dieser Dinge auf Lachenden-Knaben. Ihr Webrahmen unter dem Sonnendach aus Zweigen stand vor der Tür, unten war eine halbfertige Decke aufgerollt. Unglaubhaft, nicht wirklich – nur – es war so. Er durchdachte den vergangenen Tag, suchte weiter in der Vergangenheit, als ob er so entdecken könnte, wo die falsche Fährte anfing, damit dieses Unglück auf einen Irrtum zu beschränken wäre.

Zehntausend Dinge sagten ihm, daß das, was er erfahren hatte, unsinnig war, aber alles führte immer wieder zurück zu dem Fenster in dem Adobe-Haus und der hellen entsetzten Stimme, die rief: *»Scha hast'ien, scha hast'ien codji!«*

Jetzt hatte er Zeit, nachzudenken, aber mehr als eine Stunde verging, ehe ihn nicht schon die Anfänge des Nachdenkens in wilden Aufruhr brachten. Das Gebet half ihm. Er beruhigte sich und rollte sich eine Zigarette.

Nun muß ich wählen zwischen ihr und mir selbst. Wenn ich bei ihr bleibe, verliere ich mich selbst. Ich bin ein Mann. Ich bin ein Krieger. Wenn ich sie nicht aufgebe, werde ich etwas anderes, als ich bisher immer gewesen bin. Die Welt verwandelt sich, die guten Dinge, die schlechten Dinge, alles verwandelt sich. Und verwandelt sich zum Schlimmen. Ich kann nicht

noch einmal auf sie schießen. Ich kann das nicht tun. Wenn ich sie verlasse, bin ich noch ich, aber ich und die Welt sind tot. O mein Freund, mein Freund, deine Wahl war so einfach, du hattest es gut. Der Pfeil streifte dich nur; mir ging er durch die Eingeweide. Und als es an mir war, den Pfeil zurückzusenden, schoß ich fehl.
Oh, recht benannt, Kam-mit-Krieg, Kam-mit-Krieg, oh, schön! Warum gibt man Frauen Namen mit Krieg? Ich weiß jetzt, warum. Mein Oheim hatte recht. Ich kann jetzt nicht gehen und ihnen ins Gesicht sehen. Mich töten. Dann wäre alles klar. Aber nicht jetzt, nicht hier. Wenn es so bleibt wie jetzt, dann werde ich das tun in meinem eigenen Land. Kam-mit-Krieg, Kam-mit-Krieg, Schlankes-Mädchen, du Coyote, du Teufel, du schlechte Frau!
Er kämpfte lange, diesen Entschluß vor Augen, bis er ihn annahm. Die Sonne stand tief, das kleine Tal zwischen den Hügeln lag ganz im Schatten. Er hatte sie nicht zurückkommen sehen und hoffte, daß sie nicht da war. Es würde Bitten, Reden, Tränen geben – schrecklich. Wenn sie nicht da war, würde er nur seine Sachen nehmen und fortgehen. Die fehlenden Sachen würden alles erklären.
Das war alles zuviel für ihn. Ihm war, als ob ein Sturmwind ihn schüttelte. Das kleine Haus da unten war ein Ort lauernder Qual. Er krampfte die Hände zusammen und wiegte den Kopf von einer Seite zur andern. Das war viel schlimmer als Krieg. Er wandte sich zu den Göttern und sprach das Gebet eines Mannes, der in die Schlacht geht:

»*Schinahasché nagëi, nagëi, alili kat' bitaschah*...
Ich denke der feindlichen Götter, der feindlichen Götter,
unter deren Waffen ich nun wanderte,
A–yé–yé–yé–ya–hai!
Nun, Töter feindlicher Götter, trete ich allein unter sie,

Die feindlichen Götter, ich wandere unter ihren Waffen,
Von den Gipfeln der Berge gestreift, trete ich allein unter sie,
Die feindlichen Götter, die feindlichen Götter,
  unter ihren Waffen wandere ich,
Nun auf der Vorzeit Spur, nun auf der Schönheit Pfad,
Die feindlichen Götter, die feindlichen Götter,
  unter ihren Waffen wandere ich.«

Das Gebet paßte, und es half ihm. Nun war es nicht mehr er allein, der mit diesen furchtbaren Dingen kämpfte, nun würde die unsichtbare Macht des Guten ihn stärken. Sein Pferd am Zügel, schritt er langsam zu seinem Haus hinunter.

54

Ihre Spur war da, windverweht im Sand. Sie mußte geradewegs nach Hause gegangen und dort angekommen sein, ehe er den Hügel erreicht hatte. Mit Grauen trat er in die Tür, dankbar für das Halbdunkel drinnen. Sie hatte wieder Navajokleidung an, Mokassins, Rock und Gürtel, aber ihre Jacke war nur über die rechte Schulter gezogen und ließ den linken Arm und die Brust frei. Dachte sie vielleicht...? Er sah sie an wie einen Feind.
»Ich gehe weg.«
»Gut. Aber zieh erst dies heraus. Ich bin nicht stark genug.« Sie hielt ihm den Arm hin, den der Pfeil durchbohrt hatte.
Er starrte ihn an, und es wurde ihm elend dabei. Er vermied es, ihr Gesicht anzusehen, aber er wußte, daß das Blut unter der bronzenen Haut gewichen war und sie gelblich-weiß mit einem grünlichen Ton darunter erschien. Er starrte immer noch den Pfeil an, seinen Pfeil, mit seiner Marke darauf.
»Du mußt hinaus ins Licht kommen.«

Sie stand auf und hielt sich an der Wand. Er stützte sie bis zur Tür.
Der Pfeil war durch das Fleisch an der Unterseite ihres Armes gegangen, dicht an Pulsader und Knochen vorbei. Der Schaft ragte an beiden Seiten heraus. Von dem Widerhaken der Eisenspitze bis zur Wunde rann fließendes Blut in den Blitzfurchen des Schaftes. Die Rundung des Armes war verklebt von getrocknetem Blut und schon etwas geschwollen. An der einen Seite stand die Spitze mit den Widerhaken heraus, an der andern die Adlerfedern und die Umwicklung. Er zog sein Messer heraus.
»Ich will versuchen, ihn nicht zu zerren«, sagte er.
»Was willst du tun?«
»Ihn über dem Einschuß abschneiden. Ich kann das nicht alles durch deinen Arm ziehen.«
»Es ist ein guter Pfeil. Zieh ihn durch.«
Nie gab es eine Frau wie diese!
»Glaubst du, ich würde ihn je wieder gebrauchen?«
Er hielt ihren Arm sehr vorsichtig, er schnitt so sacht wie möglich, aber der Schaft bewegte sich trotzdem. Er hörte sie den Atem anhalten und sah, wie sie die Zähne fest in die Unterlippe biß. Sie hätte ein Mann werden sollen. Jeder Stich Schmerz in ihrem Arm ging doppelt durch sein Herz. Das Holz war dicht über der Wunde abgeschnitten.
»Jetzt!« sagte er. »Bist du bereit?«
»Zieh!«
Er riß den Pfeil heraus. Sie hatte sich nicht gerührt. Sie stand wie erstarrt, ihre Augen fast gläsern, aber sie hatte nicht gezuckt. Er kniete noch und starrte sie an, das frische strömende Blut und das rote Bruchstück des Pfeils in seiner Hand. Sie war tapfer, tapfer.
Sie flüsterte: »Gib mir etwas Whisky.«
Er gab ihr einen kräftigen Schluck in einer Tasse. Sie leerte sie

in einem Zug und seufzte auf. Die Farbe kam in ihr Gesicht zurück.
»Es wird bald dunkel sein. Du solltest lieber jetzt gehen. Ich kann schon selbst für mich sorgen. Aber eh' du gehst, sollst du eins wissen: Was du auch gesehen hast, ich liebe dich, und dich allein, und aus aller Kraft. Leb wohl.«
Sie gab ihm die Tasse zurück. Als er sie nahm, berührten sich ihre Finger, und er sah ihr in die Augen. Etwas in ihm brach zusammen. Er schlug vornüber, den Kopf auf den Knien, und fing an zu schluchzen. Sie legte ihm die Hand auf die Schulter.
»Du hast dich übereilt, denke ich. Man soll nicht einer neuen Fährte folgen, ohne sich umzusehen. Und du hast nichts gegessen, du bist müde. Es ist schlimm für dich gewesen. In einer Minute mache ich Kaffee heiß, und wir können offen darüber reden.«

55

Die Nacht war kalt genug, um drinnen ein Feuer anzuzünden. Nach ihrer Anweisung bereitete er Konserven und Kaffee, aber jeder schob die Bissen nur herum. Er hatte das Gefühl, daß sie eine Lösung für sie beide finden würde. Was sie eben miteinander erlebt hatten, veränderte wieder alles, er wußte nicht, wie ihm zumute war. Die Grenzen verschoben sich zu schnell, er war wieder in innerem Aufruhr, mußte neue Entschlüsse fassen.
Sie bat ihn, ihr eine Zigarette zu rollen. Dann sagte sie: »Mach das Getränk, wie du es von mir gesehen hast, nur mach auch für mich etwas mit.«
Er zögerte.
»Fürchte dich nicht vor meiner Medizin.«

Er murmelte ein verneinendes Wort und mischte das Getränk. Sie schlürfte das ihre langsam. Sie brauchte Kraft, sie war fast erschöpft, und eine Schlacht mußte geschlagen werden.
»Du kannst nie wissen, ob eine Sache gut oder schlecht ist, wenn du nicht alles darüber weißt und ihre Ursachen. Ich will nicht versuchen, gut zu nennen, was ich getan habe, aber ich will dir meine Geschichte erzählen, die du nicht kennst. Dann kannst du urteilen.«
Er hatte kaum erwartet, daß sie so gerade aufs Ziel losgehen würde. Er war auf Lügen vorbereitet.
»Rolle mir eine Zigarette. Ich muß weit zurückdenken.
Als ich ein kleines Mädchen war, holten sie mich fort zu der Jahresschule in Großem-Wasser, wie du weißt. Sie holten mich, weil ich gut lernte in der Tagesschule in Zhil Tséchiel, und darum wollten sie, ich sollte mehr lernen. Ich habe dir erzählt, wie sie darauf aus waren, daß wir nicht Indianer sein sollten; es glückte ihnen auch ganz gut. Ich wollte Amerikanerin werden. Damals vergaß ich die Götter, ich folgte dem Jesuspfad. Ich kam gut vorwärts in der Schule.
Während ich dort war, gingen mein Vater und meine Mutter alle beide unter die Erde. Meine Mutter hatte keine Brüder und Schwestern mehr, und ich war ihr einziges Kind. Ich sah nicht ein, warum ich zu meinem Volk zurückgehen sollte. Ich war Amerikanerin, mit einem amerikanischen Namen, und dachte amerikanisch.
Ich wuchs heran. Ich hätte gern für Washington auf einer Reservation gearbeitet, so wie diese Papago-Frau, die Zeitungen für den amerikanischen Häuptling in Nanasdési schreibt. Aber solche Arbeit konnte ich nicht gleich bekommen, und darum sagten sie, ich könnte für einen Prediger in Kien Doghaiyoi arbeiten – du weißt, die Große Stadt. Die Amerikaner nennen sie Oñate.«

»Ich habe gehört.« Er forschte in ihrem Gesicht. Ihre Stimme war leise und tonlos; sie sprach langsam, aber dahinter spürte er ihre Gespanntheit.
»Ich ging dahin, vor etwa drei Jahren. Ich liebte den Jesusweg. Ich dachte, es wäre gut, für einen Prediger zu arbeiten. So kam das.«
Sie starrte ins Feuer, während sie einen Schluck von dem Getränk nahm.
»Er war ein guter Mann, und seine Frau war sehr gut. Aber sie hatte nicht viel zu sagen. Ich mußte schwer arbeiten, aber alles war gut.
Ich lernte seltsame Dinge. Ich hörte von den schlechten Frauen – sie leben davon, daß sie mit Männern schlafen, die sie dafür bezahlen. Manche davon waren Amerikanerinnen, ein paar waren auf der Missionsschule gewesen wie ich. Der Prediger predigte manchmal gegen sie; ich fand, das brauchte er nicht zu tun. In ihren Gesichtern war etwas anders geworden, in ihren Augen; ihr Mund war oft schlimm. Sie waren wie aus einem schlechten Traum. So dachte ich damals.
Nach und nach verliebte ich mich in einen Mann. Er war groß und hübsch, und er redete fromm. Er arbeitete auf einer Farm in der Nähe. Die amerikanischen Mädchen hatten ihn gern. Daß er mir nachging, schmeichelte mir. Er war wundervoll, fand ich. Wir wollten heiraten und eine Ranch zusammen haben. Es war fast zu gut, um es zu glauben, dachte ich.
Ich erschrak, als er wollte, daß ich mit ihm schlafen sollte, aber er brachte es fertig, daß ich es ganz in Ordnung fand. Er wußte, wie man die Frauen dazu bringt, daß sie sich vergessen, dieser Mensch.
Dann merkte ich, daß ich ein Kind haben würde. Das nächste Mal, als er in die Stadt kam, bat ich ihn, mich rasch zu heiraten. Er machte Versprechungen. Als er dann nicht wieder in die Stadt kam, ging ich auf die Ranch, wo er arbeitete. Er wurde

zornig, als er mich da sah. Er bot mir Geld an, aber ich sagte, ich verlangte die Heirat.
Ich bat und weinte. Er wurde böse und gab mir Schimpfnamen. Er sagte, ich solle mich davonmachen, er könne keine Squaw an sich hängen haben. Ich lernte eine Menge. Auf einmal war ich nicht mehr so jung wie vorher.
Ich ging zurück zu dem Prediger. Ich hatte keine Angst, es ihm zu sagen, aber ich schämte mich. Es ließ mir keine Ruhe. Ich ging zu ihnen und sagte: Ich bekomme ein Kind. Es ist von dem Mann. Er will mich nicht heiraten.
Sie waren beide erstaunt; dann wurde der Prediger böse. Er nannte mich schlecht. Er fragte, was all mein Lernen mir nun genützt habe; er nannte mich undankbar. Wenn ich gewartet hätte, bis er fertig war, dann hätte seine Frau gesprochen, und sie hätten mir wohl geholfen, denke ich. Aber ich hatte nun gemerkt, daß jedermann das eine sagte und das andere tat. Der Jesuspfad schien mir eine Lüge. Ich sagte ihm das. Ich warf ihm seine Religion vor die Füße. Dann sagte er häßliche Dinge von mir und warf mich aus dem Hause.
Mein Geld war bald zu Ende. Ich hungerte. Ich glaubte, die Scham stünde mir auf dem Gesicht geschrieben. Aber trotzdem blieb ich stark. Ich dachte, wenn die Welt mich jetzt auch geschlagen hat, so will ich doch weiterkämpfen und mit der Zeit sie schlagen. Aber damals war ich verzweifelt.
Dann redeten diese schlechten Frauen mit mir. Sie nahmen mich auf und gaben mir zu essen; sie waren freundlich, die schlechten Frauen. Alle meine Gedanken waren auf den Kopf gestellt. Alles war mir einerlei. Mein Herz war erstarrt. Ich lernte ihr Gewerbe. Ich tat, was sie taten. In den paar Monaten mit dem Kind in mir machte mich das sehr krank. Aber sie sorgten für mich, diese schlechten Frauen.
Ich litt Schmerzen, das Kind wurde viel zu früh geboren, tot. Ich war froh.

Als ich gesund war, ging ich wieder zu ihnen zurück. Ich hatte viel nachgedacht, ich hatte vieles gelernt. Ich sah, daß dieses neue Leben schlecht war. Ich sah die Gesichter, die leeren Herzen dieser Frauen, so freundlich sie auch waren. Ich haßte alle Amerikaner, und ich nahm mir vor, daß ein Amerikaner mir für das bezahlen sollte, was ein Amerikaner mir getan hatte. Ich dachte an meinen wahren Namen. Ich wäre gern zu meinem Volk gegangen, aber ich wußte nicht, wie. Und ich wollte es denen heimzahlen. Ich hatte meinen Plan.
Ich merkte eines – daß die Männer, wenn sie zu diesen Frauen gingen, sich gern zum Narren halten und sich vormachen ließen, daß es eine andere Art Frauen wäre und daß sie geliebt würden. Ich sah noch nicht aus wie diese Frauen. Ich sah jung aus und anständig. Das hatten sie gern, diese Männer. Damals machte mir das alles nichts aus; es war mir nicht anders, als wenn ich ihnen eine Mahlzeit kochte. Es hatte nichts mit Liebe zu tun, nichts mit dem, was du kennst.
Ich wartete auf eine Gelegenheit, und mit der Zeit fand ich eine – einen Mann aus dem Osten, den da. Er benahm sich ordentlich. Er fühlte sich einsam. Und er dachte nicht so verächtlich von den Indianern wie die meisten von den Leuten hier, dieser Mann.
Ich war sehr vorsichtig mit ihm. Ich machte es nicht so wie diese Frauen, die gewöhnlich nur auf das Geld von dem Mann aus sind und ihn dann schnell los sein wollen. Ich tat so unschuldig wie ich konnte. Er sagte, es täte ihm leid, daß ich solch ein Leben führte. Ich hatte ihn in der Falle. Drei Nächte war er in Kien Doghaiyoi, und alle drei Nächte kam er zu mir. Ich wußte bald alles über ihn.
Nach zwei Wochen kam er zurück, und ich sah ihn wieder. Jetzt hab ich ihn, dachte ich.
Zehn Tage später kam ich hierher nach Chiziai. Ich hatte Geld. Ich nahm das Haus, wo du mich gesehen hast. Ich wartete. Er

lebte eine Tagereise von hier. Am fünften Tage kam er her. Ich richtete es so ein, daß ich ihm begegnete, als er allein war. Er war überrascht und freute sich. Ich lud ihn ein, am Abend in mein Haus zu kommen. Ich hatte Essen und viel Whisky für ihn, so daß er schließlich einschlief. Als er am andern Morgen aufwachte, kam die Probe. Er fühlte sich elend und schämte sich, im Haus einer schlechten Frau aufzuwachen. Ich gab ihm sein Geld, zweihundert Dollar, und sagte ihm, er möge es zählen, damit er wisse, daß alles da sei. Dann gab ich ihm Kaffee und etwas Whisky, und dann Essen. Er fragte, wieviel ich haben wollte. Ich sagte, für Geld hätte ich es nicht getan. Dann gab ich ihm noch etwas Whisky und behielt ihn den ganzen Tag da. Ich machte ihn nicht betrunken und handelte wie eine gute Frau, die ihn als Freund ansah. Am andern Morgen sagte er, daß er zur Arbeit zurück müsse. Er sagte, er würde mich besuchen, wenn er wieder in die Stadt käme, und er wollte, ich wäre nicht, was ich war. Er war einsam, dieser Mann. Sie waren nicht sein Volk, diese Amerikaner hier; sie sprachen anders. Er war wie ein Navajo, der unter Apachen lebt.«

Ihre Stimme bekam einen triumphierenden Klang.

»Ich sagte: ›Du wirst mich nicht finden.‹ – Er sagte: ›Dann in Kien Doghaiyoi.‹ – ›Nein‹, sagte ich, ›mit dem allen bin ich fertig. Ich habe es nur getan, weil ich mußte. Ich haßte es.‹ Er fragte, wie das kam. Ich sagte ihm halb die Wahrheit und halb Lügen, damit es besser klang, und sagte, daß ich es nur ein paar Wochen getan hätte. Nun, sagte ich, sei da ein alter Navajo zu mir gekommen, den ich immer schon gekannt hätte; ich liebte ihn nicht, aber er sei ein guter Mann, und ich würde ihn heiraten. Aber erst habe ich ihn – den Amerikaner – noch einmal sehen wollen, weil er gut zu mir gewesen sei und weil er nicht sei wie die andern. Deshalb sei ich jetzt nur für ein paar Tage hergekommen, sagte ich.

Er dachte etwas nach. Er sagte: ›Bleib.‹ Er sagte, er werde mir Geld geben. Ich tat, als ob ich von ihm kein Geld nehmen wollte, und ließ mich von ihm überreden. Ich hatte Angst, daß er mich bitten würde, ihn zu heiraten, aber so ein Narr war er nicht. Schließlich sagte ich: ›Gut!‹ Ich hatte gesiegt.«
Bei dem letzten Satz klang Triumph aus ihrer Stimme; nun fiel sie wieder in das gleichmäßige, langsame, müde Sprechen zurück.
»Ich sagte ihm, hier könne ich als Navajofrau nicht leben. Es sei besser, wenn ich den alten Navajo heiratete und in der Nähe lebte, dann könnte ich ihn treffen, wenn er in die Stadt käme. Mit Whisky, sagte ich, würde der Mann zufrieden und glücklich sein. Ich sagte, er sei alt.
Er wollte nicht, daß es bekannt würde, daß er eine Navajofrau aushielte, darum willigte er ein. Er gab mir fünfzig Dollar. Es gab damals aber keinen Navajo.«
Sie hielt inne. »Rolle mir eine Zigarette.« Sie rauchte sie zu Ende. Dann sprach sie weiter: »Ich war nicht glücklich. Es war für mich gesorgt, ich rächte mich durch ihn, aber ich lebte nicht. Ich wollte zu meinem Volk. Ich war ganz allein. Deshalb habe ich mich mit Rotem-Mann angefreundet. Er ist nicht gut, dieser Mann. Es war ihm einerlei, ob ich schlecht war, er hoffte nur, daß ich mit ihm schlecht sein würde. Das war ich nie, aber ich ließ ihm die Hoffnung. Durch ihn erinnerte ich mich an die Sitten meines Volkes, ihre Sprache wurde mir wieder geläufig. Er half mir viel. Ganz schlecht ist er nicht, dieser Mann.
Unser Volk sah mich über die Schulter an. Ich war eine junge Frau und lebte allein, sie wußten nicht, wovon, so dachten sie sich ihr Teil. So kam das. Dein Oheim weiß von dem Gerede. Länger als ein Jahr ging das so. Dann sah ich dich, und alles wurde anders. Ich hatte gedacht, ich sei tot gegen die Männer, und nun fühlte ich, daß ich dich liebte. Mit dir konnte ich leben, ohne dich war ich schon tot.

Ich hatte recht. Unsere Art Leben, zu dem du mich geführt hast, mein Weben, unser Singen, alles ist besser als bei den Amerikanern. Das hast du gemacht.
Ich hatte genug, aber ich dachte, ich könnte noch mehr haben. Ich wollte es für dich. Du gabst mir wieder, was die Amerikaner mir gestohlen hatten, seit sie mich aus meiner Mutter Hogahn holten. Ich fand es richtig, daß ein Amerikaner dir und mir Tribut zahlte, ich glaubte, es wäre die Vollendung meiner Rache. Nach all dem, was mir geschehen war, schienen mir manche Dinge nicht schlecht, die andern Leuten schlecht scheinen. So blieb ich dabei. Dir sagte ich es nicht, ich wußte, daß es dir nicht recht sein würde.
Ich dachte, alles sei gut so. Was ich mit ihm tat, hatte nichts mit dem zu tun, was ich mit dir tat, es war eben Arbeit. Es war für uns.
Und ich hatte keine Lust, Schafe zu hüten und früh dick und häßlich von der Arbeit zu werden wie die Navajofrauen. Ich wollte viel Geld haben und dann nach dem Norden gehen und Kinder mit dir haben und schön bleiben, bis ich alt bin, wie die Amerikanerfrauen. Ich war töricht.
Dann sah ich dein Gesicht im Fenster, und die Welt wurde Asche, und ich wußte, daß es Dinge gibt, die schlimmer als der Tod sind. Das ist alles, das ist die Wahrheit. Ich habe gesprochen.«
Sie sank zurück, erschöpft, mit geschlossenen Augen. Lachender-Knabe zündete eine Zigarette am Feuer an. Dann sagte er: »Ich höre dich. Schlafe. Es ist gut.« Er kauerte in der Tür und rauchte.

56

Er war mit sich selbst in Frieden. Nun endlich kannte er seine Frau, nun endlich verstand er sie, und alles war gut. Irrtum, nichts Böses. Etwas Feindliches und Stolzes in ihr war zerstört worden. Er war müde, erschöpft vor Erregung, aber er konnte seinen Rauch zu den Sternen aufkräuseln sehen und die kalte Luft durch die Decke spüren, ganz ruhig, denn er war seiner selbst gewiß. Er hatte das Gefühl, ohne besonderen Grund, als müsse er Wache über Schlankes-Mädchen halten. Aber er wurde schwer von Schlaf. Er ging hinein ans Feuer, zog Schaffelle um sich und schlief ein.

Am Morgen brachte er ihr zu essen und verband ihre Wunde. Nachdem sie gegessen und geraucht hatten, redete er.

»Du hast in einer schrecklichen Welt gelebt, die ich nicht kenne. Ich kann dich nicht nach meiner Welt beurteilen. Ich glaube, ich verstehe. Du hast mich betrogen, aber du bist mir nicht untreu gewesen, denke ich. Leben ohne dich wäre eine Art Tod für mich. Nun weiß ich, daß ich nicht tun muß, was ich glaubte zu müssen, und bin froh darüber. Nun kenne ich dich, und es gibt diese Heimlichkeit nicht mehr, die wie ein Fluß zwischen uns gewesen ist.

Sobald du kannst, gehen wir in den Norden. Wenn du einen Ort weißt, wo du Verwandte hast, können wir dahin gehen. Wenn nicht, dann gehen wir nach T'o Tlakai oder irgendwohin, wo deine Sippe stark ist, oder wohin du willst. Wir werden die Schafe bekommen, die meine Mutter für mich hält, und wir werden noch andere kaufen, und wir werden unter unserm Volk leben. Das ist der einzige Weg, denke ich.

Verstehe aber: Wenn wir zusammen gehen, dann gehen wir in meine Welt, unseres Volkes Welt, und nicht in diese Welt der Amerikaner, die ihren Weg verloren haben.«

Sie küßten sich.

»Ich werde überall glücklich sein, wo du mich hinführen willst. Wie du gesagt hast – es ist jetzt nichts mehr zwischen uns. Du hast alles wiedergutgemacht und mich gerächt für alles, was die Amerikaner mir getan haben, mein Töter-feindlicher-Götter.«
»So darfst du mich nicht nennen. Es ist böse, Menschen mit solch einem Namen zu nennen.«
Sie antwortete ihm mit einem neuen Kuß. Er dachte, daß er sie noch nie so glücklich gesehen hatte. Zum erstenmal, seit er sie kannte, sah sie so jung aus, wie sie war, ein Jahr oder zwei jünger als er selbst. Ihr Gesicht war voll Frieden.
Dann machten sie Pläne. Sie rechneten zusammen, was sie hatten, und kamen zu dem Schluß, daß sie die erstaunliche Summe von dreitausend Dollar in Geld, Gütern und Pferden gesammelt hatten. Er wollte das nicht nehmen, was von ihrem Liebhaber kam, aber sie sagte: »Doch. Ich habe es gewonnen wie Beute im Krieg. Es war Krieg, den ich mit ihm führte. Und es wurde auch dein Krieg, als dein Pfeil ihn traf. Und wir haben beide unser Teil dafür gezahlt, denke ich.«
»Vielleicht wird er die Polizei nach uns schicken, wenn er wieder gesund ist.«
»Nein, ich kenne ihn. Er wird nichts sagen. Er wird sich schämen, denke ich.«

57

In der Zwischenzeit brachte Lachender-Knabe die meisten seiner Pferde ein paar Tagereisen weiter nach Norden, nicht weit von Zhil Clichigi, wo er sie in einem Box-Cañon* ließ, in dem es eine Quelle und etwas Futter gab.

* Talabschluß

Er kaufte Vorräte bei einem Händler an der Straße nach T'o Hatchi. Schlankes-Mädchen hatte ihm gebeichtet, daß die Geschichte von dem gegen ihn erlassenen Haftbefehl wegen des Pah-Ute eine Lüge gewesen war, aber alles in allem gesehen schien es ihr doch besser, daß er sich von der Stadt fernhielt. Er sagte, daß es ihm schon etwas sonderbar vorgekommen sei, daß von einem Pah-Ute soviel Aufhebens gemacht würde.

»Das nicht«, sagte sie, »aber sie wollen keine Schießereien.«

»Das ist wahr. Wenn eine Gelegenheit zum Kampf ist, dann wollen sie ihre Leute herschicken zum Kämpfen und nehmen uns nur als Kundschafter mit wie damals mit Stumpfer-Nase. Sie müssen viel Freude am Kämpfen haben, denke ich, und weil es bei ihnen selber nicht genug Streit gibt, kämpfen sie für andere Leute. Das ist etwas Gutes und zugleich etwas Schlechtes.

Ich verstehe sie nicht, diese Leute. Sie hindern uns, die Steinhausleute* und die Mexikaner zu überfallen, was recht schade ist; aber sie hindern auch die Utes und die Comanches, uns zu überfallen. Sie haben Geld und Silber ins Land gebracht und Stoff für unsere Kleider. Sie bringen Wasser aus der Erde für uns. Wir sind besser daran, als ehe sie kamen.

Aber es kommt nicht darauf an, ob sie gute oder schlechte oder dumme Sachen machen, denke ich. Wenn einer oder zwei von ihnen unter uns sind, dann sind sie nicht schlecht. Und wenn sie schlecht sind, schlagen wir sie tot wie damals Gelben-Bart in Kien Dotklisch. Aber wenn viele von ihnen da sind, können wir nicht mit ihnen zusammen leben. Das eine Mal machen sie etwas Gutes, und dann wieder holen sie ein Kind für fünf Jahre von zu Hause weg in ihre Schule. Um Lukachukai sind viele

* Puebloindianer (Hopi, Zuñi, Tewa usw.)

Leute, die zur Schule gegangen sind; die tragen ihr Haar kurz. Aber alle hassen sie die Amerikaner.
Ich verstehe das jetzt. Es ist kein Verstand in dem, was sie tun, sie sind blind, aber am Ende werden sie alles zerstören, was anders ist als sie selbst, oder das, was anders ist, muß sie zerstören. Wenn aber alles zerstört würde, was anders ist als sie, dann würde nur ein Viertel von einem Mann übrigbleiben, denke ich. Sieh bloß an, was sie dir antun wollten. Und doch haben sie das nicht aus böser Absicht getan.
Nun, bald werden wir sein, wo es wenig Amerikaner gibt, sehr wenig. Und wir werden dafür sorgen, daß unsere Kinder nie in ihre Schule kommen.«
»Bald werden wir da sein, wo es sehr wenig Amerikaner gibt.« Der Gedanke lag ihm immer im Sinn. Er war sehr glücklich, es war wie ein zweiter Honigmond. Er hatte alles Gute des Lebens behalten, und er hatte sein Selbst gerettet. Er sah, daß seine Frau von ihm abhing; sie war sehr zärtlich und dabei sehr ernst. Er verstand ihren Ernst im Hinblick auf ihre Wunde und auf alles, was geschehen war. Bald, in der neuen Umgebung, würde nur noch Grund zum Glücklichsein bleiben. Eine kleine Umstellung, eine kleine Eingewöhnung in ein weniger bequemes Leben, aber damit würde ihre Tapferkeit leicht fertig werden.
Sie war sehr zärtlich und sehr ernst, und sie dachte viel nach. Diese Krisis hatte ihr wie ein greller Blitzschein ihr eigenes Leben und sich selbst gezeigt, sie hatte ihrer alten Unabhängigkeit ein Ende gemacht. Schlankes-Mädchen hatte ihre Decke wieder aufgelöst und fing nun mit einem neuen Muster an, das nicht ohne Lachenden-Knaben gewebt werden konnte, und sie wußte, daß es kein anderes Muster mehr gab.
Es würde anfangs für sie nicht leicht sein, den Anforderungen da oben zu genügen, sich willkommen und beliebt zu machen, langweilige Dinge zu tun, Schafe zu hüten und ihr eigenes Brot

zu backen. Aber sie wollte und sie konnte es. Sie würden nach Oljeto gehen, Mondscheinwasser, ein hübscher Name und ein hübscher Ort, wenn ihre Kindheitserinnerung sie nicht betrog. Sie hatte da Verwandte, und es war weit von dem langen Arm der Amerikaner; ein wildes Land mit unerforschten Schlupfwinkeln nach Tsé Nanaazh und den Pah-Utes zu. Das würde besser sein, als mit seinen Verwandten in T'o Tlakai gemeinsam zu leben, und es war doch nah genug für gelegentliche Besuche.

»Und wir werden dafür sorgen, daß unsere Kinder nie zur Schule kommen.« Das klang in ihr wieder, und sie sehnte sich nach ihnen – seinen Kindern. Aber sie stockte vor dem Gedanken. Jetzt, wo sie so ehrlich dachte, wie sie nur konnte, grübelte sie nach, ob sie noch ein Kind haben könnte. Sie war jung, aber sie hatte viel durchgemacht. Nach dem einen schrecklichen Mal hatte sie sich, belehrt durch die Prostituierten von Oñate, nie wieder in diese Gefahr gebracht – oder vielleicht doch? Sie war nicht ganz sicher. Vielleicht konnte sie noch ein Kind haben – vielleicht aber auch nicht. Diese Sorge starrte ihr ins Gesicht wie ein auferstandener Leichnam.

Was sollte sie dann tun? Ihn eine zweite Frau nehmen lassen, die ihm Kinder tragen würde? Dann würde er schließlich diese andere lieben. Er würde nie von sich aus wollen, daß sie fortginge; aber die andere würde gegen sie arbeiten, die Mutter seiner Kinder. Und was gäbe es noch auf der Welt für sie, eine unfruchtbare Indianerin, wenn sie Lachenden-Knaben verloren hätte? Eine offene Tür in der Straße an der Eisenbahn – oder den Tod. Nichts als den Tod.

Sie mußte Kinder haben. Schließlich machte sie sich nur angst mit einer Möglichkeit. Wenn sie ganz gesund und ausgeruht war, in ihrem neuen Heim, dann wollte sie die Probe machen, und es würde alles gutgehen. So war sie ernst und sehr zärtlich.

Als ihr Arm fast geheilt war, brachte Lachender-Knabe drei seiner besten Pferde in den Korral. Sie rüsteten sich zur Reise in schönem, kaltem, klarem und sonnigem Wetter, das auf den ersten Schnee folgte. Ihr Besitz machte eine ganze Ladung aus – reichlich tausend Dollar in Silber, Türkisen und Korallen, mehrere hundert Dollar in Münzen, sein Silberschmiedewerkzeug, ihre Spindel, Webegeräte, ein Halbdutzend ausgesuchte Decken, allerlei Töpfe, Tiegel und Vorräte. Ein gutes Teil trugen sie auf dem Sattel, das übrige packten sie auf Navajoart, und das heißt schlecht, auf das überzählige Pony. Sie brachen auf mit schönen Decken über den Schultern, ihre Tiere munter in der Kälte, ihre Sättel und Zügel schwer von Silber und Messing, das Packpferd an einer bunten Pferdehaarleine führend – ein stattliches Paar.

Nach einer Zeit innerer Unruhe war Schlanken-Mädchens Stimmung umgeschlagen, teils weil sie nur von einem Tag zum andern lebte und teils durch eine natürliche und vernünftige Rückkehr zum Optimismus. So waren sie beide fröhlich, als sie dahinritten, und schwatzten miteinander von der Zukunft. Sie hatten sich auf Oljeto als ihr künftiges Heim geeinigt. Da war ein gutes Winterlager, sagte er, und er meinte, daß er in Segi Hatsosi oder Adudjejiai, wenig weiter als eine Tagereise entfernt, ein freies Stück Land für den Sommer finden könnte. Es gab gutes Wasser da, selbst in trockenen Sommern.

»Du hast die steinernen Kornspeicher gesehen, die wir bauen«, sagte er, »die Felsen da in der Gegend lassen sich leicht in Blöcke brechen, es gibt viel guten Adobe. Ich kann dir ein ebenso gutes Haus bauen wie das, was wir verlassen haben. Wir werden wieder einen Abzug für den Rauch vom Feuer machen, und wir werden eine Holztür haben, die man schwin-

gen kann. In der ganzen Gegend wird es kein solches Haus geben, außer bei dem Händler in T'o Dnesji.«
Sie lächelte. »Und ein Fenster?«
»Ja, nur können wir nicht diesen klaren Stein darin haben. Wir werden eine Haut darüber spannen, die Licht hereinläßt, aber du kannst nicht hindurchsehen.«
»Das wird gut genug sein.«
Sie kamen an den Eingang des Chizbitsé-Cañons. Hier und da waren Bruchstücke versteinerter Bäume in allen Farben, manche düster, andere glänzend wie Marmor, und die vielen Tönungen traten leuchtend hervor durch die dünne Schneedecke ringsum und den strahlenden Sonnenschein.
»*Ei–yei!* Das ist ein Ort der Juwelen!« Sie fielen aus dem Trab in Schritt und betrachteten diese Abbilder von Stämmen, Jahresringen, Ästen, täuschend bis zu der Art, wie der Schnee auf ihnen lag, schön in der Farbe und irgendwie doch erschreckend tot.
»Das ist ein Stück, das ich brauchen könnte.« Lachender-Knabe saß ab und hob eins auf, marmoriert in rötlichem Blau und Gelb. »Ich kann es schneiden und polieren und es für Ringe und Handschützer verwenden.«
»Ja, das ist etwas Neues, wenn es nicht zu hart zu bearbeiten ist.«

59

Roter-Mann ritt auf dem Weg nach Jadito am Ausgang des Cañons vorbei. Er hatte nicht gefrühstückt, aber das klare Wetter und die Munterkeit seines neuen Pferdes hielten ihn in vergnügter Stimmung. Er sah den Cañon hinauf, erblickte das Paar und dachte: Diese beiden!

Er überquerte den Cañonausgang und hielt an, wo ein Felsen ihn bis auf Kopf und Schulter verdeckte. Eine Erregung schoß in ihm hoch, ursprünglich aus verschiedensten Quellen genährt, durch Zeit und viel verbittertes Grübeln in eins verschmolzen:
Ich half dieser Frau, ich sorgte für sie. Ich lief Wege für sie, ich machte das Leben für sie erträglich. Ich liebte sie, auf meine Art. Ich wußte, was sie mit den Amerikanern trieb, aber nie wollte sie es mit mir tun. Und ich hätte es um sie verdient. Statt dessen hielt sie mich zum Narren. Weswegen denn nicht mit mir? Immer schob sie mich ab, immer hinter meinem Rücken. Und dann kam dieser Tölpel von Nirgendwo, und sie gab ihm alles. Ihm! Und er drohte mir! Mich wollte er lehren, was ich zu tun hätte!
Das alles war nun seit Monaten ein einziger Haß geworden. Sie ritten langsam, einander zugewandt, und redeten. Undeutlich hörte er sie lachen. Vor ihnen trottete ein Packpferd – sie machten wohl einen Besuch, reiche Leute mit einem Packpferd!
Er dachte: Da reitet der Mann, der mir vielleicht eines Tages einen Pfeil in den Hals schießt. Es lief ihm kalt den Rücken hinunter.
Er hob die Büchse, zielte hoch wegen der Entfernung und schoß. Die Büchse war seit Wochen nicht gereinigt, seine Hände waren kalt, und das Pony wollte nicht stehen. Er feuerte dreimal, dann duckte er sich hinter den Felsen und jagte davon.
Lachender-Knabe hörte die Schüsse, wandte sich um und duckte sich, als zwei Kugeln dicht an ihm vorbeipfiffen, dann sah er plötzlich Schlankes-Mädchen im Sattel vornübersinken. Er warf den Arm um sie, faßte ihre Zügel und trieb die Pferde zum Galopp an. Das Packpferd, erschreckt durch die Hetze hinter ihm, raste voran. Wenn man nur einen Bogen hat und

eine unsichtbare Person oder mehrere jagen Flintenschüsse hinter einem her, dann ist keine Zeit für Gedanken der Kühnheit oder der Rache.
Etwa eine Meile ritten sie so, und als dann hinter ihnen nichts zu sehen war, hielten sie an. Hier war der Cañon breit, und an einer Seite führte eine Schlucht in langsamem Anstieg zur Chizbitsé-Mesa hinauf. In die lenkte er hinein, bis am Ende des Cañons die nackten Felsen den Weg abschnitten.
Schlankes-Mädchen war stumm und ganz schlaff, als er sie aus dem Sattel hob und auf ein Lager von Decken bettete. Als sie dort bequem lag, stöhnte sie und bat um Wasser. Ihre Augen waren schmal und ihre Lippen leicht zurückgezogen. Er machte ein Feuer und schmolz Schnee; sie trank gierig.
Die Kugel war ihr durch und durch gegangen, sie schwamm in Blut. Er tat, was er konnte, um den Strom aufzuhalten und sie so gut wie möglich zu betten. Manchmal stöhnte sie, dann sagte sie ganz klar: »Nein, ich will tapfer sein. Gib mir eine Zigarette. Leg meinen Kopf etwas höher.«
Sie hatte kaum Kraft zu rauchen, und sie fing an zu husten. »Das ist das Ende, mein Gatte, mein Geliebter.« Ihre Stimme war schwach, nach ein paar Worten stockte sie. »Versuche nicht, mich zu rächen. Versprich mir das.«
»Ich verspreche.« Er kniete vor ihr, das Gesicht wie aus Holz geschnitten.
»Ich glaube, das mußte geschehen. Vielleicht ist es gut so, denke ich. Nach allem, was mir geschehen ist, hätte ich vielleicht keine Kinder gehabt. Die Amerikaner haben mich für ein Navajoleben verdorben. Aber jetzt sterbe ich als Navajo.« Sie sprach langsam, mit langen Pausen, während sie mit geschlossenen Augen dalag, die Hände zur Faust verkrampft.
»Durch dich habe ich meine Seele gerettet. Ich bin sehr glücklich gewesen mit dir. In dieser letzten Zeit – habe ich mich selbst gefunden – habe die Wahrheit gefunden mit dir.« Sie

brach in Husten aus und lag dann minutenlang schweigend da.
»Ich sage das alles – damit du weißt – es ist nicht vergebens gewesen. Du wirst hingehen – und leben und an mich denken. Du bist verwandelt durch mich. In dir werde ich leben. Ich bin nach Hause gekommen. Ich sterbe zu Hause, ich werde begraben wie mein Volk. Es ist *hozoji.*«
Er fand keine Worte.
»Ich liebe dich so. Küsse mich.«
Er beugte sich über sie, ihre Arme umklammerten seinen Hals, er hob ihre Schultern an seine Brust. Ihre Augen waren geschlossen, und sie küßte ihn mit den kühlen geschlossenen Lippen der Liebe, nicht der Leidenschaft.
Sie öffnete die Augen, bog den Kopf zurück und lächelte ihn an. Dann sagte sie mit klarer Stimme: »*Nayeinezgani!* – Töter-feindlicher-Götter!«
Die Worte auf den Lippen und lächelnd starb sie.
Nun ist sie tot. Nun ist alles vorbei. Vor einer kleinen Weile lachten wir zusammen und suchten Steine. Wir waren so glücklich zusammen. Nun ist alles vorbei. Alles war in Ordnung, wir gingen nach dem Norden, wir hatten alles bei uns, unser Silber, unsere Decken. Ich wollte ihr einen Ring mit purpurblauem Stein machen. Ich wollte ihr ein Haus bauen. Nun ist alles vorbei. Es hat keinen Sinn. *Ei–ee*, ihr Götter! *Ei*, Schlankes-Mädchen, Kam-mit-Krieg!
Er warf sich über ihren Körper und preßte seinen Mund auf ihren. Ihre Lippen waren kalt, sie war ganz und gar kalt und erstarrt. Er schrak zurück und sprang auf die Füße in jäher Furcht, dann wurde er ruhig.
Das ist nicht sie, nicht Schlankes-Mädchen, Tapfer-Allein, nicht Kam-mit-Krieg, nicht mein Weib. Das ist etwas, das sie hinter sich gelassen hat. Es ist tot, es hat nie Leben gehabt. Es war sie da drinnen, was ihm Leben gab. Ich fürchte mich nicht

davor, wie könnte ich mich vor dir fürchten, o Schönheit? Ich werde ruhig sein, ich werde es begraben, ein Navajobegräbnis.
Er kniete neben den Körper und fing an zu schluchzen. Nach einer Weile dachte er: Sie würde es nicht mögen, daß ich so bin. Ich muß sie begraben, ehe es dunkel wird. Bald wird es schneien. Ganz allein ging ich mit ihr, allein lebte ich mit ihr und kannte ihre Schönheit, nun begrabe ich sie allein. Sie war nicht gemacht für die andern Leute, sie gehörte nicht zum gewöhnlichen Leben, wo viele an ihr teilgehabt hätten.

60

Das Packpferd war verschwunden, aber ehe es fortlief, hatte es als kluges Tier seinen Packen abgerollt. Er sammelte all ihren Besitz und teilte ihn in zwei gleiche Teile. Meist dachte er gar nichts dabei, sondern folgte nur dumpf und mit langsamen Bewegungen einer wie vorbestimmten Ordnung. Es fiel ihm ein, daß alles, was von dem Amerikaner kam, eigentlich weggeworfen werden müßte, aber er erinnerte sich an das, was sie darüber gesagt hatte. Es war in Silberschmuck und Decken verwandelt. Er nahm eine Münze von dem einen Geldhaufen. Das war viel Geld. Sie hatten beide viel dafür gelitten, sie hatten so viel durchgemacht. Er legte die Münze wieder hin.
Das letzte Ende der Wand bildete eine Nische, etwa zwölf Fuß im Quadrat, in der die Felsen glatt oder etwas überhängend bis zum Grund reichten, ohne Geröllhang. Hierhin trug er sie und legte sie in die Tiefe der Höhlung. Er ging vorsichtig, vermied die Büsche und beachtete alle Vorschriften, soweit das für einen einzelnen möglich war. Über sie legte er ihre Decken, zu

Häupten Speisen, neben ihre Hände ihr Webwerkzeug, zu Füßen Kochgerät. Er bedeckte ihren Körper mit Silber und Türkisen und Korallen und Geldmünzen. Nachdem er sie so zurechtgelegt hatte, betete er. Dann sah er sich nach passenden Steinplatten um, von denen viele rings im Geröll verstreut lagen. Er fing an, sie zusammenzutragen, und bedeckte sie damit. Er hatte die ersten zu ihren Füßen schon gelegt, als er sich plötzlich aufrichtete. Er ging zu dem Haufen seiner eigenen Güter und durchsuchte ihn. Als er zu ihr zurückkehrte, nahm er ihren Arm unter der Decke und zog ihm einen schmalen goldenen Armreifen ab, den sie in Kalifornien gekauft hatte. Von seinem eigenen Besitz legte er die schönste, von ihr gewebte Satteldecke beiseite, eine alte gekaufte Decke, einen Kaffeetopf und Kaffee. Alles andere sammelte er zu einem Bündel, trug es zu dem Grab und breitete es über sie. Langsam nahm er seinen schweren silbernen Gürtel ab, seine Halskette mit Türkisen und Korallen, seine beiden Armreifen, seinen Granatring und seinen Türkisring, seine Türkisohrringe, und legte jedes Stück sanft auf den Haufen. Er tauschte seinen alten Bogenhandschützer gegen einen, den er in ihrem Hause gemacht hatte. Dann fiel ihm noch etwas ein, er ging zu seinem Pony, nahm ihm den silberbeschlagenen Zaum ab und tat ihn dazu. Mit Mühe zwang er den dünnen goldenen Reif über seine rechte Hand und schürfte sich dabei ein Stück Haut ab; er war nur wenig weiter als sein Handgelenk, er würde nicht leicht heruntergleiten. Dann bedeckte er sie weiter. Es fing an zu schneien in großen, weichen, langsamen Flocken aus grauweißem Himmel.
Es war fast dunkel, als er den letzten Stein gelegt hatte, und er fing an zu spüren, daß er erschöpft war. Er blies Zigarettenrauch in die vier Windrichtungen und stand ein, zwei Minuten im Gebet. Er machte ihr Pony los und führte es in die Höhlung. Es stand geduldig neben dem Steinaufbau, während er den

Pfeil auflegte und dic vorgeschriebenen Worte sprach. Die Sehne schwirrte, der Schaft traf. Das Pony sprang hoch und fiel halb über das Grab. Diese scharf umrissenen Dinge, die rasch aufeinander folgten, hoben sich aus dem Zusammenhang alles anderen heraus: Sie setzten ein Ende.

61

Nun begannen die vier Tage der Totenwache. Aber wachen allein war nicht genug; es waren keine Frauen da, sie zu beweinen, kein Jammer beraubter Verwandten. Er würde eine Gebetswache daraus machen, die ganzen vier Tage sollten ein einziges Gebet sein. Das war kein gewöhnlicher Tod.

Es war ganz dunkel, und der Schnee stöberte herunter wie nasse Blätter, die durch Wasser sinken. Er baute das Feuer wieder auf, bis es prasselte, ordnete Satteldecke und Sattel zu einer Sitzlehne, zog die alte Decke um sich und begann die Wache, die Blicke starr auf der fernen dunkelsten Stelle in dem Schwarz der Felsen hinter den Flocken, wo sich die Höhlung abzeichnete.

Er versuchte zu beten, aber seine Gedanken schweiften ab, hafteten an Einzelheiten ihres gemeinsamen Lebens, glücklichen und unglücklichen, alle aber ganz voll Leben, ganz erfüllt von ihrer Persönlichkeit. Er wollte vergessen, daß sie tot war, wollte einfach nur an sie denken. Aber die Kälte, die durch seine Kleidung drang, rieselte ihm die Haut entlang, eine Flocke berührte sein Gesicht, und er wußte wieder alles.

Nun war alles vorbei. Mochte es so sein. Das Pferd hat es gut; und warum nicht auch mit ihr gehen?

Er holte sein Pony, nahm den Sattel ab und ging in die Höhlung zurück. Das Tier war erschreckt und scheu vor der Dunkelheit und Kälte und dem Geruch des Todes. Es wollte nicht stehen. Später kam es ihm als etwas Seltsames zum Bewußtsein, daß er ohne Zaudern in der Dunkelheit an diesen Ort ging, aber jetzt dachte er nicht daran. Jetzt war er nicht ein Navajo, der sich vor dem Tod graute, nicht ein Indianer, ein Abkömmling irgendeiner Rasse, sondern nur ein Mann, der das Herz seines Herzens begraben hatte.

Er wählte den Pfeil...

»Daß es nicht vergebens gewesen ist. Du wirst an mich denken, ich werde in dir leben.«

Wind-Gott hatte ihre Worte in seiner Seele gesprochen. Sie würde das nicht wollen. Er schob den Pfeil in den Köcher zurück und führte das Pferd heraus ans Feuer. Dort nahm er ihm den Zaum ab und koppelte es.

»Geh und sieh zu, ob du Wasser und Futter findest, kleiner Bruder. Geh hin und sei glücklich.«

Er kehrte zu seiner Wache zurück, sammelte einen großen Stoß Holz für das Feuer und machte es sich so bequem wie möglich mit Decke und Sattel. Er begann Furcht zu empfinden, der Nähe ihres Grabes bewußt und sehr einsam in dem engen Cañon. Er nahm sich vor, fest ins Auge zu fassen, was geschehen war, und sich ein Weiterleben ohne Schlankes-Mädchen vorzustellen. Es war nicht leicht; lange wehrte er sich in innerem Aufruhr dagegen, in einem Sturm bitterer Gefühle, unter denen seine Schultern hin und her schwankten.

Spaßender-Squaw-Sohn hatte es gut. Aber schließlich war er doch besser daran, denn diese anderthalb Jahre waren doch gewesen. Nicht um die Welt würde er sie hergeben. Er versank wieder in Erinnerung – es war wie eine Art Betäubungsmittel –, bis er zum unvermeidlichen Ausgangspunkt zurückkam. Dann war es schlimmer als zuvor.

Nach Stunden wurde er ruhiger, hauptsächlich aus Müdigkeit. Das Unglück war nun anerkannt, fast schon gewohnt; er sagte

sich, daß er das künftige Leben gewissermaßen aus dem früheren herauswachsen sah. Nie würde er vergessen; was er war und je sein würde, was er tat und dachte, würde immer von ihr bestimmt sein. Der Rest seines Lebens würde ein Denkmal für sie sein. Das alles konnte ihm nie genommen werden, nie würde ihm diese Spur verlorengehen. Das war ein Trost.
Alles das dachte er mit seinem Verstand, es ging nicht eigentlich in ihn ein. Es waren platte Selbstverständlichkeiten.
Er wurde sich wieder mehr der Dinge um sich her bewußt, der Kälte, des Feuers, des Schnees. Flocken fielen mit leisem Zischen in die Flammen, und sein Traum fiel ihm ein.
»Töter-feindlicher-Götter« nannte sie mich. Aber Töter-feindlicher-Götter verschonte Kälte-Frau und Alters-Frau und Hunger-Volk. Sie, sie versuchte Hunger-Volk totzuschlagen; und ich habe geglaubt, sie könnte es. Wenn wir das nicht versucht hätten, hätten wir schon längst glücklich im Navajoland gelebt. Sie war zu waghalsig, sie verlangte Vollkommenheit. Wie sie es auch gemacht hat, wir hatten sie, die Vollkommenheit. Aber das konnte nicht bleiben. Wir sind keine Götter. Wenigstens ich nicht; sie hatte sich über das Erdenvolk erhoben. Was mir geschehen ist, das ist so wie vieles, was vor alten Zeiten manchen Leuten geschah: Lehrt-sich-selbst und des Zauberers Tochter geschah es, Im-Berg-Erwachsen, als er in das Haus der Götter ging, Freund-der-Adler, als er in den Himmel stieg*. Sie gingen fort und sahen etwas, das besser war als alles, was sie gekannt hatten. Sie versuchten nicht, etwas auf die Erde zu bringen, was zu gut für die Erde war. Aber sie haben nicht Schlankes-Mädchen verloren.
Sein Kopf fiel vornüber auf die Knie, er konnte nicht mehr denken. Er war erschöpft und schlief für kurze Zeit ein in dieser Stellung. Er wachte auf, als er umfiel und fror. Das

* Motive von Navajo-Mythen

Feuer brannte niedrig. Der Schneefall hatte aufgehört, und die Dämmerung kroch herauf.
Der erste Tag war funkelnd, frisch und sonnig. Dieser erste Tag war ein Tag dumpfen schweren Bewußtwerdens. Er wanderte ziellos umher und betäubte sich mit einzelnen lang ausgesponnenen Erinnerungen. Am Ende kehrte er dann zum Anfang seines Kreises zurück, stand oder saß regungslos und stöhnte. Es war ein langer Tag und ein seltsamer; später konnte er sich nicht mehr genau daran erinnern.
In der zweiten Nacht gab er sich die größte Mühe, nicht zu schlafen, aber es fiel ihm schwerer wegen Kälte, Hunger und Erschöpfung. Er schlummerte öfter, und seine Erinnerungen wurden deutliche Träume, in die langsam ein Gefühl endlosen Grauens einsickerte, bis er aufwachte, ohne zu wissen, daß er geschlafen hatte, und die Gedanken und die Stimmung fortspann. Er versuchte zu beten, aber es wurden nur Ausrufe an die Namen der Götter. Es war eine endlose und schreckliche Nacht.
Als das Tageslicht endlich kam, bedeutete es eine Erlösung. Er schüttelte sich und dachte: Ich muß ruhig sein, ich muß klar denken. Das ist nicht die Zeit, zu wandern und nirgends hinzukommen. Er beruhigte sich für eine Weile und geriet in einen Zustand scheinbarer Schicksalsergebung, der es ihm möglich machte zu beten, aber das immer wiederholte *hozoji* klang leer. In Wirklichkeit glaubte er nicht, daß es etwas gab, was schön war. Er tat nur, was er glaubte tun zu müssen.
In seiner Nachbarschaft waren schon viele Leute gestorben; es hatte Trauer und Schmerz gegeben, alle waren vier Tage lang dicht bei den Hogahns geblieben. Aber das war anders. Er hatte die beraubten Hinterbliebenen gesehen, er hatte auch wirklichen Schmerz bei ihnen gesehen, aber er konnte nicht glauben, daß sie gefühlt hatten, was er fühlte.
Er war allein in mehr als nur körperlichem Sinne. Keiner, nicht

einmal Spaßender-Squaw-Sohn, konnte ihm nahekommen. Sein ganzes Leben lang, wo er auch war, wie lange er auch lebte, würde er allein bleiben. Er würde immer sein wie jetzt. Die eine Gefährtenschaft in der Welt war dahin; wenn einem Mann die Sonne zerstört ist, was hilft ihm dann eine Welt von Mondschein?

Er hatte nichts in dem Cañon zu tun als das Feuer zu unterhalten und zu denken. Er klammerte sich an einen Gedanken, dachte ihn durch und durch, bis er jedes Gefühl für Verhältnisse verlor, und schließlich faßte er ihn in einen Satz oder ein Gleichnis, so daß er rund wurde und nichts verlorenging.

Er haßte das Dunkelwerden; er fürchtete sich vor der Nacht. Er graute sich davor, in den kleinen Raum des Feuerscheins eingeschlossen zu sein mit all den Dingen, die er dachte. Allein, allein, das ganze Leben allein, das ganze Leben lang diesen Schmerz in sich tragen. Ebensogut könnte er sterben. Aber sie wollte, daß er lebte. Es war die dritte Nacht, und er näherte sich dem visionären Zustand. Die Umrisse der Dinge, undeutlich im Sternenlicht gesehen, verwandelten sich und nahmen erschreckende Gestalt an. Er wurde ein Zuhörer, der unsichtbare Wesen darüber streiten hörte, ob er sich töten müsse oder nicht. Er wußte, daß er leben mußte, aber er konnte nicht übersehen, welche Partei gewinnen würde.

Er konnte nicht immer genau verfolgen, was vorging. Fremdartige Dinge drängten heran. Ringsumher waren Leute, die ihn bemitleideten. Immer wieder wurde behauptet, daß es nicht lohne, ein Leben lang Einsamkeit und Schmerz zu ertragen ohne Zweck.

»Aber ich muß für sie leben!« sagte er laut und dachte inbrünstig an sie.

Dann sah er sie, wie sie an der andern Seite des Feuers stand. Er sprang auf die Füße, von dem ganzen Schrecken eines Navajos vor wandelnden Toten geschüttelt. Er war vor Furcht außer sich, aber sie war verschwunden. Er war allein, die Stimmen waren verschwunden, die Leute. Er setzte sich wieder, zitternd und jetzt ganz wach. Er wußte deutlich, daß er nicht sterben wollte, hatte aber keinen Willen zu leben; er kannte sich selbst nicht, es war nicht recht, jetzt einen Entschluß zu fassen. Nach und nach wurde er schläfrig und fiel in kurze Schlummerzustände. Vielleicht war es gut, daß sie gekommen war; es war nicht anzunehmen, daß ihr Geist war wie der anderer Leute.

Wieder entstand darüber ein Streit außerhalb seiner selbst. Die Geister der Toten sind böse; wenn sie umgehen, wollen sie zerstören. Aber sie ist anders, sie würde kommen, um ihn zu beschützen. Vielleicht würde sie ihn zu irgendeinem furchtbaren Ende führen. Aber nie und nimmer konnte man sich vorstellen, daß ihr blaues Feuer aus Mund und Augen käme. So ging das weiter und immer weiter. Da war ein Umriß von etwas, das er vorher nicht gesehen hatte, es bewegte sich und machte ihm die Kopfhaut frieren. Dann atmete er tief und erlöst auf. Es war ein Busch, nicht weit entfernt von ihm. Die Dämmerung kroch herauf.

Etwas Wasser und der klare Sonnenschein belebten ihn für eine Weile, aber bald war er wieder müde und elend, beschäftigte sich mit Holzsuchen, holte einzelne Äste und legte teilnahmslos die beiseite, die für ein Schwitzbad brauchbar waren. Später dachte er an diesen Tag als den »Tag des Verrats«. Er schleppte seine Beschäftigung hin und suchte eigensinnig erst alles Holz in einem Abschnitt zusammen, ehe er an den nächsten ging. Er dachte an das baldige Bad, das ihn von der Befleckung des Todes reinwaschen sollte; er wünschte, es könnte ihm die Seele auswaschen. Er dachte, wenn er ihr nie begegnet wäre, würde er nun glücklich sein. Er einnerte sich, wie Glattes-Haar im Vorbeireiten ihm von dem Tanz erzählt

hatte, der gehalten werden sollte, und sah sich selbst, wie er singend nach Tsé Lani hinunterritt, sah den Feuerschein und das Mädchen, erinnerte sich, welch ein Zufall, ein Begegnen zweier Augenpaare in der Menge und seines Oheims Ungeschick seinem sorglosen Jünglingsleben ein Ende gemacht hatte.
Der Gedanke verließ ihn nicht, während er herumstrich und den Schnee nach dürren Holzästen aufwühlte. Er wußte, daß dieser Gedanke ein wirkliches Wesen für sich geworden war, und sah ihn als einen langen alten Mann, der ihn häßlich angrinste, während er halb hinter ihm ging, ein böser, starker, alter Mann. Der alte Mann redete hartnäckig auf ihn ein, daß er ein Narr gewesen sei und daß er dies alles hätte vermeiden können. Und er dachte als Antwort, daß es nun doch zu spät war, warum konnte er nicht in Ruhe gelassen werden? Er versuchte sich selbst oder dem alten Mann zu erklären, daß er nicht anders gekonnt hatte. Er selbst, als eine dritte Person, wiederholte, daß diese glücklichen Monate alles Leiden wert seien, aber der alte Mann grinste nur. Er versuchte, sich selber in die Hand zu bekommen und ein neues Muster für einen Gürtel zu denken, aber das nützte nichts. Lange Zeit ging er herum, ohne überhaupt nach Holz zu suchen. Als er auf die Fährte seines Ponys stieß, folgte er ihr bis in den Hauptcañon, bis er das Pferd an einem geschützten Platz unter der Ostwand entdeckte; dann, als er merkte, wie weit er sich vom Ort seiner Totenwache entfernt hatte, ging er eilig zurück. Alles fiel in Trümmer, er machte alles verkehrt. Der alte Mann hatte auf ihn gewartet, er triumphierte über seinen Bruch der Vorschriften.
Der Anbruch der Nacht war wenigstens eine Veränderung. Da er viel Holz hatte, baute er das Feuer hoch auf und gab sich Mühe, es sich bequem zu machen. Dies war die vierte Nacht, er war mehr oder weniger verwirrt im Kopf. Der alte Mann

hatte längst aufgehört, eine Vorstellung zu sein, und war Wirklichkeit geworden. Er kroch mit ihm unter die Decke und hämmerte auf ihm herum wegen der unglückseligen Vergangenheit. Lachender-Knabe sah sich in eine leere Zukunft treiben, immer den alten Mann hinter sich. Er sah sich wie über eine lange Zeit hinweg; und jenen toten jungen Menschen, der einst nach Tsé Lani geritten war, hörte er über einen Abgrund von Finsternis hinweg dem Schatten eines Mannes nachschreien, der ihn vernichtet hatte. Er versuchte die Götter zu rufen, aber es kamen nur Hunger-Leute, Alter-Leute und Kälte-Frau. Gelber-Sänger und seine Frau waren da und sahen ihn mitleidig an in der peinlich verständnisvollen Art wie damals, als er verheiratet wurde. Alle sahen ihn so an. Er sah das verstörte Gesicht von Spaßender-Squaw-Sohn und dachte: Dir ist auch die Wunde geschlagen, aber du hattest Glück, das Messer wurde herausgezogen.
Der alte Mann zerrte an seinem Handschützer. Um sein rechtes Handgelenk war etwas, das auch zu zerren schien. Der alte Mann sagte: »Woher hast du den Handschützer?«
»Den habe ich selbst gemacht.«
»Ich will dir sechs Dollar dafür geben.«
»Ich will ihn nicht verkaufen.«
In Wirklichkeit sprach er nicht, aber die Worte sagten sich selbst in ihm als Antwort auf den alten Mann, aus weiter Entfernung, auf dem Weg von jenem Hogahn bei Tsé Lani.
Der alte Mann sagte wieder: »Der Türkis ist schlecht, und die Arbeit taugt nicht viel.«
Die Arbeit war gut. Er berührte das Silber mit der rechten Hand, um das Muster mit den dreimal vier Punkten zu zeigen. Aber es war plötzlich nicht das Muster, es war nicht der Handschützer, den er in T'o Tlakai gemacht hatte, es war der andere, den er in ihrem Hogahn gemacht hatte, der mit der Kette von Sternen.

Er sagte laut: »Das ist einer, den ich gemacht habe, während sie webte. Den will ich nicht verkaufen.«
Er fühlte das Ding an seinem rechten Handgelenk; es war der dünne goldene Reif. Er sah ihre Hand und ihren Arm unter den Decken, er sah das Grab im Halbdunkel und ihr stilles Gesicht, über das er sich beugte. Seine bohrende innere Qual versank vor der Erinnerung an diese heftige Verzweiflung. Er dachte an ihren letzten Kuß und ihre Stimme und an den Hügel ihrer Decken und Schmucksachen über ihr. Seine Arme krampften sich um die Knie, seine linke Hand schloß sich um den Armreif, und er fing an zu weinen mit einem Strom von Tränen. Als ob sie Regen auf der Wüste wären, breitete sich eine Kühle durch ihn aus, ein Gefühl von majestätischer Schönheit.
Er breitete die Arme aus, sah empor und fing an zu beten:

»Haus gebaut aus Morgendämmern,
Haus gebaut aus Abenddämmern,
Haus gebaut aus dunkler Wolke,
Haus gebaut aus Regenströmen...«

Der alte Mann war verschwunden, auch Hunger-Volk und alles andere. Er stand auf, trat vom Feuer zurück, streckte die Hände aus, und sein Gebet erhob sich zu mächtigem Gesang:

»*Kat yeinaez gani tla disitsaya*...
Nun, Töter-feindlicher-Götter, allein sehe ich ihn kommen,
Von den Himmeln hernieder, allein sehe ich ihn kommen,
Seine Stimme erdröhnt weithin,
Göttlich erdröhnt seine Stimme,
Lé–é!
Nun, Sohn der Wasser, allein sehe ich ihn kommen...«

Er schwieg und blieb stehen, den Kopf erhoben, die Hände noch ausgestreckt. Ein Holzscheit im Feuer stürzte, die Flamme schlug hoch, daß seine Augen geblendet wurden. Als sie wieder klar waren, sah er in der Höhe seiner Fingerspitzen eine zarte Linie, die eine schwarze Dunkelheit von einer weniger dichten schied. Die Linie zog sich nach rechts und links, und nun erschien über ihr eine weißliche Helligkeit und breitete sich aus. Der Himmel über ihm wandelte sich aus Schwarz in Blau, die Felsen am fernen Rande des Hauptcañons standen scharf gezeichnet gegen den aufsteigenden Tagesschimmer.

»*Hozoji, hozoji, hozoji, hozoji!*
Morgenlichtknabe, kleiner Häuptling,
Laß alles schön sein vor mir, wo ich schreite,
Laß alles schön sein hinter mir, wo ich schreite,
Laß alles schön sein über mir, wo ich wandre,
Laß alles schön sein unter mir, wo ich schreite,
Laß meine Augen nur Schönheit schauen
An diesem Tag, wo ich schreite.
In Schönheit,
In Schönheit,
In Schönheit,
In Schönheit!«

Er ließ die Arme sinken. »Dank!«
Er fachte das Feuer wieder an zu einer kleinen stetigen Flamme, um im Kaffeetopf Schnee zu schmelzen zum Trinken und Gesicht und Hände zu erfrischen. Er sah zu der Höhlung hinüber, dem Ort der Schatten. Die Felsen zu beiden Seiten wurden hier und da schon von Sonnenstrahlen getroffen.
Fast hätte ich dich verloren, kleine Schwester, aber nun habe ich dich für alle Zeit!
Er fing wieder an zu beten, ruhig und ernst, nicht in überlie-

ferter Form, sondern aus seiner Not heraus. Sein inneres Gefängnis war jetzt gesprengt, die Dinge nahmen wieder ihre wahre Gestalt an. Er war ernst, und oft und immer würde er sich in sich selbst zurückziehen, um einen geliebten Schmerz zu empfinden. Aber nie würde er wünschen, das Glück nicht gekannt zu haben, das einen solchen Schmerz möglich machte. Er konnte reinen Gewissens beten.

Er baute seine Schwitzhütte, und da es schwer war, Schlamm aus dem gefrorenen Grund zu bekommen, hängte er die Dekken darüber. Am Mittag brachte er die erhitzten Steine herein, zog sich nackt aus und ging hinein. Er hatte es gut und heiß gemacht; er saß drinnen und sang, solange er es aushalten konnte. Dann stürzte er heraus, rollte sich im Schnee und kleidete sich hastig an. Er fühlte sich unendlich viel besser. Er sah nach der Sonne, die tief im Westen hing. Der vierte Tag war zu Ende.

Er fühlte sich klar im Kopf, friedvoll, rein und sehr hungrig, als er der Fährte seines Ponys folgte. Das Tier grüßte ihn mit einem Wiehern. Seine Beine waren steif von der Koppel, und es war abgemagert aus Futtermangel. Er ritt zurück zum Lagerplatz und band es dort an, während er mit Kaffee nun sein Fasten abbrach. Dann sattelte er und saß auf. Ehe er davonritt, wandte er sich der Höhlung zu und hielt still, bis das Tier an den Zügeln ruckte.

Aber wir werden nie einander fern sein, dachte er; immer allein, aber niemals einsam. Als er fortritt, wiederholte er:

»In Schönheit ist es vollendet,
In Schönheit ist es vollendet,
In Schönheit ist es vollendet,
In Schönheit ist es vollendet!«

62

Es war fast dunkel, als er aus dem Cañon herauskam und zu der Hochfläche der So-Selah-Mesa aufstieg. Er trieb sein Pony den ebenen Pfad entlang, da ihm daran lag, sobald wie möglich die Niederlassung im Jaabani-Tal zu erreichen. Es stand nur ein schmaler Neumond von wenigen Tagen am Himmel, und ein kalter Wind fegte über die freie Fläche. Der Wind redete, eine Stimme der Trauer in der sinkenden Dunkelheit, und Lachender-Knabe war zu lange allein gewesen. Er brauchte eine Atempause im Selbstgespräch; er brauchte Gesellschaft, Ereignisse, das gewohnte Leben, Hilfe. Er hatte Heimweh nach alten vertrauten Dingen.

Diese kalte Hochfläche war Nirgendland, eine Wüste, die die menschliche Welt von der verwunschenen trennte. Hier war es immer dunkel, ein kalter Wind blies, und immer ging ein trauriger Mond unter.

Noch einen Augenblick, und ich werde winseln, dachte er. Ich bin meiner selbst und ihrer unwürdig. Habe ich denn alles vergessen? Es kommt, weil ich kalt und hungrig bin. Ich müßte singen. Und er fing an:

»Ich reite mein Pferd von den Hügeln hinab...«

Aber das hoch aufsteigende Liebeslied erschreckte die Nacht. Er hielt ein, etwas wie einen Pflock in der Kehle.

Ich will nicht weinen. Das ist nichts, um darüber zu weinen. Es ist etwas Schönes, etwas, an das man ernsthaft denken soll. Ich weihe ihm mein Leben, aber ich weine nicht. Mit tiefer Stimme fing er an, feierlich zu singen:

»Mit der Leere des Hungers in mir wandre ich,
Speise wird sie nicht füllen,

Aya–ah, wunderbar.
Mit der Leere in mir wandre ich,
Nichts wird sie füllen,
Aya–ah, wunderbar.
Mit einer Stelle der Trauer in mir wandre ich,
Zeit wird sie nicht enden,
Aya–ah, wunderbar.
Mit einer Stelle der Einsamkeit in mir wandre ich,
Niemand wird sie füllen,
Aya–ah, wunderbar.
Für ewig allein, für ewig in Schmerzen wandre ich,
Für ewig leer, für ewig hungrig wandre ich,
Im Schmerz der großen Schönheit wandre ich,
In der Leere der großen Schönheit wandre ich,
Niemals allein, niemals in Tränen, niemals leer,
Nun auf der Vorzeit Spur, nun auf der Schönheit Pfad
wandre ich,
Ahalani, wunderbar!«

Es war ein Gebet.
Er endete mit vier feierlichen *Hozojis*, die aus ihm zu strömen und die Dunkelheit zu füllen schienen. Das ist ein guter Gesang, dachte er. Das werde ich oft singen, abends, wenn ich allein bin. Aber ich wollte, wir kämen irgendwohin, wo Menschen sind.
Es war schon seit mehr als einer Stunde Nacht, als er an den Rand der Mesa kam und ins Jaabani hinuntersah. Er sah kleine Funkellichter von Feuern, weit, weit entfernt. Dann, während er noch hinabschaute, fing in der Nähe ein neues an zu funkeln, wuchs, bis eine hohe Flamme aufstieg und einen Schein weithin warf. Er hörte eine Trommel schlagen und ferne Stimmen singen und sah um den Flammenschein einen weiten Ring von Zweigen und Menschen, die sich bewegten. Die letzte Nacht

eines Berggesanges begann dort, die Feier im »dunklen Reisiggrund«.
»Komm, Liebling.« Sein Pferd fing an, vorsichtig den Pfad im Sternenlicht hinunterzusteigen. Er sang sein Lied noch einmal. Sehr gut war das. Als Im-Berg-Erwachsen aus dem Haus der Götter zu seinem Volk zurückkehrte, lehrte er es Gebete und Gesänge, und es hielt den Berggesang für ihn, weil er unglücklich war. So ging es ihm auch. Er kehrte zu seinen Stammesgenossen zurück in Gegenwart der Götter. Ah, wenn sie hätte dabei sein können!
Die jauchzenden Gesänge wurden lauter. Nun konnte er schon die Worte verstehen. Sie vollzogen den Zauber mit den gefiederten Stäben. Ein Dutzend Schritt vor einem der Lagerfeuer hielt er an und schmeckte wieder die Bitternis seiner Einsamkeit. Dann saß er ab.
Nur wenige Leute waren außerhalb des Ringes geblieben, aber er fand einen gastlichen Topf. Essen, ein paar Stücke Fleisch darin, Brot zum Eintauchen, Kaffee.
»Woher kommst du, Großvater?« fragte die Frau.
»Von Chiziai.«
»Wo willst du hin?«
»Zu diesem Tanz.«
»Das ist eine gute Satteldecke; wer hat sie gewebt?«
»Meine Frau. Sie webt gut.«
»Ist sie hier?«
»Nein, sie ist zurückgeblieben.«

63

Der Reisigzaun schloß ein Oval von etwa vierzig Fuß ein, in dessen Mitte der Holzstoß flammte, höher als ein großer Mann. Rings am Rand saßen mehrere hundert Leute; sie waren glücklich, ihre Gesichter waren ernst und doch freudig. Am einen Ende waren die Sänger.

Nun kam Roter-Gott in den freien Raum, hinter sich eine Kette von Tänzern, er, der Urvater der Götter, der Im-Berg-Erwachsen durch die Behausungen der Göttlichen führte, der ihn vor den Utes rettete. Mit seinem federgekrönten Stab, seinen heiligen Insignien führte Roter-Gott den Tanz an*.

Sprechender-Gott und Mittagsgott und Jugend-Göttin traten auf mit Tänzern, und der weite Ring war voll heiliger Gesänge. Die Tänze wurden gut geleitet, die Musik war gut.

Die Medizinmänner kamen und pflanzten die Yuccawurzel. Sie sangen und tanzten um sie herum; die Yucca wuchs, sie wurde groß, sie blühte. Im tiefen Winter trieb die verzauberte Yucca vor ihren Augen Blüten. Das war der Zauber, den die Männer von fremden Stämmen vor Zeiten zu dem ersten Berggesang mitgebracht hatten.

Nun legten die Medizinmänner die Tafel und die Scheibe der Sonne auf den Erdboden, alles schrie: »Steh auf! Steh auf!« Die Tafel richtete sich auf, die Sonne stieg auf den oberen Rand und langsam wieder herunter; viermal wirkte der Zauber, daß die Sonne stieg und sank. Dann lag die Tafel wieder flach.

Ein Mann, nackt bis auf das Lendentuch, tanzte vor einem Korb. Aus dem Korb erhob sich eine Adlerfeder, sie schwebte

* Alles folgende schildert Riten des großen indianischen »Nachtgesanges«, eines Hauptfestes der Navajo.

in die Luft empor und bewegte sich vor und zurück in gleichem Takte mit dem Mann. Spaßmacher kamen herein, als Amerikaner und Mexikaner gekleidet, und brachten die Zuschauer zum Lachen. Die Geister der Vorfahren-Tiere, die über dem Reisigrund schwebten, wurden glücklich gemacht. Lachender-Knabe saß zwischen freundlichen Fremden, lächelte ihnen zu und sagte: »Es ist gut.«
Das große Feuer in der Mitte und die kleinen Feuer, die die Leute für sich machten, strahlten Wärme über den weiten Platz. Er hatte gegessen, er war zufrieden. Er fühlte kaum, wie schläfrig er war. Manchmal verwischten sich die Einzelheiten von dem, was er sah, und er dämmerte vor sich hin; aber das gemeinsame Gefühl im Gebet durchströmte ihn, und er nahm es in sich auf wie einst, als er ein Kind und noch nicht eingeweiht war.
Junge Männer, ganz weiß gemalt mit schwarzen Oberarmen, Fuchsfelle am Gürtel, kamen herein mit den federgeschmückten Zauberpfeilen. Das war der heiligste Teil; das war der Zauber, den die großen Götter Im-Berg-Erwachsen in ihrem himmlischen Haus lehrten. Die jungen Männer tanzten, sie verschluckten die Pfeile und gellten Triumphschreie; das waren die wahren Taten der Götter.
Lachender-Knabe hatte ein Gefühl tiefsten Friedens und der Freude über die Niederlage des Schlechten. Die Götter tanzten vor ihm, er fühlte die Nähe ihrer Heiligkeit. Die nackten Jünglinge tanzten mit Fackeln, sie badeten im Flammenschein, sie sprangen wieder und wieder durchs Feuer. Auch er hatte in Flammen gebadet, er war durchs Feuer gegangen.
Vergangenheit und Gegenwart wurden eins, er war eins mit sich selbst. Alles Gute und Wahre, was er gedacht hatte, erfüllte sein Wesen und war ein dauernder Teil scines Lebens. Es fing an zu dämmern, das letzte Gebet war verklungen.

Ruhig verließen die Leute den Ring. Er ging dahin, wo sein Pferd angebunden stand, und rollte sich in seine Decke. Schlaftrunken küßte er den goldenen Armreif und sagte: »Niemals allein, niemals in Klage, niemals leer. *Ahalani*, Schönheit!«

Gulliver zwei
Taschenbücher für Jugendliche
bei Beltz & Gelberg

Rafik Schami
701 EINE HAND VOLLER STERNE
Roman
200 Seiten (78701)
Zürcher Kinderbuchpreis »La vache qui lit« und andere Auszeichnungen

Mirjam Pressler
702 ZEIT AM STIEL
Roman
168 Seiten (78702)

Hannu Aho
703 DAS FERNE GRÜNE MEER
Roman
Aus dem Finnischen von
Anu Pyykönen und Friedbert Stohner
192 Seiten (78703)

Robert Leeson
704 ES IST MEIN LEBEN
Roman
Aus dem Englischen von Lieselott Baustian
136 Seiten (78704)

Oliver La Farge
705 INDIANISCHE LIEBESGESCHICHTE
Roman
Aus dem Amerikanischen von
Lulu von Strauß und Torney
Überarbeitet von Irmela Brender
244 Seiten (78705)
Pulitzer-Preis

Christine Nöstlinger
706 ANDREAS ODER DIE UNTEREN SIEBEN ACHTEL DES EISBERGS
Roman
208 Seiten (78706)

Wolfgang Gabel
707 FIX UND FERTIG
Roman
208 Seiten (78707)

Liva Willems
708 MANCHMAL BIN ICH EIN JAGUAR
Pedros Geschichte
Aus dem Niederländischen
von Mirjam Pressler
120 Seiten (78708)
In Belgien ausgezeichnet als »Bestes flämisches Jugendbuch«

Christine Nöstlinger
709 STUNDENPLAN
Roman
136 Seiten (78709)

Mirjam Pressler
710 KRATZER IM LACK
Roman
136 Seiten (78710)

Dagmar Chidolue
711 LADY PUNK
Roman
176 Seiten (78711)
Deutscher Jugendliteraturpreis

Monika Pelz
712 DIEBE DER ZEIT
Phantastischer Roman
452 Seiten (78712)

Hadley Irwin
713 LIEBSTE ABBY
Erzählung
Aus dem Amerikanischen
von Fred Schmitz
152 Seiten (78713)

Reinhold Ziegler
714 NENN MICH EINFACH SUPER!
Erzählung
112 Seiten (78714)

Michail Krausnick (Hrsg.)
715 »DA WOLLTEN WIR FREI SEIN!«
Eine Sinti-Familie erzählt
Mit Fotos
180 Seiten (78715)

Silvia Bartholl (Hrsg.)
716 TEXTE DAGEGEN
Autorinnen und Autoren schreiben
gegen Rassismus und Fremdenhaß
ca. 160 Seiten (78716)

Dagmar Chidolue
717 FIEBER ODER DER ABSCHIED
DER GABRIELE KUPINSKI
Roman
168 Seiten (78717)
Hans-im-Glück-Preis

Reinhold Ziegler
718 »ES GIBT HIER NUR ZWEI
RICHTUNGEN, MISTER«
Roman
276 Seiten (78718)
Preis der Leseratten, Hans-im-Glück-Preis

Warren Miller
719 KALTE WELT
Ein Bandenchef aus Harlem erzählt
Aus dem Amerikanischen von Harry Rowohlt
188 Seiten (78719)

Klaus Kordon
720 ICH MÖCHTE EINE MÖWE SEIN
Erzählung
104 Seiten (78720)

Beltz & Gelberg
Beltz Verlag, Postfach 10 01 54, 6940 Weinheim